Presented by

the

Government of Canada

———

Offert

par le

Gouvernement du Canada

Laterna Magica a publié
Leçon d'anatomie de Larry Tremblay

GAÉTAN SOUCY

L'Immaculée Conception

laterna  magica

ISBN : 2-9803172-1-7

Tous droits de reproduction, de traduction et d'adaptation réservés

© Les Éditions Laterna Magica Inc., Montréal, 1994

Dépôt légal — 2ᵉ trimestre 1994

Bibliothèque nationale du Québec

Bibliothèque nationale du Canada

Elle m'avait dit comme ça, pendant que nous parlions du grand bonheur si proche : «C'est vrai, petit frère, mais c'est fini tout de même, nous ne marcherons plus au catéchisme.»

L. Groulx

À ma sœur

EXTRAIT D'UN DOCUMENT DE R. COSTADE (HOCHELAGA) ADRESSÉ À M. ROGATIEN L. (NEW YORK)

Moi-même, j'y étais. *La tablette appuyée contre la cuisse, calé sur la banquette arrière de mon automobile, je notais, à mesure que les informations me parvenaient, le nombre présumé des victimes et je calculais les quotas. Toutes les quinze minutes, un de mes hommes accourait, se penchait à ma portière — encore cinq, bon sang, encore dix !*

Soucy, le visage en sueur, exultait : «Il y en aurait une cinquantaine, peut-être davantage !» Je n'osais y croire. Il répéta. N'y tenant plus, je sortis de la voiture.

Le feu avait pris de la cave aux mansardes. Il s'échappait des fenêtres avec une frénésie de possédée. Personne ne sortirait vivant de ce brasier. Il n'y avait plus qu'à prier pour qu'il ne gagne pas la ruelle. On entendait les vociférations des victimes, distinctement. Des cris assez curieux, qui ressemblaient à des éclats de rire, un hurlement désabusé. «La souffrance qui s'esclaffe», m'a dit Soucy. Le rire qu'on entend de temps à autre en enfer, j'imagine.

Puis il me dit : «Regardez-moi ce glacier de sang.» C'était vrai. Les pierres s'étaient empourprées, il s'en détachait par

9

pans entiers de la façade, elles roulaient jusqu'au milieu du pavé, comme des scories, encore fumantes.

— Attention, si jamais ça s'effondre, ça va être la panique.

— Je serai très prudent.

Je me glissai parmi les badauds effarés. On se serait cru au cirque. Les policiers tâchaient de les tenir à distance. Il y avait des enfants perchés sur des épaules. Par groupes imprévisibles, des voyous lançaient des cailloux vers les fenêtres, on se jetait à leur poursuite, ils se dispersaient et se fondaient dans la masse. Des ambulances arrivaient, d'autres partaient, elles se frayaient péniblement un chemin en faisant tinter leurs cloches. Les chevaux des pompiers tiraient sur leurs attelages comme des poissons qui se tortillent à l'hameçon. Une femme en jaquette, qu'un agent retenait contre sa poitrine, les yeux fous, criait un prénom d'homme en tendant le bras vers l'édifice. Déjà, Soucy marchait vers elle. Les sapeurs faisaient ce qu'ils pouvaient pour arroser les bâtiments les plus proches.

C'est alors que se produisit l'explosion. J'en sentis le souffle brûlant sur mon visage. Un sapeur fut transformé en torche vivante, un cheval aussi. La pauvre bête qui s'en allait à l'épouvante et risquait de répandre la flamme dut être abattue à la carabine. Quelques secondes plus tard, la façade croulait, bloquant l'issue aux ambulances. La foule en déroute reflua, et je me réfugiai dans une entrée de cour. Le sapeur, m'a-t-on dit, rendit son dernier râle étendu sur une charrette.

J'explorais avec nervosité le fond de mes poches pour retrouver mon crayon, au moment où je l'aperçus. Il était *peut-être là depuis plusieurs minutes, je ne sais. Un être robuste, trapu, avec un front étroit, envahi de poils drus, et un groin de sanglier. Il se tenait devant moi, un sourire égaré aux lèvres. Le sourire d'un enfant coupable d'un geste dont il ne s'était pas figuré les conséquences. Je me demandais ce qu'il me voulait, pourquoi il me regardait de cette façon.*

— C'est moi, fit-il timidement.

Je ne comprenais pas. Il se rapprocha et répéta : «C'est moi», il me montrait ses mains, sa chemise était maculée... Mon sang ne fit qu'un tour. C'était trop beau pour être vrai! Il était là qui se livrait, et, pour une raison qui m'échappe toujours, il s'était confié à moi pour que je le donne à la police! Il dit encore, misérable :

— J'avais trop bu.

Je le saisis au col, je le dépassais d'une tête et demie au moins; il se laissa emmener. Je sentais le regard des gens sur nous. Quelqu'un eut un mouvement, plein de menaces : «C'est lui? C'est l'incendiaire?...» J'eus peur. Mais un plancher du bâtiment crevait au même instant, qui capta l'attention de tous; nous pûmes continuer notre chemin. Mon prisonnier en avait éprouvé une telle frousse qu'il avançait sur la pointe des souliers, les jambes en arceaux. Il avait pissé dans sa culotte.

Somme toute, on apprit assez peu de choses sur lui, pour la simple et bonne raison qu'il n'y en avait sans doute pas beaucoup à apprendre. Un paysan, quoi, un habitant, célibataire et boutonneux de surcroît. Il suivit son procès la tête dans les épaules, docile et hébété, tel qu'il s'était abandonné à la police. Un jour, mon frère et moi, nous discutions pour savoir si nous devions faire tuer notre chien, et Napoléon

11

dressait l'oreille avec inquiétude, venait vers nous, frémissant, agitant la queue, poussant son museau dans la paume de nos mains... C'est bien à Napoléon que l'inculpé me faisait songer. Et lorsque le procureur y alla de ses grandes manches, réclamant l'échafaud en suffoquant d'indignation, de nouveau l'incendiaire pissa dans son froc. Quant au mobile du crime, mon Dieu! il était si clair, si bête, si candidement évoqué par le principal intéressé que bien peu de latitude fut laissée à la défense, et le jeune avocat de service, en nage, se raclant la gorge à tout bout de champ, ne put au moment de son plaidoyer que bégayer deux ou trois âneries, je te les épargnerai. Voici à tout le moins les faits. L'inculpé, désespérant de se dénicher une épouse au village, où depuis sa tendre enfance il suscitait les rires, était pour la première fois de sa vie allé en ville. Il ne fut pas déçu : dès le premier jour une créature se pendit à son cou. Chambre à l'hôtel, restaurants, spectacles et night-clubs, la fille ne se priva de rien. Après quelques jours de ce régime, ils se retrouvèrent au Grill aux Alouettes. Sa conquête y ayant rencontré des connaissances, qui toutes firent la noce aux frais du pigeon, celui-ci finit par trouver ses économies de trois années épuisées en trois nuits. Il était temps de rentrer au village! Elle le repoussa. Il insista — elle le gifla. Il la frappa, précisa-t-il, «sur sa grosse bouche rouge». Les coups de poing volèrent au hasard de ce qui bougeait. Il fut catapulté la tête la première dans les escaliers.

Il erra quelque temps dans les rues. Échouant chez un marchand d'huile, il y laissa en gage la montre qu'il avait héritée de son grand-oncle, détail qui lui tenait sans doute à cœur puisqu'il le mentionna au juge à cinq reprises au moins.

12

Revenu au Grill aux Alouettes, il déversa le contenu des bidons sur les deux escaliers de sortie et y jeta une allumette. «Allumée?» s'assura le juge. L'incendiaire la trouva bonne, celle-là; il se tapa la cuisse. Parmi les clients du Grill, il n'y eut aucun survivant.

Le soir de l'incendie, Rogatien, je ne suis pas près de l'oublier. Il devait être environ neuf heures, je dormais, question de récupérer mes forces pour la longue nuit de travail que je m'étais promise. Je fus réveillé par un de mes hommes. Avant même que j'aie eu le temps d'enfiler un pantalon, il me mit au courant de la situation. Je dépêchai trois de mes représentants sur les lieux afin qu'ils entrent en contact au plus tôt avec les familles des victimes, s'il s'en trouvait. Puis je m'y rendis moi-même. Toute la paroisse était descendue dans la rue. À ce moment-là, on croyait que le nombre de cadavres ne dépasserait pas la vingtaine. C'était déjà pour me fiche l'urticaire. «Le cours des choses sur cette terre est tel qu'il est rare qu'elles mènent au pire», me plaignais-je à toi dans ma dernière lettre. Eh bien, ça arrive. À la fin de la soirée, le bilan fait, on dénombrait soixante-quinze corps!

Je ne pus rien faire de la nuit, pas même dormir, j'avais la fièvre. Je savais, bien sûr, que nos chances étaient les meilleures, que tout nous désignait. D'abord, l'incendie avait eu lieu dans notre secteur; ensuite, sans parler de notre compétence, cette touche exquise qui nous est propre, nous étions les seuls à disposer de l'espace nécessaire. Et après tout, n'était-ce pas moi qui avais livré le criminel aux autorités? Soucy ne cessait de me le répéter. Mais je demeurais anxieux.

Des obstacles de dernière minute risquaient de surgir, la concurrence pouvait nous faucher l'herbe sous les pieds, je n'ai jamais manqué d'ennemis. Je faisais les cent pas dans mon bureau, me sentant pris, épris, tout entier dans mon élan, comme aux premiers instants d'un amour.

Vers l'aube, enfin, je fus libéré de mon anxiété. Un de mes hommes me téléphonait. *Nous avions gagné!* Nous avions droit au quota maximal! ... *Je fondis en larmes.*

Il fallait que les membres de la famille identifient un à un les cadavres avant que ceux-ci ne nous soient livrés. Nous en attendions trente. Avec de la chance, ce nombre pouvait augmenter jusqu'à trente-cinq. J'exigeai que dès leur arrivée les corps soient transportés dans notre caveau. Ce n'est pas pour me vanter, mais c'est le plus grand de la ville, le seul avec celui de la municipalité qui soit vraiment digne d'une hécatombe. Serais-je là pour les accueillir? me demanda un employé. Je lui dis que non. J'attendrais qu'ils soient installés, couchés sur les tables, et à ce moment-là seulement, fin seul, j'y descendrais. Qu'on m'avertisse alors.

Nous en obtînmes finalement trente-deux. La dernière livraison eut lieu à trois heures de l'après-midi. Seul, donc, je descendis au caveau, en habit, haut-de-forme, collerette et cravate rouge, tout rayonnant de cette splendeur dont tu me sais capable. Pourquoi à ce jour les femmes n'ont-elles pas constaté à quel point je suis beau? Toutes les occasions leur sont bonnes pour refuser la vérité qui crève les yeux.

La plupart étaient morts d'asphyxie, étouffés par la fumée ou sous la pression de la foule qui cherchait à s'échapper de la forge. Il y en avait de plus démantibulés que d'autres, ceux du rez-de-chaussée je présume, qu'avait écrasés le poids des *étages supérieurs. «Être à peine, puis n'être plus, vaut mieux que n'avoir pas été du tout», répétais-je tout bas au-dessus de la tête de chacun, comme une bénédiction. Et je respirais, oui, je humais. Au parfum familier se mariaient ceux de l'incendie, celui de la viande fumée aussi, capiteux. Mes corps se succédaient côte à côte, main contre main, sur les grandes tables ivoire. De belles femmes parmi eux, pas trop enfoncées encore, un peu enflées à la gorge, comme des moineaux, comme je les aime. Je reconnaissais certains visages. Je marchais dans l'allée et ne savais où donner de la tête tant il y avait à voir. Tâchant de demeurer calme, maître de moi-même. Quand on est ce que je suis, on se méfie de ce que l'on est.*

C'est ainsi que je rencontrai le cadavre de Blanchot. Passablement amoché celui-là, la bouche encore ouverte. Je le mentionne car la chose t'intéresse d'une étrange manière. J'avais parlé à ce Blanchot l'après-midi même. Je lui avais cédé une icône pour trois fois rien, une icône de la Vierge, en retour d'un petit service qu'il m'avait rendu. Or cette icône, devine qui l'avait peinte? Je te le donne en mille : toi. Voilà bien une trentaine d'années, quand tu te croyais encore chrétien, ça ne nous rajeunit pas. Tu avais pris pour modèle ton éternel amour d'alors. Dis-moi, Rogatien, dis-moi, te souviens-tu de Justine Vilbroquais?

Je revois le mur où tu avais écrit à sept ans : J'APPAR-TIAN À JAMÈ À JUSTINE VILBROQUAIS. Peux-tu t'imaginer qu'elle vit toujours dans le quartier? Je l'ai vue l'autre jour, de loin. J'ai pris mes renseignements. Elle gagne son pain à jouer du piano dans les salles de cinématographe. Console-toi, Rogatien, la vie de cette veuve fut misérable.

15

Mais physiquement elle a à peine changé. Sans rire. Ses yeux, je t'assure, ses fameux yeux, sont demeurés les mêmes.

Oui, je marchais, j'avais devant moi tous ces cadavres que nous devions transfigurer, la perspective de ce Grand Œuvre me transportait. Et quand, le soir même, mon équipe et moi nous mîmes à la tâche, l'intérieur du corps humain étant le royaume des couleurs, je me sentais comme un sorcier horticole, un jardinier de génie se promenant, éclaboussé de lumière et de musique, au milieu de ses cathédrales de fleurs !

R. Costade
Directeur de la Maison Costade et Fils
Ordonnateurs de pompes funèbres
depuis trois générations

(Le reste du document ne concerne pas cette histoire.)

CHAPITRE I

Remouald Tremblay, trente-trois ans, avait pour habitude, trois fois par semaine, d'amener son père faire un tour de chaise à roues.

Depuis une dizaine d'années, Séraphon Tremblay avait perdu l'usage de ses membres, ceux du bas comme ceux du haut. Cela s'était fait naturellement et sans heurt, presque sans douleur, comme des fleurs se dessèchent dans un pot. Invariablement enrobé de sa tunique mauve, moitié jaquette moitié drap, Séraphon ressemblait à ces marionnettes qu'on anime avec la main : corps de chiffon, crâne de bois, et cette physionomie ricaneuse et butée que les enfants voient dans leurs mauvais rêves. De cette tête, on n'apercevait d'abord qu'un nez, proéminent et bossu. Aussi ridé qu'un raisin sec, il avait néanmoins les traits mobiles, la repartie acide et le regard remarquablement pointu et vivant.

Séraphon Tremblay était peu gêné de ses incapacités, dont il savait tirer parti. Il était de ces vieillards qui le sont pour ainsi dire de naissance, attendent toute une vie l'âge propice, n'adviennent à eux-mêmes qu'à la vingt-troisième heure, mais acquièrent alors cette puissance dont rayonne toute chose parvenue à la plénitude de son essence. Son corps n'exigeait à peu près plus rien de lui, c'était déjà cela de gagné, et, faisant d'une pierre deux coups, il lui offrait cette bonne fortune d'écraser sous le poids de son impotence son fils Remouald.

Son autorité sur lui était indiscutable, sans complexes, ascétique à sa manière, devenue sa seule raison de vivre. Il y avait une limite au-delà de laquelle cependant il ne pouvait l'exercer. Quand il le voyait à la fenêtre en train de contempler la lune, engourdi par quelque rêverie, Séraphon aurait vendu son âme pour se retrouver dans l'âme de son fils, conduire ses pensées de l'intérieur comme on conduit une automobile. Cela entretenait en lui une irritation permanente. C'était marcher avec un caillou dans sa chaussure. La rage au cœur, Séraphon s'inventait des caprices. Que Remouald lui replace donc son alaise!... Qu'il fasse donc moins de bruit en respirant!... Sans rouspéter, indifférent et dévoué, Remouald obtempérait aux ordres les plus extravagants. Séraphon aurait aimé entendre de temps à autre une plainte, un soupir d'impatience. Il souffrait mal que Remouald lui obéisse sans souffrir.

Comme tous ceux qui voudraient que le cours des choses s'ordonne selon leurs vues, dès qu'un détail clochait, Séraphon se croyait délaissé, trahi, émouvant de solitude. S'étant marié sur le tard, il avait conservé intacte la propension du vieux garçon à s'apitoyer sur soi-même, et en usait en maître. Il considérait l'égoïsme comme le moindre des égards qu'il se devait à lui-même. Quand il se sentait d'attaque, il passait de longs dimanches à geindre, à pleurnicher, à renifler, s'interrompant à l'occasion, l'œil en coin, pour épier les réactions que ce chagrin suscitait chez son fils.

Depuis la mort de Célia, Séraphon se confondait de plus en plus avec elle, aux yeux de Remouald, et, en retour, la figure de Célia, dans les souvenirs de Remouald, se rapprochait chaque jour davantage de celle de Séraphon. C'était au point que Remouald ne les distinguait plus l'un de l'autre : il entendait la voix de sa mère quand son père lui parlait. Remouald avait devant lui, autour de lui, dominant sa vie, cette entité sans sexe précis, qu'il transportait, trois fois par semaine, en chaise roulante, afin de lui faire prendre l'air.

La ruse du destin étant de se vêtir sans recherche, tout commença par une promenade en apparence semblable à toutes celles qui avaient précédé.

Ils remontaient la rue Moreau jusqu'à la rue Ontario, ils tournaient à droite jusqu'à la rue Préfontaine, puis descendaient jusqu'à la rue Sainte-Catherine, voire jusqu'à la rue Notre-Dame, les soirs d'audace. C'est en refermant le rectangle, en reprenant par le sud la rue Moreau, qu'ils passaient près du Grill aux Alouettes. Remouald rougissait. Il craignait toujours d'y croiser quelque client, et que celui-ci le salue. À l'insu de Séraphon (croyait-il), il arrivait à Remouald, lorsque son père s'était endormi (croyait-il), de venir au Grill aux Alouettes, et d'y boire, attablé jusqu'aux petites heures dans un coin sombre, un mélange de bière brune et de whisky blanc dit castor-qui-tue. Où qu'il fût, parce qu'il était embarrassé de son grand corps, que ses gestes comme ses paroles étaient gauches, Remouald avait l'impression que les regards convergeaient vers lui, qu'on chuchotait dans son dos, qu'on le montrait du doigt. Il se trompait. Bien que sa personne fût singulière à plus d'un titre, Remouald était un homme qui, en général, passait inaperçu.

Le retour par la rue Moreau était pour Remould le moment le plus déprimant de leur excursion; c'était donc celui que Séraphon préférait. Il fallait longer la gare de marchandises, puis l'usine à cochons, qui dressait ses cheminées énigmatiques, séparées par des terrains raboteux. Il y avait aussi l'odeur des silos fondue à celle de la fabrique à mélasse, de quoi donner l'envie de rendre; enfin les ronchonnements de Séraphon au moment de traverser la voie ferrée, quand sa chaise tanguait à cause du dénivellement des rails. Remould, toujours appliqué, était pourtant devenu expert dans cette manœuvre.

Il y avait un immeuble, haut de dix étages, de l'autre côté de la rue, presque en face de leur maison. Les fenêtres ressemblaient à des yeux vides, les portes de garages à des bouches, des tombeaux de cris. L'édifice rappelait à Remould ces totems primitifs qu'il voyait sur certains timbres de sa collection, il y retrouvait la même expression de morne ensorcellement, de transcendance pétrifiée. On aurait dit le témoin révolu de quelque catastrophe cosmique qui aurait engouffré avec elle la signification des choses. Et il ne restait plus qu'un monde momifié, une carcasse sans souvenirs, pareille à celles des animaux échoués dans les sables du désert. L'enseigne rouge portait en jaune les mots : ACE BOX. On fabriquait là des boîtes en carton. Et il était pénible à Remould de songer à une manufacture où l'on ne fabriquait que des boîtes vides. «Il en faut, pourtant, il en faut», se disait-il; il s'ingéniait à imaginer tout ce qu'on pouvait entasser dans des caisses en carton. Mais une boîte vide demeurait une boîte vide, et ces pensées raisonnables ne parvenaient pas à dissiper le sentiment qu'un univers jadis plein de messages secrets avait à jamais clos ses paupières, et que cet indéchiffrable édifice, qui bouchait l'horizon au nord, aveugle et muet, en était la pierre tombale.

Revenus devant leur porte, Remouald devait prendre Séraphon dans ses bras, le monter jusqu'au deuxième étage et essuyer les remontrances que ce dernier ne manquait jamais de lui faire sur sa maladresse. Ensuite, il trifouillait sa collection de timbres, ou bricolait de menus objets, et se cachait pour boire un coup, tandis que son père, son journal lu, dodelinait de la tête et finissait par s'endormir. C'était ainsi depuis des lustres. Et, par une crainte de vieillard pour le changement, qui ne peut être jamais qu'un changement pour le pire, ni l'un ni l'autre n'aurait souhaité que quoi que ce fût vînt déranger cette existence.

Un lundi soir de la fin de novembre, quelque temps après que le Grill aux Alouettes eut été la proie des flammes, il prit à Séraphon la fantaisie d'en traverser les ruines, sous prétexte de s'assurer qu'il ne s'y trouvait rien de récupérable. Remouald s'y opposa, tant cette idée lui répugnait. Mais son refus ne fit qu'accroître l'entêtement de Séraphon.

— J'ai dit qu'on traverserait ces ruines, et on va traverser ces ruines, fit-il avec la voix de sa défunte épouse.

Résigné, Remouald releva le col, enfonça davantage son chapeau et souleva le câble qui entourait le terrain. Ils s'engagèrent parmi les ruines.

— Fais donc attention, imbécile !

Remouald s'efforçait de redresser la chaise : la suie qui recouvrait le sol formait une gomme où s'empêtraient les roues. Le terrain était jonché de débris. Il s'immobilisa et regarda autour de lui. Le clair de lune répandait sur le terrain une lumière glacée. Du Grill aux Alouettes ne demeuraient que des squelettes métalliques, des coins de la charpente, des murs en angle aussi noirs que de la pierre de cheminée. Le plancher de la piste de danse s'était écrasé deux étages plus bas et gisait en morceaux, comme une pièce montée qui se serait effondrée. Les boiseries, les colonnes, les rampes et les banquettes, les tabourets aux pattes brisées, les plafonniers et les éclats de vaisselle, tout avait été ramené au niveau du sol, parmi la boue, dans une même puanteur. Remouald enfouit son visage dans son cache-nez.

— Continue, allons ! Je t'ai dit de continuer !

— Mais on va finir par renverser la chaise !

— Si tu ne fais pas l'imbécile, la chaise ne se renversera pas.

À contrecœur, Remouald poussa la chaise et continua d'avancer parmi les immondices.

— Et si quelqu'un nous voyait ? On n'a pas le droit de se promener comme ça sur les lieux d'un incendie.

— Ta, ta, ta ! Regarde plutôt où tu mets les pieds : je sens que je penche vers la gauche.

— Nos vêtements vont sentir la fumée. Nos cheveux, notre peau !

— Ah ha ! Il y a donc quelqu'un qui s'intéresse à l'odeur de ta peau ?... Tiens, arrête un peu. Qu'est-ce que c'est que ça, là, par terre ?

— Quoi donc ?

Séraphon renâcla :

— Là !... Là !

Remouald se pencha sans quitter la chaise des mains.

— De l'autre côté, crétin ! Ici, à ma droite.

— Mais ce n'est rien, papa. Un cendrier.

— Je te dis de le ramasser. Pose-le sur mes genoux, entre mes mains, que je puisse le palper.

Remouald protesta, mais Séraphon eut un geignement impérieux. Du bout des doigts, il dégagea le cendrier de la boue et le posa sur le plaid qui enveloppait les jambes de son père. Pendant que ce dernier examinait sa trouvaille, Remouald promenait son regard sur les décombres. Ici, une bouteille que la chaleur avait tordue. Là, un paletot à demi brûlé, et là encore, oui, il ne se trompait pas, c'était bien un dentier... Remouald eut un haut-le-cœur. Il détourna les yeux.

Un vestige d'escalier arrêta son attention; soudé à lui, un pan de mur tenait encore debout, un peu bombé, dans un équilibre incertain. On apercevait un halo de lumière, comme si un feu de branches brûlait de l'autre côté. Souvent il s'était assis sur ces marches en attendant que les toilettes soient libres. Il se rappelait le cortège des coquerelles qui dansaient autour des urinoirs et fuyaient à son approche, tels des voleurs surpris en plein complot. Chaque fois, il pensait que les coquerelles devaient avoir leur perception du monde, originale et cohérente. Et il frémissait à l'idée que cette réalité monstrueuse, dans son ordre propre, valait sûrement la réalité que lui-même percevait. Sa réalité n'était pas plus vraie, sans doute pas plus complexe, que celle que voyaient les coquerelles. Il se retenait parfois pour ne pas crier d'horreur. Elles avaient dû périr comme les autres, les femmes, les hommes, les souris, les rats. Remouald essaya de chasser cette pensée. Il vit alors une chose terrible.

23

— Jette-le.

Derrière ce mur, on apercevait des silhouettes.

— Jette-le !

— Hein ? Quoi ?

— Jette ce cendrier ! répéta Séraphon. De toute façon, on ne fume pas, ni toi ni moi. Allez, ouste !

Remouald donna une pichenette sur le cendrier. Séraphon lui dit de le ramasser et de le lancer plus loin. Un rien exaspéré, Remouald le lança de l'autre côté de la rue. Il revint près de la chaise. Il la poussa sur quelques mètres, et s'immobilisa derrière un tertre formé d'ordures. De là, Remouald pouvait voir sans crainte d'être vu. Il comprit alors ce que les silhouettes faisaient derrière le mur.

— Qu'est-ce que c'est ? Qu'est-ce qu'il y a ?

Sidéré, Remouald ne répondait pas. Ses mains, qui avaient quitté la chaise, pendaient le long de ses cuisses.

— Que se passe-t-il donc ?

Séraphon essaya de faire pivoter son torse. Mais sa tête, trop lourde, retomba sur son épaule. Il se concentra, mettant son esprit en boule. Il entendit les pas de Remouald qui s'éloignait, puis, un peu plus tard, et comme de très loin, ce qui lui parut des rires d'enfants. Séraphon eut peur.

— Remouald ! J'ai froid ! Je te dis que j'ai froid ! Reviens !

Une longue minute passa, dans un inquiétant silence. Puis un bruit de fuite, des cris, et encore des voix d'enfants. Des mains d'une exceptionnelle fermeté se posèrent sur les guidons de sa chaise. Une voix, qu'il ne reconnut pas, lui dit à l'oreille :

— Il faut sortir d'ici immédiatement.

Séraphon trouvait que ce n'était plus du jeu.

— Stop ! Arrête ! Viens te mettre là devant moi. Je veux te *voir*, Remouald, c'est un ordre ! Sinon, je ne croirai pas que c'est toi !...

Il appela au secours. La chaise brinquebalait sur les aspérités en se ruant vers la sortie. Ils parvinrent jusqu'au trottoir, une fenêtre s'ouvrit, une figure de femme apparut, elle cria. La chaise roulait encore plus vite. Séraphon était sur le point de perdre la tête. À sa droite, les façades des maisons défilaient à toute allure. Il avait l'impression de tomber dans un précipice. Une voiture tirée par deux chevaux surgit au coin de la rue. Remouald freina en retenant la chaise à roues. Emporté par l'élan, Séraphon vola jusque sous le véhicule. Le vieil homme était aplati sur le pavé, il avait le cou collé à la roue. Deux centimètres de plus, et c'eût été la guillotine.

Les plaintes aiguës de Séraphon épouvantaient les chevaux, le pompier avait toutes les misères à les maîtriser. Il se mit à engueuler Remouald. Ce dernier, essoufflé et confus, ramassa tant bien que mal Séraphon et tâcha de le stabiliser sur sa chaise. Le vieillard, dans tous ses états, refusait de croire que cet individu était son fils, il suppliait le pompier de le sauver des griffes de cet imposteur !...

Remouald le secoua sans ménagement, puis il lui releva le menton, l'obligeant à le regarder en face :

— Hé ho ! Tu vois ? C'est bien moi ! Moi, Remouald !

Un instant interloqué, Séraphon éclata en sanglots.

— Ah, mon petit Remouald, mon fils ! Te voilà enfin ! On a voulu m'assassiner ! *On a voulu m'assassiner !* Mais où étais-tu donc ? Oh, je sais bien que cela t'aurait fait plaisir, va !

25

Et il continuait à pleurnicher : Nnn... nnn...

D'un mouvement timide du bras, Remouald signifia au pompier que ça irait, que tout était revenu à la normale, et l'homme, fouettant furieusement ses chevaux, s'éloigna en maugréant des injures de sapeur.

De retour à la maison, malgré ses protestations, Séraphon fut installé devant la fenêtre. Sous les réverbères de la gare, une bande de gamins jouaient au hockey. Des ouvriers chargeaient un camion devant l'édifice de la Ace Box. Remouald s'était retiré à l'autre extrémité du logement, près du comptoir de la cuisine. Ses cheveux filasse, plaqués contre son front, étaient gluants de sueur. De l'intérieur de son pardessus, il sortit le morceau de bois et le déposa sur la table. L'angoisse lui nouait l'estomac. Il se sentait comme s'il venait d'avaler un grand verre de vinaigre glacé. L'image de ces silhouettes, de ce qu'elles faisaient derrière le mur, l'avait ébloui. Il fixait son regard sur un coin du plafond, et il lui semblait que ces figures continuaient de jouer, comme des points noirs, devant ses yeux. Il saisit dans le buffet le flacon de caribou et y but avec avidité.

— Voilà les pompiers ! explosa Séraphon avec une sorte de triomphe.

Remouald se précipita vers la fenêtre. Une voiture à quatre chevaux s'était arrêtée devant leur porte. Il en descendit une demi-douzaine de pompiers qui se rangèrent le long de la chaussée. Le capitaine vint sonner chez eux.

— Mais qu'est-ce qu'ils nous veulent, ces bouffons ? fit Séraphon.

Remouald s'empressa de retourner dans la cuisine afin de replacer dans le buffet la bouteille de caribou. Le morceau de bois demeurait sur la table, à la fois effrayant et tranquille — où le mettre, bon Dieu ? L'officier sonna une seconde fois. Remouald courut jusqu'à la commode et flanqua sa découverte sous une pile de chemises dans le tiroir du milieu. Puis il alla répondre à la porte.

Le capitaine gravissait l'escalier en faisant claquer ses bottes. Il s'assit à la table de la cuisine, posa son képi devant lui et s'alluma un cigare. Remouald fit timidement remarquer qu'ils n'avaient pas de cendrier.

Le capitaine eut un geste, l'air de dire : «Qu'à cela ne tienne.» Il fouilla dans la poche de son uniforme et en sortit un cendrier. Remouald avala de travers : c'était celui de tout à l'heure. Il y avait encore de la boue sur le rebord.

— Cela vous incommode de voir des cendriers ?

Remouald fit aussitôt non. Il demanda, en se tordant les doigts :

— Voulez-vous boire quelque chose ? Un thé peut-être ?... Ou manger un morceau de lard ? On en a justement. Vous avez faim ?

— Je prendrais bien un morceau de lard, à la réflexion, fit le capitaine avec une nuance de mondanité. Pour ce qui est du thé, si vous en avez du bien noir, je ne dis pas non.

Si Remouald ne mangeait jamais de viande, Séraphon, lui, après ses repas, aimait sucer une couenne de lard : il y en avait toujours un morceau dans le buffet. Remouald la lui découpait rituellement en petits morceaux, qu'il lui tendait à sa demande. Séraphon les suçait longuement, en les savourant, puis les recrachait. On en découvrait des bouts racornis un peu partout autour de son lit, comme des pétales tombés d'une fleur. Quant à Remouald, un jour il mangeait, un jour il ne mangeait pas : un régime parfaitement équilibré.

Remouald jugeait qu'il avait agi inconsidérément en faisant cette offre au capitaine, car le lard était rangé à côté de la bouteille de caribou. Le capitaine se froisserait peut-être de ce qu'on n'ait pas songé à lui proposer un verre d'alcool. Remouald faisait comme si de rien n'était, mais ses mains tremblaient. Le capitaine pourtant ne s'intéressait qu'à une armoire située au haut du mur et qui était cadenassée. Il se crut perspicace et eut un clin d'œil allusif :

— Fortune de famille ?

— Hein ?... Oh, ça ! non. En fait, je ne connais pas bien cette armoire. Seul mon papa sait où se trouve la clé, et il ne m'a jamais dit ce qu'il y a dedans.

Remouald, que l'existence de cette armoire laissait depuis toujours indifférent, disait vrai, mais le pompier ne paraissait pas le croire, il s'en rendait bien compte. Un peu dégoûté, il s'appliquait à trancher le morceau de lard. Le couteau qui coupait mal glissait sur le gras. Pour surmonter sa répugnance, il s'appliquait à lire les titres du journal dans lequel le morceau avait été enveloppé.

Dans la chambre à coucher, Séraphon était absorbé par le spectacle de la rue. Les gamins avaient abandonné leur jeu. Ils tournaient autour des sapeurs, la bouche en O, admiratifs. Des voisins, qu'autrement on ne voyait jamais, s'étaient collé le nez à la fenêtre, apeurés et frileux. C'étaient des vieux comme Séraphon, ou des vieilles; toute la rue, dans chaque logement, c'était comme ça : des vieux. Rompant son garde-à-vous, un pompier empoigna le bâton d'un des gamins, puis il serra entre ses cuisses l'extrémité recourbée, le bout vers le haut. Il ébaucha ainsi quelques pas d'une danse burlesque, en imitant un pingouin. Le petit garçon riait.

— Au fait, dit le capitaine comme Remouald lui versait un thé couleur d'encre, un témoin a affirmé vous avoir vus, vous et votre mère, sur les lieux du Grill aux Alouettes, voilà environ une demi-heure. Est-ce exact ?

— Euh, oui. Oui.

Remouald ne cessait de taquiner le col de sa chemise. Le capitaine poursuivit en chiquant sa couenne de lard.

— En ce cas, permettez-moi de vous poser quelques questions. Auriez-vous objection à ce que votre mère participe à notre entretien ? Ce serait, je pense, préférable.

Remouald acquiesça et s'en fut chercher son père. Séraphon protesta car il désirait observer le manège des pompiers et des enfants. Cependant, quand son fils l'eut installé devant l'officier, il salua celui-ci avec obséquiosité.

— Votre fils et vous, madame, n'êtes sans doute pas sans savoir que pénétrer sur un terrain privé, même s'il est sinistré, je dirais même : surtout s'il est sinistré, constitue ni plus ni moins un délit, plus ou moins grave selon les circonstances, j'en conviens, et, en l'occurrence, nous sommes prêts, les officiers et moi, à passer l'éponge.

Le capitaine, étourdi par le tourbillon de sa phrase, dont il avait dégusté chaque syllabe, marqua une pause pour en apprécier l'écho. Puis il déchira de ses dents un nouveau coin de lard :

— Seulement, pourriez-vous m'expliquer les raisons que vous aviez d'écornifler par là ?

Séraphon sourit. On n'était pas fils d'institutrice pour des prunes, et si le pompier entendait rivaliser de belles phrases, il venait de trouver chaussure à son pied. Il pencha la tête avec condescendance et toussota pour la forme.

— Votre intelligence est remarquable, monsieur le pompier, vraiment remarquable, je n'oserais pas même essayer de vous tromper sur quelque question que ce soit. Ne venez-vous pas de m'appeler madame ? Votre clairvoyance est étonnante. Comment dire, vous sentez à ce point les êtres ! Vous avez su voir la femme en moi, celle que la faiblesse de ma constitution, usée par tant d'années, a finalement faite de moi. Oui, l'homme que je suis devenu n'est plus qu'une vieille femme, et votre jugement n'a pas pu s'y tromper. Aussi, répondrai-je sans louvoyer à votre question, si votre gentillesse, votre indulgence d'homme gradé, veut bien me la répéter, car ma mémoire de vieille femme me joue des tours.

Le capitaine répéta sa question sans broncher.

— Eh bien, voici. Mon fils ici présent, qui est un peu balourd, mais a bon cœur au fond, et s'occupe de sa vieille femme de père...

— Bon, ça va, j'ai compris.

— Je vous disais donc que mon fils me faisait, à l'heure du repas, la remarque suivante : et s'il restait encore, parmi les décombres, un pauvre malheureux ? Imaginez, un homme, une femme, qui sait, qu'un destin étrange aurait miraculeusement épargné... Après tous ces jours. Pensez-y : *après tous ces jours !* Cela s'est déjà vu, vous savez ?... Eh bien, notre devoir ne serait-il pas d'aller le secourir ? Un bébé, peut-être. Un petit enfant du bon Dieu, monsieur le capitaine.

— Je ne vois pas ce qu'un bébé aurait été faire au Grill

aux Alouettes.

Séraphon parvint à soulever très légèrement les épaules, comme pour dire : «Ah! mais c'est qu'on ne sait jamais!...»

— Si je vous suis bien, c'est dans l'espoir de retrouver un survivant que vous êtes allés dans ce trou.

— C'est cela, oui.

Le capitaine consulta du regard Remouald, mais ce dernier pencha la tête sans répondre.

— Les témoins affirment avoir vu votre fils ramasser quelque chose. Ceci, en fait.

Le pompier désignait le cendrier. Des rebuts de couenne récalcitrants aux molaires, plantés au milieu des cendres de son cigare, s'y dressaient comme des pattes d'araignée. Séraphon s'empressa de se justifier.

— En effet, c'est moi qui le lui avais demandé. Pensez donc, capitaine, quel sujet de méditation! Dans ce cendrier, qui sait? un individu, comme vous et moi, rêveusement, ruminant en toute confiance des projets, songeant à son avenir, avait jeté les cendres de son cigare, croyant encore avoir devant lui de nombreuses...

— Peu importe ce cendrier, puisque vous l'avez laissé plus ou moins là où vous l'avez trouvé. Ce n'est pas ça qui m'intéresse. Mais on m'a dit que votre fils avait... Enfin, on m'a dit qu'il s'était passé autre chose, et que votre fils... que votre fils avait *fait* autre chose. A-t-il vu quelque chose? A-t-il pris autre chose? Voilà ce que je voudrais qu'on m'explique.

Séraphon se tourna vers son fils, les mâchoires crispées et les prunelles en feu. Remouald secouait la tête avec vigueur.

— Je ne sais pas de quoi on veut parler. Je n'ai rien pris

31

du tout. Je le jure. Rien vu, rien fait, rien pris.

— Dans ce cas-là, comment expliquer votre… comment dirais-je… votre précipitation quand vous êtes sortis du chantier ? Un de mes hommes a pu vous identifier, il vous a vu pénétrer ici, chez vous, c'est même lui, avec sa voiture, qui a failli couper votre père en deux.

À ce souvenir, Séraphon émit un couinement pitoyable. Remouald s'était levé. Il venait de saisir le couteau, d'un mouvement distrait. Il s'avisa soudain que ce geste pouvait paraître hostile. Il le relâcha.

— Je n'ai rien à dire là-dessus. Sur l'incendie. Sur le Grill aux Alouettes. Sur rien.

Le capitaine invita Remouald à se rendre dans le corridor. Remouald le suivit d'un pas hésitant. Le pompier l'empoigna au collet et l'adossa brutalement contre le mur. À voix basse, pour ne pas être entendu de Séraphon :

— Mais je te replace, là, tu t'appellerais pas Remouald par hasard ?... Ah ben, ça, par exemple, Remouald… Tu sais que tu m'écœurais déjà, mon Remouald, quand on était à la petite école, toi puis moi ? T'en souviens-tu ? Tu fais moins ton finaud aujourd'hui, on dirait. Je te dis ça parce que moi, je file pas tout à fait le genre à être gentil avec toi. Je sais de quoi t'es capable… j'ai de la mémoire, tu sais. Alors, tu dis que t'as rien fait, rien vu, ni rien de ça, tout à l'heure, sur le terrain du Grill ? Tant mieux, mon Remouald, tant mieux. J'aime mieux ça de même. J'aime vraiment mieux ça de même. Ce que je te dis là, c'est dans ton intérêt, on se comprend ?... Réponds-moi. On se comprend ?

Remouald ne disait mot, regardant le capitaine dans les yeux.

32

Pourtant, contre toute attente, l'officier n'insista pas. Il desserra le poing, fit mine, avec une délicatesse ironique, de replacer le col de Remouald, puis retourna à la cuisine. À l'invitation pressante de Séraphon, il glissa dans sa poche ce qui restait de lard. Il se coiffa. Tape sur le képi.

— Mais va reconduire monsieur l'officier, crétin ! chuchota Séraphon.

Remouald suivit le capitaine jusque dans la rue. Pressés les uns contre les autres dans la voiture, les huit pompiers roupillaient, l'air repus. Le capitaine les réveilla en frappant du poing contre la paroi du véhicule. Ils se redressèrent avec un empressement hagard. Entre les sabots d'un cheval, un bâton de hockey gisait, brisé en deux. On ne voyait plus les garçons. L'officier avisa Remouald de ne pas récidiver, la prochaine fois des poursuites seraient intentées; il décrivit les peines que son père et lui encourraient. «On se comprend, mon petit Remouald ?» Tremblant, Remouald répondit qu'il ne recommencerait plus. Le capitaine eut un hochement de tête et regagna son siège. La voiture des pompiers s'ébranla dans un fracas profond, s'éloigna vers les usines, et, quelques secondes plus tard, le silence de nouveau régnait sur la rue. Cette espèce de silence audible, tout bruissant, comme lorsqu'une apparition vient de s'évanouir.

* * *

— Ah ah ! Je le savais ! jubilait Séraphon. Tu me caches quelque chose ! Qu'est-ce que t'as ramassé là-bas ? T'as rapporté ça ici, hein ? Allez ! montre-moi ce que c'est !... Tu m'entends ? Aweille !

Un coude appuyé sur la table, Remouald fixait les yeux sur le plancher. Il se contentait d'un mouvement du bras, nonchalant et ennuyé, comme une vache écarte les mouches avec sa queue. Séraphon insistait. Faire cracher le morceau à Remouald était son sport favori. Il avait l'impression de le faire rôtir à la broche; petit à petit, la couenne se fendillait, on entendait un long sifflement : Remouald s'apprêtait à avouer. Séraphon anticipait ce moment de joie. Il se produisit pourtant un événement extraordinaire. Séraphon se tut, médusé. Il n'avait jamais vu cet air-là à son fils. Remouald s'était levé. Il marchait vers lui, les yeux ronds, en proie à une exaspération panique. Séraphon recula la tête avec effroi. Son fils le ramassa telle une poche de patates, il traversa le corridor, manquant culbuter dans les seaux et les balais, puis l'emporta jusqu'au lit dont il tira furieusement les couvertures. Séraphon épouvanté rebondit sur le matelas.

Remouald revint dans la cuisine, haletant, stupéfait de ce qu'il venait de faire. Il éteignit la lampe, dans la crainte d'être épié, et s'approcha du buffet. Sa main cherchait à tâtons la bouteille d'eau-de-vie. Il grelottait. Il se rassit à la table. Les sanglots de Séraphon lui parvenaient depuis la chambre. Il finit par se boucher les oreilles avec les poings.

Cette nuit-là, il s'endormit très tard, et fit un rêve.

Des habitants du quartier formaient une chaîne autour du terrain sinistré. Il y avait le gérant de banque, sa secrétaire, les gens du magasin général. Ils observaient Remouald d'un air jovial et féroce. Remouald était accompagné d'une petite fille qu'il ne connaissait pas. Tous deux étaient penchés sur un chapeau, et, à l'intérieur de celui-ci, un organe génital dodelinait mollement du gland, comme une tendre petite bête qui vient de naître, blessée et sans yeux. Arrivait un pompier qui soufflait dans une cornemuse. Il portait une gibecière attachée à sa ceinture, d'où dépassait la tête d'un lapin qui parlait avec une voix d'enfant. Il demandait à Remouald ce qu'il faisait avec une petite fille et ce qu'il cachait dans son chapeau. Remouald savait qu'il devait répondre, mais il était terrorisé. Alors le pompier éclatait de rire et emportait la fillette sous son bras. Remouald pensait avec angoisse : «Il va lui faire manger le lapin.» Il ne fallait pas qu'une chose pareille se produise. Le pompier s'éloignait tandis que le lapin implorait Remouald du regard. La foule applaudissait comme au théâtre. Remouald courut jusqu'au pompier et lui mit la main sur l'épaule. Le pompier ne voulait pas s'arrêter. Remouald l'agrippa par sa tignasse rouge et étouffa un cri d'horreur : la tête du pompier, toute grimaçante, lui était restée dans la main. Les spectateurs huaient en lançant des cendriers. Ils dévalaient les flancs du trou et se rapprochaient de lui d'un air menaçant. Le corps décapité continuait à s'éloigner mine de rien. Remouald se réveilla trempé de sueur.

Il constata qu'il avait dormi plus tard que de coutume et qu'il risquait pour la première fois en quinze ans d'être en retard à son travail... Il ne se soucia pas de l'heure. En retrait dans le lit qu'ils partageaient, Séraphon marmonnait, geignait, faisait des cauchemars de petit vieux. De gros flocons de neige passaient obliquement devant la fenêtre.

Remouald s'agenouilla devant la commode et ouvrit délicatement le tiroir du milieu. Il fouilla sous les chemises, en jetant des regards vers son père pour s'assurer que celui-ci dormait. Il sortit l'icône de la Vierge qu'il y avait cachée la veille. Le bois dégageait une odeur d'incendie. Il apposa l'icône sur le mur. Les paumes jointes, les doigts croisés si fort que les ongles pénétraient sa chair, Remouald Tremblay pria avec une ferveur qu'il avait crue perdue. Il ne se rappelait pas — tellement cela le ramenait loin en arrière — que les larmes avaient ce goût de sel, de rêve brûlé et de sang.

CHAPITRE II

Je ne suis quand même pas folle, je les ai vus. Si jamais il m'arrivait un malheur et que quelqu'un tombe sur ce cahier, je le prierais de transmettre à la police l'information suivante. Moi, Clémentine Clément, institutrice à l'école Adélard-Langevin, saine de corps et d'esprit et célibataire encore jeune, je jure d'avoir surpris, dans la soirée du lundi 23 novembre, trois de mes élèves de sixième année, les dénommés Rocheleau, Bradette et Guillubart, sur le terrain du Grill aux Alouettes récemment incendié.

J'ai pu les observer de ma fenêtre. Ils s'étaient réunis derrière un mur qui, malheureusement, me voilait la scène. Un individu s'est introduit dans le terrain, puis s'est dirigé vers ce mur. Au bout de quelques minutes, deux peut-être, il est revenu sur ses pas, et il cachait quelque chose sous son manteau. Je l'ai vu déguerpir, au mépris de sa pauvre mère dont il poussait la chaise roulante. Je n'ai pu me retenir, j'ai ouvert ma fenêtre, j'ai lâché un cri. Voilà, c'est tout. Plutôt que de communiquer avec la police, j'ai cru préférable d'avertir les pompiers. Par la même occasion, je leur ai rendu le cendrier que le suspect avait lancé dans le parterre devant chez moi. La vue du cendrier a paru plonger dans une tortueuse médi-

tation le capitaine qui, je dis la chose comme elle est, n'est pas trop mal de sa personne. Peut-être ai-je eu tort, mais je n'ai pas voulu faire mention des enfants aux pompiers.

J'écris ceci à six heures et demie du matin, Cher Journal que je néglige affreusement. J'escomptais en relatant tout cela me libérer des hantises qui m'ont tenue éveillée la nuit durant. C'est ma septième insomnie en trois semaines. Dormir n'est pas ce dont j'aurai le plus joui dans cette vie. Pour peu que je ferme l'œil, au bout de trente secondes je fais toujours le même rêve. Ce cauchemar m'est un tourment depuis l'incendie : je revois le cheval qui galopait à l'épouvante dans la direction de ma maison, le cheval en feu qui aurait tout droit abouti dans la cour remplie de barils d'huile si un policier ne l'avait abattu d'un coup de carabine... À songer, les jours suivants, à cette pauvre bête, au sang qui avait explosé de son crâne, à sa tête de grenouille révulsée, j'ai souvent failli régurgiter mon repas. La nuit, parfois, j'ai peur. Comme si, en dehors de toute volonté, quelque chose se préparait en moi, une action dont le sens et la portée m'échappent. Une explosion peut-être ? une chute ? Je me sens en outre tendue, fragile... J'aperçois mon image dans le miroir, on me dirait sur le point de pleurer... Et c'est là le visage que les autres voient tous les jours, je le sais.

Quant à mes doutes à propos de Bradette, Guillubart et Rocheleau, je me contenterai ce matin d'en faire part au frère Gandon — il faut au moins que le directeur de l'école soit au courant ! Il va encore dire que j'exagère, j'en mettrais ma main au feu. Cela me mine qu'on me soupçonne d'être soupçonneuse, et il m'arrive même de penser que le frère Gandon... non, je ne veux pas me mettre à ergoter. Revenons à ce qui importe. *La question est de savoir quelle attitude adopter vis-à-vis de ces trois élèves. Comme j'ai découvert les dessins compromettants dans le cartable de Guillubart, ils doivent maintenant se tenir sur leurs gardes, et mieux vaut, je pense, ne pas éveiller leur méfiance par une surveillance trop manifeste. Quelque chose cloche avec ces petits, je ne sais quoi. Peut-être ne s'agit-il que d'échanges anodins, de rencontres fortuites, mais ça ressemble aussi à des* manigances. *Or, si cela était, je dis bien si... alors une brèche se serait ouverte hier soir dans leur secret. Et il me faut travailler par cette brèche, m'infiltrer par elle, sans rien brusquer, de crainte qu'elle ne se referme. Toute petite déjà, les mystères me faisaient horreur, et je me suis juré que celui-là ne me résisterait pas davantage que les autres.*

Assez, je vais aller prendre l'air avant de me rendre en classe. Je pourrais peut-être étrenner ma nouvelle robe. Il paraît que c'est bon pour le moral. Si on me disait que se frapper à coups de marteau sur le crâne est bon pour le moral, je crois bien que je le ferais sans hésitation.

Je souhaite de tout mon cœur que mes trois élèves ne courent encore aucun danger. J'en fais à Dieu l'humble demande.

Mais voilà, Dieu existe-t-il ????????...

J'aime tellement les enfants que, par moments, je l'avoue, je m'effraierais presque moi-même.

L'air matinal, saisissant, fit du bien à Mlle Clément. Elle rentrait lentement en possession d'elle-même, les obsessions de la nuit se dissipaient. Qu'avait-elle encore eu à s'emballer ?

Elle était mécontente d'elle-même. Il était temps qu'elle apprenne à freiner ses élans. La maîtrise de soi est une vertu qu'elle mettait au-dessus de tout.

Elle marchait depuis une heure environ. Elle s'était rendue jusqu'à la fabrique de tabac, puis, comme aimantée, s'était dirigée vers le nord, errant quelque temps autour des chantiers. Elle revenait par la rue Moreau. Elle était encore loin de l'école et le temps filait. Les fenêtres s'éclairaient, et la chaleur émanant des maisons répandait par bouffées une odeur d'œufs frits et de gruau. Des oiseaux traversaient le ciel. Clémentine songeait à des matins de son enfance.

Elle fut consternée par l'encombrement de la rue Ontario. Perdue dans ses pensées, elle eut du mal à comprendre ce qui se passait. Puis se rappela que les autorités avaient décrété des funérailles officielles pour le pompier qui avait péri lors de l'incendie du Grill. On l'accompagnerait jusqu'à la gare; un train spécial transporterait sa dépouille vers le cimetière de son village natal. Clémentine se composa un air affligé et, résignée, attendit.

Le cortège s'étirait sur une demi-douzaine de rues, de Préfontaine à Davidson. Le corps de pompiers ouvrait la voie, suivi d'une délégation municipale où se mêlaient des éminences catholiques, fastueusement vêtues. Des notables se faisant signe du chapeau en profitaient, à voix basse, pour confirmer des rendez-vous. Les épiciers, les retraités, les curieux et les éplorées de toute espèce, des vagabonds aussi, magnétisés, fermaient la marche. Les gerbes distillaient un parfum lourd de fleurs passées, d'une richesse langoureuse, étouffante, l'odeur froide et putride, reconnaissable entre toutes, des tombes fraîches. De-ci de-là perçaient des toussotements recueillis.

Assis au haut du corbillard, l'enfant était coiffé d'un casque de sapeur; c'était celui que son père portait le jour de la tragédie. La palette arrière, rabattue sur ses épaules, lui donnait l'aspect d'un lapin aux oreilles cassées. Dans la couronne qui l'encerclait, était écrit en lettres de fleurs :

MAURICE LE PETIT POMPIER ORPHELIN

Il s'agissait d'un élève de Mlle Robillard. Sage en classe, consciencieux, un peu terne peut-être; l'année dernière, déjà, Clémentine s'en souvenait, il avait perdu sa mère... Il paraissait intimidé par la foule et, la tête penchée, soufflait dans sa paume. Clémentine eut un mouvement de révolte. Par groupes frileux, des dames sans âge cheminaient d'un pas à la fois menu et hâtif; la plus chétive fixait un regard intense sur les grains de son chapelet, qu'elle tripotait comme un avare tripote ses pièces d'or. Bientôt, cet air de morbide délectation, Clémentine le retrouva sur toutes les figures. Elle se crut sur le point de défaillir, ou de crier. Elle ferma les yeux et respira profondément. Deux larmes glissèrent dans son col.

Elle jugea préférable de rebrousser chemin, et pour gagner l'école, bien que pressée, elle fit un détour par le nord. La morne étendue des chantiers ne fut pas pour améliorer son humeur. Il lui sembla que le parfum des fleurs la poursuivait jusque-là.

Les flocons de neige s'éteignaient au ras du sol, derniers soupirs, minuscules vies. Clémentine n'était plus qu'à deux

41

rues de l'école. Des retardataires la dépassaient en courant, le torse ployé vers l'avant comme des poules qui décampent. Un blondinet aux taches de rousseur s'était immobilisé, jambes écartées, face au mur. Elle se posta derrière lui. À l'instant où il commencerait à se soulager, elle poserait la main sur son épaule, lui tirerait l'oreille, pour la forme, et le malappris serait privé de récréation... Clémentine avait les yeux qui brillaient. Mais l'écolier reprit sa route : il avait seulement reboutonné son gilet, le dos au vent. Elle eut un sourire attendri. Il stoppa un moment sa course pour saluer Clémentine d'un coup de casquette. Elle en profita pour lui donner un baiser, gourmand et rieur, sur la joue.

Puis se rendit compte de ce qu'elle venait de faire. L'enfant restait là, décontenancé. Clémentine sentit une chaleur à ses tempes.

— Allez, allez ! Plus vite que ça !...

Elle eut un geste comme pour éloigner des oiseaux. L'enfant déguerpit sans demander son reste. Elle jeta un regard à la ronde. Personne n'avait assisté à la scène.

Les élèves s'agitaient, exaltés par le sentiment de sursis que donnaient les dernières minutes avant la cloche; il montait de la cour une clameur d'émeute. Dès qu'elle y pénétra, une grappe d'enfants s'agrippa à ses jupes. Ils se mirent à lui parler tous à la fois. Clémentine multiplia les attentions, répondit à toutes les questions, prêta gravement l'oreille à de charmantes insignifiances; elle régla un litige concernant le nombre de bedaines des fourmis. Croisant de nouveau le petit aux taches de rousseur, elle tâcha de lui sourire; il se troubla et courut plus loin. Clémentine sentit encore une fois une chaleur à ses tempes. Un objet sombre surgit devant son visage, qu'elle dut esquiver. Des élèves s'amusaient à taper dessus du pied. Un grand échalas hagard trottinait piteusement d'un gamin à l'autre, dans l'espoir de récupérer son chapeau. Mlle Clément le reconnut : c'était un employé de la banque. Elle jugeait étrange qu'il fût là, car nul n'était admis dans la cour hormis les élèves et les membres du corps enseignant, le règlement était strict sur ce point. Mais ce n'était pas une raison pour tolérer un jeu pareil. «Martin!» cria-t-elle. «Gérard! ça suffit!» Et elle s'apprêtait à distribuer les claques quand la cloche se fit entendre. Le tohu-bohu croula d'un coup, comme un château de cartes. Les élèves refluèrent vers les bâtiments.

Les rangs s'étaient formés, et Clémentine, d'un pas lent, inspectait les siens; pas un bout de crâne, pas une épaule ne devaient dévier. Le chapeau de l'employé de banque gisait près des pieds de Guillubart. Clémentine faisait mine de corriger le nœud papillon de Pierre Lavallée, mais c'était pour mieux épier Rocheleau, qui tendait quelque chose à Guillubart, une feuille de papier qu'il froissait en boule. Guillubart avança sa main pour s'en emparer... Clémentine fit volte-face et marcha droit sur eux. Saisi de panique, Guillubart se débarrassa de la boulette de papier, qui roula à l'intérieur du chapeau. Mlle Clément eut un geste pour s'en emparer, mais une silhouette gigantesque s'interposa, et elle ressentit une cuisante douleur : c'était l'employé de banque qui, surgissant au milieu des rangs, lui avait marché sur le pied. Il bégaya des paroles d'excuses, puis se pencha pour ramasser son feutre. Son regard rencontra alors celui de Guillubart, et une expression de surprise apparut sur ses traits : Guillubart et lui demeurèrent un long moment l'un devant l'autre, pâles, les lèvres tremblantes, pétrifiés comme devant un revenant.

— Mlle Clément, vous venez ?

C'était la voix du frère directeur; seule la classe de Clémentine n'était pas encore entrée. Rougissant, elle s'exécuta. Au moment de refermer la porte, elle constata que l'employé de banque n'avait pas bougé. Il s'était recoiffé de son feutre. Sa figure marquait la même stupeur, on aurait dit qu'il avait le souffle coupé... Et tout à coup, dans un tressaillement, l'institutrice comprit. Elle dut s'appuyer contre le chambranle.

Remouald n'avait pas fait trois pas qu'il s'arrêta. Son chapeau lui procurait la sensation bizarre, désagréable, qu'une bosse avait poussé sur son crâne. Il l'enleva et y découvrit la boule de papier. Il la déplia de son mieux. Tracé d'une main maladroite, le dessin montrait des seins de femme, semblables à des yeux de clown, puis des souliers à talons hauts, une paire de fesses avec du poil. L'en-tête de la feuille était celui d'une entreprise de pompes funèbres. Il y avait une adresse aussi, écrite au crayon, avec une date et une heure, comme pour un rendez-vous. Remouald reconnut l'adresse de la veuve Racicot. C'était la garde-malade qui prenait soin chaque jour de son père. Cette coïncidence l'intrigua. Il empocha le papier, se promettant de réfléchir à cette énigme, et repartit en direction de la banque.

Le directeur de l'école se tenait à la fenêtre de son bureau. L'institutrice était debout à ses côtés. Ils observèrent Remouald jusqu'à ce qu'il ait quitté la cour.

— Je suis sûre que c'est lui, dit Clémentine.

Le capitaine des pompiers s'était caché derrière le mur de la blanchisserie. Il laissa Remouald s'engager dans la rue Saint-Germain. Puis, allumant un cigare, il lui emboîta le pas.

* * *

Clients et employés contemplaient par la fenêtre le cortège dont on n'apercevait plus que les dernières silhouettes. Remouald put entrer par la porte latérale sans se faire remarquer. Il disposait d'une table étroite, trop basse pour lui, mais elle faisait face à un mur, ce qui le dispensait de rendre leurs grimaces à ses collègues, car à la banque il fallait sourire tout le temps à tout le monde, c'est le règlement qui voulait cela. M. Judith, le gérant, se pencha par-dessus son épaule.

— Monsieur Tremblay, pourriez-vous passer à mon bureau ce matin ? Dès que vous aurez un moment libre.

Remouald avala sa salive. C'était dans les manières du gérant d'annoncer les pires nouvelles en adoptant une attitude compassée. Il n'avait pas grand-chose à faire ce matin-là, mais il lui fallut une demi-heure avant de trouver le courage d'affronter son supérieur. Il n'était jamais convoqué chez M. Judith sans s'imaginer y être attendu par l'échafaud. Il était sûr qu'on allait lui reprocher son retard. Il frappa à la porte vitrée, en l'effleurant à peine.

— Entrez, entrez ! très cher. Je finis simplement de dicter

cette lettre. Asseyez-vous donc !

Remouald s'installa près de la fenêtre. La chaise sous lui avait l'air d'une chaise de poupée. Sa stature, qu'accusait sa maigreur, l'incommodait sans cesse (c'est pourquoi il n'était à l'aise que dans sa cuisine, dont il avait conçu le mobilier à son échelle). Il entendait sans les écouter les formules administratives suavement dictées par le gérant à sa secrétaire. Il contemplait le ciel par la fenêtre, le clocher de l'église, et essayait de ne penser à rien.

La petite fille le regardait fixement. Il ne l'avait pas aperçue tout de suite. Elle était assise dans un fauteuil dont les formes rebondies l'engloutissaient. Ses yeux noirs éclipsaient tout le reste, on ne voyait qu'eux dans son visage, hésitant entre la tristesse et l'étonnement, aussi profonds que des puits. Elle ne souriait pas. Ses pieds chaussés de laine dépassaient à peine du siège; ils se frottaient l'un contre l'autre comme des petits chats qui jouent ensemble.

— Vous pouvez approcher, monsieur Tremblay. Et toi aussi, Sarah. Allons, viens, mon enfant...

Remouald obéit et prit place devant M. Judith. Sarah ne daigna pas quitter son fauteuil. Elle se contenta de les dévisager.

D'origine française jusqu'au bout des ongles, et ne le laissant jamais ignorer, M. Judith souffrait d'une démangeaison chronique du tympan. Il avait coutume de converser en s'appuyant sur l'accoudoir de son fauteuil, le petit doigt planté dans l'oreille. La cinquantaine dodue, de l'entregent à revendre, il avait une voix modulée, avec des onctuosités d'oblat.

— Vous l'excuserez, très cher, Sarah est très timide. Mais

vous verrez, c'est une enfant affectueuse, très sensible. Il s'agit de ma nièce — enfin, la fille d'une de mes nièces, peu importe. Il se trouve que sa mère a dû être hospitalisée cette semaine. Elle devra demeurer sous surveillance médicale un bout de temps, la pauvre, j'en ai bien peur. (Il mit la main en paravent, comme pour se cacher de l'enfant, et chuchota :) C'est la tuberculose.

— C'est triste, répondit Remould sur ses gardes.

M. Judith fit rouler de grands yeux pleins de commisération.

— La mère de Sarah a été très éprouvée par la vie. Si je vous disais !... Son mari fut emporté par une attaque l'an dernier. Je l'ignorais encore ce matin, avant de lire sa lettre. Et elle n'a plus ni père ni mère. Quoique nous n'ayons pas eu l'occasion de nous voir durant les dernières années — vous savez ce que c'est... —, je suis son plus proche parent. Aussi, pour le temps que durera sa convalescence, m'a-t-elle confié la garde de son enfant, la petite Sarah que voici. Elle était là ce matin qui m'attendait devant la porte. Seule avec cette lettre à la main ! On me l'a livrée comme un colis !

Remould acquiesçait sans se compromettre. Le gérant, dont les antennes percevaient cette réserve, trouvait que son commis ne lui facilitait pas la tâche. Il laissa passer quelques secondes, puis, après un léger soupir, repartit promptement :

— Vous êtes le premier à savoir, cher Tremblay, à quel point je suis occupé ici même à la Banque (M. Judith ne pouvait jamais penser à celle-ci sans y mettre une majuscule). Je ne puis prendre soin moi-même de la petite. Quant à mon épouse, elle est souffrante, Dieu ait pitié d'elle, si bien que, pour le moment, je serai forcé de garder Sarah ici, où elle s'embête depuis ce matin assise dans son fauteuil.

M. Judith, qui venait d'extraire un peu de cire de son oreille poilue, feignit d'être absorbé par le bout de son ongle. Il observait en réalité l'effet que son histoire produisait sur Remouald. Ce dernier s'enfermait dans un silence morose. Le gérant se racla la gorge.

— Eh bien, voici, j'ai pensé à vous.

— À moi ?

— Oui.

— Mais à quel propos ?

— Mais à propos de la petite. Je sais que, ces temps-ci, la quantité de travail qui vous incombe n'est pas énorme. J'ai jugé que, grâce à votre compétence, vous pourriez peut-être parvenir à abattre le boulot de la journée dans les seules heures de l'avant-midi... Je me trompe ? Vous le pourriez ?

— Peut-être. Et alors ?

— Je suis un peu gêné de vous demander cela. Mais voyez la chose ainsi : depuis quinze ans que vous travaillez ici, vous avez toujours accompli vos tâches impeccablement, rappelez-vous la dernière réunion du conseil où M. Latraverse vous citait comme modèle pour les autres employés.

Le fait est que Remouald n'assistait jamais aux réunions du conseil. Qu'aurait-il été y faire ?

— Je ne savais pas qu'il avait dit cela.

— Je puis vous assurer que M. Latraverse a vraiment dit cela. Si vous acceptiez de vous occuper de Sarah certains après-midi, en attendant que mon idée soit fixée sur ce qu'il convient de faire pour elle, eh bien, ce serait pour vous un peu comme des vacances, n'est-ce pas ? Une marque de confiance de ma part, en tout cas. Songez un peu : vous l'emmèneriez au parc, dans les grands magasins, au cinéma, que sais-je, moi ? Bien entendu, je paierais les frais. Et puis je vous le demande en ami...

Remouald n'était pas dupe : il ne s'agissait pas d'une faveur à accorder, mais d'un véritable enrôlement. Il n'ignorait pas, en outre, qu'au travail il n'était un modèle pour personne. Tout ce qu'il savait faire, c'était calculer vite. Le reste, toutes ces histoires d'argent, il n'y entendait rien. Il se tourna vers Sarah, comme si elle pouvait lui être d'un quelconque secours. La fillette baissait et relevait les paupières avec lenteur. Il fallait du temps à des paupières pour découvrir de si grands yeux. Le mot «Impossible» glissa entre les lèvres de Remouald.

— En quoi, très cher ?

— Hein ?... Eh bien... Je ne sais pas... Pourquoi moi ? Pourquoi vous n'engagez pas une gardienne ?

Le gérant n'était pas habitué à ce qu'on lui résiste, et encore moins à ce que la résistance vienne de cet idiot de Remouald. Bien qu'il sentît sa position plus délicate qu'à l'ordinaire, il affermit un brin le ton.

— Une gardienne, cela représente un salaire, y songez-vous ? Et n'allez pas croire que je sois riche. Les temps sont durs. Durs pour tout le monde. J'aurais souhaité ne pas vous ennuyer avec ça, mais puisque vous m'y forcez, je vous avouerai que je me sens serré ces temps-ci. Financièrement, je veux dire. Accueillez cela comme une confidence, mon bon ami. Il n'y a pas que ça, d'ailleurs, car une gardienne, qui sait si je pourrais m'y fier ? Alors que vous... (Il ouvrait les bras dans un geste d'évidence.) Et puis, cela ne durera qu'un temps, je vous l'ai dit. Jusqu'à ce que je trouve une solution définitive.

Remouald affichait un sourire incrédule et, doucement, faisait non de la tête. M. Judith le considérait avec perplexité. Il se demandait si son employé comprenait quelque chose à ce qu'il lui racontait. Avec lui, on ne savait jamais. On pouvait le croire bouché, fermé comme un œuf, et l'instant d'après quelque chose passait dans son regard, aussi rapide qu'un coup de fusil... M. Judith bomba le ventre, écarta les mains et, dans un élan de réprobation cordiale :

— Mais enfin, mon bon Tremblay, admettez que vous n'avez pas grand-chose à faire ces temps-ci ! Je conçois bien que je vous demande là une chose un peu inhabituelle, mais tout de même ! C'est une faveur, d'ami à ami : après quinze ans, ne sommes-nous pas devenus des amis ?

Remouald souleva timidement les épaules :

— Ça...

— Parlons franc, Remouald. Vous passez la moitié de vos journées à vous tourner les pouces — non, non ! ne protestez pas : on parle pour parler, simplement. Tenez, ce matin. Vous êtes arrivé en retard. Remarquez, je comprends, c'est votre père sans doute, il lui faut des soins... Mais n'est-ce pas la preuve que vous pouvez diminuer vos heures de travail sans nuire à votre rendement ?

Remouald rougit, car si on pouvait réduire ses heures, on pouvait fort bien diminuer son salaire. M. Judith devina que Remouald avait deviné, et il ajouta, impitoyable :

— Je sais à quoi vous pensez, et j'avoue que j'y ai songé moi-même. Occupez-vous de la petite, et je vous garantis votre plein salaire.

De nouveau, Remouald se tourna vers Sarah, cette fois

avec l'impression très nette qu'elle venait de l'appeler par son nom. Elle n'avait pas prononcé un mot pourtant. Elle s'était mis une touffe de cheveux dans la bouche et, impassible, la suçait. Ses cheveux aussi noirs que ses yeux semblaient si fins qu'on devait ressentir à les toucher ce qu'on ressent quand on passe son doigt au-dessus de la flamme d'une chandelle. À force de la regarder, Remouald se rendait compte qu'elle était belle. Belle comme seule peut l'être une petite fille de sept ans.

Il fut saisi d'une lumière soudaine.

— À l'école !... Pourquoi ne pas l'envoyer à l'école comme les autres enfants de son âge !

Le gérant parut embarrassé. Sortant le doigt de son oreille, il se redressa sur son siège et rabattit sur son ventre les pans de son veston.

— C'est là le point délicat, monsieur Tremblay, c'est là le point délicat. Sarah est une enfant délicieuse, merveilleuse, dirais-je même, à certains égards, mais, eh bien voilà, elle ne peut pas aller à l'école comme les autres, elle a quelque chose d'un peu spécial.

Gêné, Remouald se désigna la tempe d'un air interrogateur...

M. Judith fronça les sourcils et secoua énergiquement la tête : non, mais non, qu'allez-vous vous imaginer là. Il prit une grande inspiration et, comme on laisse tomber un poids trop lourd :

— Voyez-vous, simplement, elle ne sait pas parler, aucun son ne lui sort de la bouche, elle est muette. Voilà.

Il s'empressa d'ajouter qu'elle comprenait tout ce qu'on lui disait, savait lire et se montrait même douée pour la musique.

— Le violon ! spécifia-t-il en élevant un index solennel. Sa mère me raconte tout ça dans sa lettre.

— J'aime bien la musique, dit Remould maussade.

Il songeait à celle qu'on entendait, certains dimanches de fête, à l'église. M. Judith en déduisit que la proposition était acceptée.

— Bon, bon ! fit-il en quittant son fauteuil. Vous savez, on a peu l'occasion de se dire ces choses, mais je vous ai toujours bien aimé, moi, mon petit Remould. Si, si. Tenez : serrons-nous la main. Sarah vous attendra ici pour l'heure du lunch. Je ne vous retiens pas davantage. Merci.

Remould ne bougeait pas.

— Je vous en prie, insista le gérant.

Péniblement, l'employé se leva. Il contourna la table, traîna le pas jusqu'à la porte. Sarah suivait des yeux chacun de ses mouvements. Judith parut soudain soucieux.

— Oh ! Remould, une dernière chose. Je comprends la difficulté de votre situation. Je veux dire l'impotence de votre père, et tout. Alors, si vous voulez disposer d'une demi-heure de plus chez vous le matin, c'est libre à vous, hein ? Ne me remerciez pas, cela me fait plaisir. Allez, à tantôt, mon ami. *Et merci encore !*

Remould baissa le nez et sortit.

Il se dirigea vers la salle de bains, il voulait retrouver la sainte paix des latrines. Il longea le comptoir de service devant lequel des clients faisaient la queue : des visages de novembre, d'un matin de novembre au retour d'un enterrement. À un guichet se trouvait une femme d'une cinquantaine d'années, élancée, belle encore. Remouald stoppa net. Elle serrait dans sa main gantée des partitions. Pour Remouald, qui ignorait tout du solfège et qui chantait comme un cheval, il n'y avait pas de plus beau dessin qu'une page de musique. Souvent, devant la vitrine du luthier, il s'arrêtait et s'abandonnait à l'affection que lui inspiraient ces feuilles couvertes de petites ailes incompréhensibles, précises comme des rêves, et toujours prêtes à s'envoler. Il songeait à des lettres adressées par des anges à la Vierge et qui seraient tombées du paradis. Cette image le frappait d'autant plus, ce matin, qu'ici même, à la banque, devant le guichet numéro quatre, la dame qui tenait ces partitions dans sa main droite, c'était la Vierge de l'icône.

Une apparition venue chercher de l'argent à la banque !... Remouald la dévisageait, bouche bée. Retenus par un ruban rouge, ses cheveux étaient d'un gris profond. Le gris du gravier au soleil, après une ondée, quand il se met à miroiter. Sa physionomie, malgré le travail des années, les yeux surtout, les lèvres, demeurait la même que sur l'icône. Le caissier lui demanda son nom et Remouald l'entendit répondre : «Vilbroquais, Justine Vilbroquais.» Ce nom aussi le sidéra.

Elle croisa le regard de Remouald et lui adressa un vague sourire, mais il fut incapable de le lui rendre. Il pencha la tête, qui lui faisait très mal tout à coup, et serra les poings, en proie à une sorte de désespoir. Cela dura un temps qu'il ne put évaluer. Quand il rouvrit les paupières, la dame n'était plus là, mais le gérant lui tenait le bras avec sollicitude.

— Qu'y a-t-il, mon bon Tremblay ?

Des employés l'encerclaient, des clients, il ne comprenait

pas. Quelqu'un dit qu'il fallait lui appliquer des compresses. Remouald prit appui sur le comptoir et constata que ses mains, sa chemise, son pantalon, tout était taché de rouge noirâtre. La secrétaire arrivait avec des linges mouillés, on lui apporta une chaise. Et c'est en s'asseyant qu'il s'aperçut que le sang pissait de son nez.

Le crâne lui cognait, le cœur. Il avait une affreuse saveur dans la bouche. M. Judith ordonna qu'on téléphone à un médecin. Remouald se débattit : «Ce n'est rien, je vous jure!» Mais on le maintint de force sur son siège. Quelqu'un courut au téléphone. Tout s'agitait autour de lui comme dans un mauvais rêve. «Mais tenez donc la tête renversée vers l'arrière!» Remouald ne réagissait pas. C'était comme si on lui parlait dans une langue étrangère.

Le sang cessa de couler avec une soudaineté qui stupéfia tout le monde, et le silence tomba sur l'assemblée. Remouald regardait fixement devant lui. On n'entendait plus que le carillon de l'église et, au loin, comme répondant à cet appel, les aboiements d'un chien. Chacun observait Remouald en retenant son souffle.

Sauf Sarah, qui sifflotait tout bas, à l'écart des autres, et à qui personne ne prêtait attention. Remouald se retourna brusquement vers elle. Encore une fois, il avait eu l'impression très nette qu'elle venait de l'appeler par son nom. Il avait *entendu* son nom prononcé tout près de son oreille. Elle avait un petit air de comprendre quelque chose que personne d'autre ne comprenait. Elle indiquait la fenêtre, avec une autorité tranquille.

Des taches de soleil, mouvantes comme de l'eau, au même instant, apparurent sur le parquet.

CHAPITRE III

Notre laitière ainsi troussée
Comptait déjà dans sa pensée
Tout le prix de son lait, en employait l'argent;
Achetait un cent d'œufs, faisait triple couvée :
La chose allait à bien par son soin diligent.
«Il m'est, disait-elle, facile
D'élever des poulets autour de ma maison;
Le renard sera bien habile
S'il ne m'en laisse assez pour avoir un cochon.
Le porc à s'engraisser coûtera peu de son;
Il était, quand je l'eus, de grosseur raisonnable :
J'aurai, le revendant, de l'argent bel et bon.
Et qui m'empêchera de mettre en notre étable,
Vu le prix dont il est, une vache et son veau,
Que je verrai sauter au milieu du troupeau?»
Perrette là-dessus saute aussi, transportée :
Le lait tombe; adieu veau, cochon, couvée...

— Veau, *vache*, cochon, couvée, le reprit Mlle Clément qui avait le livre en main.

Déconcentré, Rocheleau poursuivit d'une voix hésitante :

La dame de ces biens, quittant d'un œil... son mari

— Quittant d'un œil *marri*, corrigea Clémentine. C'est un mot qui veut dire à la fois dépité et honteux. Elle l'écrivit au tableau. L'enfant termina d'un souffle, sans marquer la moindre ponctuation : *sa fortune ainsi répandue va s'excuser à son mari en grand danger d'être battue le récit en farce en fut fait on l'appela le Pot au lait.*

— Bien, dit Clémentine, bien. Tu peux te rasseoir. À toi maintenant, Guillubart. Termine la fable.

Guillubart se leva gauchement. Ses joues étaient de la couleur des cierges; son toupet en épi brillait au-dessus de son front comme une flamme carotte. Il guigna Rocheleau, qui détourna la tête. Puis il regarda vers la fenêtre avec cet air typique de l'élève qui ne sait que répondre.

— Allez, Guillubart, dit Clémentine, et elle commença elle-même, avec une lenteur menaçante, en insistant sur chaque syllabe :

Quel esprit ne bat la campagne ?
Qui ne fait châteaux en Espagne ?

Elle pensa : «Quelle fable idiote.» Guillubart essaya d'une voix ânonnante :

Un jour Maître... Renard... dans un arbre pêché...

— On en pêche souvent des renards dans un arbre ? demanda l'institutrice sur un ton las. (La classe se mit à rire, d'un rire convenu et sans joie.) D'ailleurs, tu te trompes de fable.

On frappa à la porte. Guillubart se rassit maussadement. Il se releva aussitôt, de même que tous les élèves, à la vue du directeur, le frère Gandon. Celui-ci les fit rasseoir. Guillubart se laissa tomber sur sa chaise, épuisé. Il avait du plomb dans les membres. Il avait peine à tenir la tête droite, à garder les yeux ouverts. De petits êtres méchants travaillaient en ce moment dans sa tête avec des instruments compliqués, tordant des fils de fer, usant de sécateurs. Des masses de chaleur lui comprimaient la poitrine, et sa chemise se mouillait de sueur qui sentait le suri, comme quand sa sœur avait fait sa scarlatine. Il voyait sa main se retourner toute seule sur son pupitre, par à-coups, tel un poisson qui tressaute au fond du filet. Ses tempes lui faisaient mal. Il n'arrivait pas à se rappeler pourquoi il avait peur de l'institutrice, il faisait de gros efforts pour se souvenir de ce qu'il avait fait, mais sa pensée retombait sur elle-même à la manière d'un ours qui n'arrive pas à soulever l'arrière-train. Et le visage de l'institutrice, qui chuchotait en ce moment avec le directeur, ne lui inspirait plus qu'une crainte lointaine. Un écran transparent et mou était dressé entre les autres et lui, et les gestes qu'ils faisaient, l'expression de leurs figures, s'engluaient dans ce rideau de colle. Il lui semblait que le directeur se tournait dans sa direction. Que voulait dire son regard ? Guillubart essaya de lui sourire, en fut incapable. Il regarda de nouveau Rocheleau, mais cela ne lui fut d'aucun réconfort, ce museau nerveux, ces yeux fuyants de vison intelligent lui faisaient éprouver davantage sa propre faiblesse. Il pensa : «Je suis en train de dormir les yeux ouverts.» Il n'avait pas cru qu'une chose pareille fût possible.

Le directeur venait de poser une question.

— *Perrette et le Pot au lait*, dit Guillubart.

Cette fois la classe éclata d'un rire franc. Pourquoi avait-il dit cela ? Il n'avait même pas entendu la question. Il n'était même pas sûr que le directeur se fût adressé à lui ! Guillubart battait des paupières d'un air ahuri. Le frère Gandon riait aussi, mais avec indulgence.

— Je pense que tu étais un peu dans la lune, là. Non, j'ai demandé : de qui l'Immaculée Conception est-elle la fête ?

Il pointa le doigt vers Rocheleau.

— De Marie, mon frère ? De la pureté de Marie ?

Rocheleau était comme ça. Il donnait les bonnes réponses, mais mettait toujours un point d'interrogation à la fin. Même quand il disait bonjour, on aurait dit qu'il posait une question. Le frère Gandon répéta le mot «pureté» en hochant la tête d'un air énigmatique, comme si on touchait là un grand mystère. Il se tourna vers Bradette :

— Et qu'est-ce que cela signifie, la pureté ? Tu vas me dire ça, toi.

Bradette avait une réputation à défendre, durement acquise. Il sentait la classe qui retenait son souffle : une seule bonne réponse, et il était déshonoré. Quand il en donnait une, c'était par hasard, et toujours à son grand étonnement. Il avait l'art d'en savoir juste ce qu'il faut pour éviter les gifles et ne pas redoubler ses années. Il regarda le directeur, hésitant devant la tentation de fournir une réponse d'une bêtise historique, et la perspective, s'il s'y essayait, de recevoir une taloche derrière la tête, car Mlle Clément venait de se rapprocher (le frère Gandon, lui, tout le monde le savait, ne levait jamais la main sur les élèves). Bradette eut un sourire confit.

— La pureté, mon frère ?

L'institutrice se pencha vers lui, et il respira une odeur de femme. Elle dit :

— Le frère t'interroge, Bradette. Réponds.

Bradette aurait voulu trouver un mot qui fasse s'esclaffer toute la classe, mais la chaude présence de Mlle Clément, qui avait posé la main sur son épaule, lui enlevait tous ses moyens. Il avait une forte envie de mordre dans la chair de son cou. Clémentine se redressa et lui tapota la tête. Elle s'éloigna, et il en ressentit un regret très vif. Il lui jeta un regard de haine. Il se disait : «C'est une poule comme une autre.»

Le frère Gandon se mit à discourir sur la pureté. Guillubart aimait bien le directeur. Il aimait l'entendre parler. Mais là, il avait peine à saisir le sens des phrases. Il ne comprenait, isolément, que certains mots, qui s'incrustaient en lui comme une pierre qui tombe dans la boue. Il aimait bien aussi Mlle Clément, mais elle, elle était sévère, et elle lui faisait peur. Il se rappela tout à coup les dessins. *Oui, voilà! il se souvenait maintenant : elle avait découvert les dessins! Voilà pourquoi il avait peur!* Comment avait-il pu oublier ça! Il commença à claquer des dents. Il avait l'impression que Mlle Clément, qui se grattait le revers de la main près de la fenêtre, se préparait à l'étrangler. Le frère Gandon évoquait la pureté du corps et la pureté de l'âme. Guillubart sentait des insectes bouger dans ses membres, lui ronger les os, comme des fourmis sous une écorce. Le concierge traversa le corridor en faisant sonner la cloche de la récréation. Les élèves se levèrent en masse pour former les rangs. Guillubart se demandait s'il pourrait marcher jusqu'à eux. Mlle Clément lui lança un regard courroucé. Il s'appuya des poings sur son pupitre pour se lever. Il fit semblant de se porter aussi bien que d'habitude. Il cacha ses mains dans ses poches parce qu'elles tremblaient. Il parvint à lire ce que l'institutrice avait écrit au tableau :

L'impureté est une maladie dont on est responsable.

***

Le frère Gandon bourrait sa pipe et Mlle Clément ne pouvait s'empêcher d'admirer ses longues mains fines, si masculines, dont les doigts étaient toujours un peu tachés, car le directeur était un peintre du dimanche. Clémentine respirait avec une réticence familière l'air vicié de cette pièce. C'était un bureau qu'on n'aérait jamais, il y flottait une odeur de tabac croupi et de vieux whisky (c'était un secret de Polichinelle que Gandon en buvait régulièrement, mais comme il n'en abusait pas, on fermait les yeux). Il pouvait avoir trente-six ou trente-sept ans : en dépit de nombreuses ruses, Clémentine n'était jamais parvenue à savoir son âge exact. Élancé, grisonnant aux tempes, le visage comme un triangle parfait, et puis un front élevé, très beau, et des yeux en biseaux, aux paupières rabattues, un rien mélancoliques. Il avait la réputation d'être un homme très intelligent. Et c'est justement pourquoi Mlle Clément était si souvent irritée contre lui. Il était si intelligent qu'il ne comprenait jamais rien à rien, il fallait toujours tout lui expliquer, car il possédait ce don remarquablement agaçant de ne pas croire en l'existence de la méchanceté ou de la bêtise, quand bien même elles lui

60

eussent pendu au bout du nez. Il était prompt à tout excuser, à prêter à chacun les intentions les meilleures. Pour Clémentine, il suffisait d'ouvrir les yeux pour que mille évidences viennent contredire cette vue de l'esprit, et elle considérait cette bienveillance franciscaine comme un affront personnel. Le frère Gandon possédait en outre, à un degré superlatif, la faculté de ne rien remarquer quand Mlle Clément se présentait à lui dans une robe neuve. Mais elle croyait enfin être parvenue à ébranler sa sérénité. Elle voyait cela à la façon rêveuse dont il tassait le tabac dans le fourneau de sa pipe, et elle ne put réprimer un trémoussement de plaisir. Elle attendait, les mains moites. Il frotta une allumette sur le revers de sa cuisse, et tandis qu'il tétait le tuyau de pipe pour embraser le tabac, un sourire apparut à la commissure de ses lèvres. Clémentine comprit qu'elle avait crié victoire trop vite. Elle connaissait fort bien ce genre de sourire qu'il avait avec elle, semblable à celui que s'échangent par-dessous les petits garçons quand on les gronde en leur disant qu'il est dangereux de se lancer des balles de neige. Elle constatait qu'encore une fois le frère Gandon ne prenait pas au sérieux les craintes qu'elle lui confiait.

— Mais, mon frère, vous avez vu comme ils ont réagi ? Guillubart surtout, qui semblait si troublé ? N'est-ce pas là des signes ?

— Des signes peut-être, pas des preuves. Écoutez, Mlle Clément. Il est certain qu'un professeur ne doit pas se laisser berner par ses élèves. Je vous sais assez perspicace pour contrer cela. Mais il n'est pas bon d'être méfiant sans cesse, de soupçonner qu'une anguille est cachée sous toutes les roches. La suspicion est une passion et, comme toutes les passions, elle peut tourner au vice.

— Merci, dit Clémentine, c'est très aimable de votre part.

Le directeur eut un petit rire débonnaire.

— Allons, allons, ne le prenez pas sur ce ton : je ne suis pas en train de vous juger. C'est une remarque absolument générale, et qui pourrait un jour peut-être me concerner tout autant. Vous savez, d'ailleurs, que je résiste à la tentation de juger les gens, de les cataloguer, de les ramasser en paquets étiquetés, comme si Dieu créait les êtres en séries et ne disposait que d'un petit nombre de moules. On n'a jamais assez vécu pour avoir un jugement infaillible sur les êtres, au moins l'âge nous apprend ça. Cela dit, et croyez bien que c'est l'amitié qui parle, il me semble que vous êtes encline à donner parfois une portée exagérée à des événements qui tout compte fait s'avèrent assez anodins. Ce que ces élèves ont fait, à mes yeux en tout cas, ce ne sont que des enfantillages. Répréhensibles certes, et dont il faut se garder, mais des enfantillages. D'autant que la crainte du châtiment les aura sans doute déjà dissuadés de continuer. Ils savent bien que vous suspectez quelque chose, ils ne sont pas idiots. Ils redoubleront de prudence, croyez-moi. Se feront sages comme des images.

Clémentine eût aimé qu'un témoin fût là, pour le plaisir amer de lui dire : «Mais voyez! voyez comme il raisonne!»

— Ils ne doivent pas s'abstenir de recommencer par crainte d'un châtiment, mon frère. Ils doivent s'abstenir de recommencer parce qu'ils *comprennent* que ce qu'ils ont fait est mal.

Elle pensa : «Et toc.» Il était tout de même décourageant d'avoir à rappeler des principes aussi élémentaires. Elle craignit un instant qu'il ne saisisse cette occasion pour se lancer dans des considérations théologiques. C'était là la marotte du directeur : si on le laissait aborder ces questions, il vous entraînait avec lui sur une autre planète. Pour ce qui touchait l'éducation des enfants, Clémentine, quant à elle, préférait demeurer sur le plancher des vaches, et se piquait de pragmatisme anglo-saxon.

Elle savait du reste qu'au fond le frère Gandon ne songeait qu'à s'épargner la corvée de gourmander des élèves : il n'avait aucune disposition pour les sermons. Il aimait les enfants comme des camarades et était porté à les traiter comme tels. Clémentine le considéra plus attentivement. Le directeur caressait du bout des doigts la bande de cuir de son pupitre. Ses yeux distraitement s'étaient arrêtés sur les jambes de l'institutrice : il en prit conscience et les détourna aussitôt. Il eut ensuite un bâillement. Clémentine fut parcourue d'un frisson. Elle demanda d'une voix cassante :

— Dois-je comprendre que cette histoire vous ennuie ? Si le sort de nos élèves vous laisse indifférent, eh bien ! changez de fonction.

Gandon eut l'air d'un homme que l'on secoue durant son somme.

— Mais non, je vous assure, qu'est-ce que vous vous imaginez ?

Et il se recula sur son siège comme si elle agitait un revolver sous son nez. «Je lui fais peur», pensa Clémentine avec un pincement au cœur. Elle pencha la tête, troublée. Elle avait voulu le blesser, elle avait réussi, et voilà que cela lui revenait en plein front, la blessant à son tour. C'était bien elle, ça, marcher sur un râteau.

— Je ne pensais pas ce que je disais, mon frère. Veuillez m'excuser. Mais enfin, puisque je vous dis que ces élèves sont les mêmes que j'ai surpris hier soir sur les lieux de l'incendie. Rocheleau, Guillubart, Bradette! je les ai vus de ma fenêtre. Vus de mes yeux vus!

— Cela est sûrement dangereux et ils risquaient de se faire mal. J'ai d'ailleurs l'intention de les gronder aujourd'hui même, si c'est cela que vous attendez de moi. Mais admettez qu'il n'y a rien là que de très naturel. Il y a eu tellement de morts durant l'incendie, j'imagine qu'ils croyaient à la présence de fantômes, ou quelque chose du genre, par goût de l'aventure, par goût du terrifiant. Ses sensations sont si neuves pour un enfant qu'il prend plaisir même aux plus désagréables. Ils n'ont pas pu résister au plaisir d'aller là-bas avoir peur. Voilà tout.

— Vous oubliez cet homme qui est venu aussi sur le terrain du Grill!

— Mais vous me disiez vous-même qu'ils se trouvaient cachés par un mur, vous ne savez même pas ce qui s'est passé. À supposer qu'il se soit passé quelque chose. Vous ignorez même si cet homme a pu parler aux enfants.

— J'ai vu cet individu repartir avec un objet camouflé sous son manteau, quelque chose qu'il a semblé vouloir cacher à sa propre mère, une pauvre vieille en chaise roulante! Vous ne trouvez pas ça louche?... J'en ai même informé par téléphone les pompiers — le capitaine est un monsieur très bien.

Elle se surprit à penser plus longtemps que prévu au capitaine des pompiers. Gandon parut réfléchir.

— Et vous dites que c'est cet homme que vous avez vu tantôt dans la cour?

— C'est lui, c'est un employé de la banque. Je ne l'avais pas tout de suite reconnu sans son chapeau, parce qu'hier, sur le terrain du Grill, il en portait un. J'ai vu Guillubart laisser tomber un billet dans ce chapeau, tantôt, quand nous formions les rangs. Cet homme était venu pour ça, sinon, comment expliquer sa présence dans la cour ? Alors, soupçonneuse, d'accord, tant que vous voudrez, mais associez cela avec les dessins obscènes que j'ai trouvés hier dans le cartable de Guillubart, et le trouble très visible de Bradette quand vous lui avez parlé de la pureté, et vous me concéderez que j'ai mes raisons de craindre qu'il se passe des choses très... enfin, vous me comprenez, mon frère.

Le directeur fit oui d'un air pensif. Tout cela lui paraissait tiré par les cheveux. Mais savait-on jamais ?... Il avait souvent aperçu l'individu en question, dans les rues du quartier, ou à la messe le dimanche. Il avait ceci de remarquable qu'il ne recevait jamais la communion. Il était un prieur passionné, cela sautait aux yeux. Mais, même à Noël, même à Pâques, il quittait l'église d'un pas pressé au moment de l'Élévation. Le directeur intrigué s'en était ouvert au curé Cadorette, qui semblait bien connaître le garçon; mais le vieil homme avait paru mal à l'aise et avait rapidement changé de sujet. Depuis, le directeur n'y avait pas vraiment repensé.

Le frère Gandon s'était approché de la fenêtre, la pipe entre les dents et les mains croisées derrière le dos. Il observait les élèves en récréation. Il suivait machinalement les déplacements des équipes de ballon-chasseur. Il regrettait de ne pas mieux connaître ces enfants, de ne pas les connaître un à un, comme on connaît ses frères et ses sœurs. Mais d'une année à l'autre, il en venait, il en partait, cela allait si vite. Clémentine l'avait rejoint à la fenêtre. Elle trouvait du réconfort à se tenir ainsi à ses côtés. Elle suivit son regard. Rocheleau et Bradette ne participaient pas au jeu. Toujours ensemble, toujours à l'écart des autres. Ils paraissaient engagés dans une discussion animée. On se demandait ce que ces deux élèves pouvaient avoir en commun. Bradette était d'une nullité parfaite, Mlle Clément ne cessait de s'en plaindre, alors que Rocheleau, avec sa frimousse de renard anxieux, était de ces enfants qui saisissent tout, calcul, grammaire, géographie, avant même qu'on ait fini de le leur expliquer.

— On les appelle les *twin-birds*, dit Clémentine. Les petits garçons développent des sympathies imprévisibles.

— Et c'est tant mieux comme ça. Tout est mêlé dans cette école : les fils de notaires et les pauvres, l'intelligence et la bêtise, les impatients et les rêveurs, ceux qui crachent à terre par conviction et ceux qui mangent leurs crottes de nez en cachette; le futur député, le futur criminel aussi. Et chaque enfant se nourrit de tout cela, s'en imprègne, comme une éponge qu'on jette à l'eau. Plus tard, chacun s'en ira dans son coin, s'enfermera dans un univers qui lui ressemblera. Un adulte en sait parfois moins sur les êtres, sur leur diversité, que l'enfant qu'il était.

— Vous avez raison, dit Clémentine.

Ce n'était pas la première fois qu'elle entendait une de ses propres pensées exprimées par la bouche du directeur. Elle se disait que ce n'était tout de même pas l'effet du hasard. Elle leva la main.

— Mais regardez !...

Guillubart venait d'être renversé par un camarade emporté par le jeu. Il demeurait étendu sans bouger. Gandon se battit avec la fenêtre pour l'ouvrir. Il se pencha et cria que la récréation était terminée. Ils virent avec soulagement le fragile Guillubart se relever. Mlle Clément claudiqua jusqu'à la porte, avec son pied bot. Elle demanda au directeur ce qu'il entendait faire. Gandon réfléchit un moment, puis :

— Dites à ces trois chenapans de passer me voir dans une heure. Comme ça, ils auront tout le temps qu'il faut pour avoir la trouille.

Clémentine crut sentir une pointe. Elle songea qu'elle l'avait peut-être méritée. Le directeur lui adressa un petit sourire triste, et elle se retira sans rien dire. Aucune allusion n'avait été faite à sa robe neuve.

* * *

Je lui ai dit aujourd'hui que je ne cherchais pas à juger autrui, et c'est vrai, mais je crois pouvoir, sans me flatter, affirmer que je ne connais pas trop mal les êtres. Je ne me fais pas d'illusions sur ce qu'elle pense de moi, je sais bien qu'elle me tient pour un rêveur, un idéaliste inoffensif que chacun peut duper à sa guise, et on ne peut rien, ou si peu, contre ce que les gens pensent de nous... Que la douceur et les égards pour autrui, en toute lucidité, deviennent vos règles de conduite, et vous passez pour un imbécile, vous n'avez rien compris aux règles impitoyables de la vie (on vous traitera même de faible, voire d'hypocrite). Ces règles soi-disant impitoyables, si elles existent, sont vulgaires, et il me semble que notre premier devoir est de se garder de la vulgarité, de se garder de cela avant toute chose. À propos des soupçons qu'elle entretient, par exemple. Je suis mieux placé que quiconque pour concevoir à quel point l'univers des enfants nous est fermé. L'enfance est une franc-maçonnerie, un adulte ne s'y introduit que par fraude. Et il arrive qu'il y introduise son enfer personnel. En tant qu'éducateurs, nous nous devons de ne jamais relâcher notre vigilance, cela est évident. Mais de là à conclure, sur la base de coïncidences futiles, aux mauvaises intentions de cet employé de banque, mon Dieu il y a une marge, et, poussée à de telles limites, la suspicion de Mlle Clément ne m'apparaît plus très saine, elle m'inquiéterait même. Mon impression est que cette femme n'a jamais vécu de véritables drames. Autant que je présume, son existence n'a pas été très mouvementée. *Son expérience du monde doit être, en raison de cela, assez restreinte, en somme. J'avais une tante hypocondriaque, du genre qui nous enterrera tous; n'ayant jamais souffert de maladie grave, elle se faisait des montagnes avec des riens, un bouton sous le nez, des douleurs dans les doigts. Je suis porté à croire qu'il en va de même de Mlle Clément. Allons donc! se tourmenter pour des dessins obscènes? Il faut vraiment ne rien comprendre aux petits garçons, surtout de la part d'une personne qui leur enseigne depuis quinze ans (je n'irai pas jusqu'à dire que cela est typiquement féminin). Mlle Clément est la seule personne de ma connaissance que je n'ai jamais vue rire. On dirait que l'idée même de rire la révulse. Pour la connaître depuis cinq ans, je sais que je n'exagère pas. Il s'agit d'une passionnée, cela est certain, elle est sujette à d'étranges emportements. Mais il m'arrive de craindre (de craindre pour elle) qu'elle ne soit incapable d'une affection véritable pour quelqu'un. Non pas faute de cœur. Mais à cause d'autre chose, que je ne* saurais définir. Il m'arrive aussi de penser que je me trompe sur ce point, je m'empresse de l'ajouter.

Quant à l'employé de banque, je lui ai déjà adressé la parole une fois, à l'occasion d'une fête organisée pour les bonnes œuvres de la banque. Il m'a paru un homme doux. Embarrassé de son grand corps (il doit mesurer au moins six pieds six pouces), timide au point d'être renfrogné, l'air un peu cornichon pour être franc. Il n'aurait pas suscité chez moi d'émotion particulière s'il ne s'était produit quelque chose de singulier. Nous étions engagés dans une conversation, je posais des questions banales, il me répondait de même, en utilisant le moins de mots possible. Et tout à coup, j'ai entrevu, l'espace d'un éclair, au fond de ses yeux, une lueur d'intelligence inattendue, suraiguë, surprenante. Je ne pourrais mieux exprimer mon sentiment qu'en évoquant un cadavre qui clignerait, une fraction de seconde, des paupières : c'était aussi étrange, et désagréable, que cela.

Un jour, j'étais allé visiter le zoo avec des élèves. Un raton laveur s'était coincé la patte dans la grille de sa cage. J'avais tenté de le libérer, et pendant que je manipulais sa patte, la bête m'a observé, et ce regard m'a bouleversé. Qu'est-ce que c'était ? J'avais la sensation très claire qu'à l'intérieur de ces prunelles animales il y avait quelqu'un. Je me suis redressé, sans pouvoir continuer. Le raton laveur me regardait de manière implorante. Mon cœur battait de pitié pour lui, mais je ne pouvais plus rien, j'étais paralysé.

Il me semble que l'employé de banque m'avait causé un émoi semblable. Il s'était retiré et avait fini de boire son verre de punch, assis seul dans son coin. Cet idiot avait eu un instant (je l'ai dit, à peine plus qu'un éclair) le regard le plus *intelligent que j'aie rencontré de toute mon existence, une lumière, une* lucidité *qui glaçait le sang. Que penser de lui, à présent, après ce que Mlle Clément m'a dit ?*

Le frère Gandon s'interrompit et, comme il sortait du tiroir son flacon, il crut entendre un bruit de bousculade venant de l'étage supérieur. Il tendit l'oreille... Mais non, rien : ses sens avaient dû l'abuser. Il versa dans son verre une portion généreuse de whisky, puis tourna la page de son cahier. Il tomba sur une note rédigée l'avant-veille : «*Surtout, ne pas oublier de changer de soutane mercredi.*» Il suça longuement son crayon. Puis se remit à écrire.

Cela dit, sachez, monsieur le commissaire d'école, que je tiens Mlle Clément pour une institutrice distinguée, et rien de ce que j'écris ici ne manifeste quelque intention dépréciative à son endroit. Si jamais quelqu'un trouvait à redire à propos de son enseignement, je serais le premier à la défendre, quitte à mettre ma position en jeu, tant j'ai une confiance absolue dans son dévouement et son intégrité.

Il se relut avec satisfaction, puis jeta un coup d'œil étonné à l'horloge : il n'avait pas vu l'heure passer. Quel sermon faire à ces trois sacripants ? Il allait devoir improviser. Il termina d'un seul trait son verre de whisky.

Il y eut de nouveau du remue-ménage dans le corridor, un branle-bas dans l'escalier, ce même bruit de bousculade qu'il avait eu l'impression d'entendre d'auparavant. Il se leva. Il faillit recevoir la porte en plein front. Mlle Clément se tenait là, et dans un état tel qu'il la crut devenue folle. Il avait fallu emmener le petit Guillubart à l'infirmerie, et on songeait à le transporter d'urgence à l'hôpital. Sitôt revenu dans la classe, expliquait-elle, l'enfant s'était trouvé en proie aux convulsions.

CHAPITRE IV

Remouald déambulait le long de la rue Notre-Dame en direction du parc Dézéry (les gens prononçaient Dézyré), tout à l'étrange sensation d'avoir dans sa main la main confiante d'une petite fille. Son paletot boutonné jusqu'au col camouflait ses vêtements tachés de sang.

Il ne savait trop quoi faire de Sarah, qu'il songeait à amener au cinéma : il se disait que ce devait être le genre de divertissement qui convenait à une petite muette. Quant à Sarah, elle se montrait modérément intéressée par ce qui l'entourait, elle y portait une attention à la fois patiente et détachée. S'il s'arrêtait devant une vitrine de jouets, elle s'arrêtait aussi, et tous deux attendaient, Remouald croyant faire plaisir à la petite et la petite croyant faire plaisir à Remouald. Signe qu'ils commençaient à bien s'entendre.

À la devanture d'un café, un cuisinier de carton, coiffé et joufflu, offrait à pleines mains des bouteilles de boissons gazeuses. Il avait un air rieur. Ses moustaches étaient relevées comme des guidons de bicyclette. Remouald hésita un peu, puis entra. Sarah accepta un lait aux fraises, mais y goûta à peine. Elle préférait souffler dans sa paille pour faire des bulles. Remouald regardait distraitement par la vitrine, le

73

menton appuyé sur sa paume. Il songeait à la feuille découverte ce matin dans son chapeau. Le hasard venait de lui distribuer des cartes bizarres, des valets, une dame, un roi peut-être, un deux de trèfle et un deux de pique, pêle-mêle, et, il ne savait trop comment, il lui fallait faire une main avec tout cela. Sarah agitait en ciseaux ses jambes sous la table, et lui donnait parfois des coups. Il la laissait faire. Peu importe leur provenance, Remouald avait toujours l'impression que les coups qu'il recevait étaient mérités. Quand Sarah se rendit compte de ce qu'elle faisait, elle porta la main à sa bouche et s'excusa des yeux. C'était le premier sourire qu'elle lui destinait. Remouald en fut si remué que cela lui mit un pétard sous les fesses : il jeta de l'argent sur la table et ils sortirent.

Remouald fit celui qui n'avait pas vu le capitaine des pompiers. Deux passantes s'étaient adressées à lui pour s'enquérir de leur chemin et, du haut de sa monture, l'officier-inspecteur donnait ses indications avec un sérieux administratif. La dame répétait d'un air stupide les noms de rues qu'on lui disait; la jeune fille baissait le front de honte. Remouald entraîna Sarah vers une rue transversale.

C'était une rue serpentante, fourvoyante, et qui n'en finissait plus. Remouald ignorait où cela les mènerait. Ils marchèrent longtemps. Ils débouchèrent enfin, contre toute attente, dans le Faubourg à Mélasse (les gens prononçaient Faubourg à Menaces). Remouald, qui n'y avait jamais mis les pieds, le reconnut à il ne savait quoi, qui était dans l'air, et que l'on respirait. Son cœur se serra. Il posa la main sur l'épaule de Sarah. Ils n'avaient pas fait vingt pas que surgit à leur gauche une sorte de tabouret de piano, un trépied vivant qui claudiquait vers eux. C'était une femme. Sa tête n'arrivait pas à la cuisse de Remouald. Elle se planta devant eux et pointa vers Remouald une de ses béquilles, sans qu'il pût déterminer si elle l'en menaçait ou si elle implorait sa pitié. Des larmes coulaient sur ses joues. Sa figure, son crâne, son cou étaient couverts de bosses. Remouald passa son chemin. Sarah se tourna vers l'infirme : un chien nerveux et malingre l'avait rejointe, et la femme lui donnait des baisers sur le museau. Un vieil homme sortit la tête de sa fenêtre en criant des insultes. Le chien déguerpit et le trépied disparut sous un porche.

Remouald poursuivit sa route. Il voulait à tout prix s'échapper de ces lieux, mais au bout de quelques minutes, il fut de nouveau devant l'infirme qui pleurait sous le porche. Appuyée sur sa béquille, elle tendait la main et répétait le mot «Amour», qui avait dans sa bouche une sonorité glaçante. «Aââmur...? Aâââââmur...?» Remouald avait la gorge nouée. «Madame...» fit-il. Elle eut alors un ricanement horrible. Remouald recula en tirant Sarah par la manche, mais Sarah ne voulait pas s'en aller, il dut l'emporter dans ses bras. Sarah fit à la femme un petit signe d'adieu. Remouald avait envie de crier au secours. Lancé du haut d'un balcon, un morceau de fourrure s'aplatit à ses pieds, qui lâcha une plainte affreuse avant de bondir comme une flèche sous les galeries. Remouald commençait à s'affoler. Toute sa vie il avait été hanté par la peur de s'égarer, de ne jamais ensuite retrouver le chemin de sa maison. Il songea avec angoisse à Séraphon : que ferait-il sans son fils? Les pavés de la ruelle étaient déchaussés, leurs chevilles se tordaient à chaque pas. Il respirait des vapeurs de soupe aux choux, de navet bouilli, des relents d'intérieurs mal tenus, d'épluchures, d'huile à chauffage, de pourriture. On entendait les cris d'un ménage en querelle, des miaulements, des couinements et, par une porte entrouverte, le bramement insupportable d'un bébé, auquel répondait en vociférant une voix éraillée de vieille, aussi désagréable à l'oreille qu'un ongle égratignant une ardoise. Remouald avançait en regardant de tout côté.

Derrière eux, soudain, le sabot d'un cheval. Remouald n'osa pas se retourner. Il s'engagea dans une autre rue perpendiculaire, puis dans une autre encore, au hasard. Il allait là où l'égarait sa détresse. Le cheval était toujours derrière. Remouald déposa Sarah par terre et s'accroupit. Il fit mine de nouer ses lacets de bottines, et, à la dérobée, regarda pardessus son épaule. Le capitaine des pompiers le considérait avec une arrogance de justicier; il tirait des bouffées narquoises de son cigare. Remouald prit une nouvelle fois Sarah dans ses bras. Ils s'échappèrent par une entrée de cour, se faufilèrent entre les maisons, longèrent des murs, enjambèrent des clôtures, marchèrent encore un bon moment. Ils finirent par se retrouver rue Sainte-Catherine. La foule circulait, normale et tranquille. Remouald s'adossa à un mur et respira, le poing fermé sur sa poitrine. Il pensait : «Je vous remercie, mon Dieu.» Il suait à grosses gouttes comme au beau milieu de l'été.

Sarah, elle, frappait de joie dans ses mitaines.

Puissant et trapu, la tête en bélier, le curé qui luttait corps à corps contre le vent faillit les bousculer en tournant le coin de la rue Darling. Le curé Cadorette administrait, âmes et dîmes, la paroisse Nativité depuis bientôt trente ans. D'une voix mal assurée, Remould demanda : «Comment ça va, monsieur le curé ?» Cadorette avait atteint l'âge où l'on ne se sent plus tenu de répondre à ces questions.

— Qu'est-ce que tu fabriques dans la rue à cette heure-ci ? Tu n'es pas à la banque ?...

Il sembla à Remould qu'il lui faudrait des heures pour s'expliquer. Il se contenta de dire que M. Judith lui avait confié sa nièce pour l'après-midi.

Le regard scrutateur du curé allait de la petite à Remould, comme s'il leur cherchait des points noirs sur les joues. Il se pencha vers l'enfant.

— Et toi ? À ton âge ? Comment se fait-il que tu ne sois pas à l'école ?

Remould apprit au curé qu'elle ne pouvait pas parler. Sarah contemplait le curé avec une indifférence souveraine, qui le vexait et le troublait à la fois.

— Elle comprend ce que je dis, au moins ?

Sans laisser à Remould le temps de répondre, il se pencha de nouveau vers Sarah. La petite était muette jusque dans son regard.

— Et le petit Jésus, dis-moi, tu le connais, toi, le petit Jésus ?

Sarah attendit quelques secondes, puis fit oui. Cadorette eut un sourire de soulagement. Avec un clin d'œil malicieux à Remould, il laissa pendre sous le nez de l'enfant la croix qu'il avait au cou.

— Et où il est, le petit Jésus ? Tu peux me le montrer ?

D'un geste grave, sans une hésitation, Sarah désigna Remould.

Le curé recula d'un pas.

— Mais qui est-ce qui lui met des idées pareilles dans la tête ? Pas de doute, elle ne saisit pas un traître mot de ce qu'on lui dit. Pas de doute.

Il eut un drôle de gloussement, un ricanement ahuri. Mais devant la réaction de Remouald, qui avait pris la couleur des pierres, son rire cassa et laissa un écho misérable.

— Je ne comprends pas. Je ne la connais que depuis ce matin. Ce n'est pas moi qui... Voyons, monsieur le curé... Vous ne pensez quand même pas...

Remouald avait enlevé son chapeau et le tenait humblement contre sa poitrine. Les mâchoires serrées, le curé s'éloigna sans un salut. Remouald fit quelques pas en sens contraire. Puis il fit volte-face et s'aperçut que Cadorette aussi s'était arrêté, et l'observait... Enfin, le curé s'éloigna.

La neige s'était mise à tomber doucement, et Sarah pointait le doigt vers le ciel. Des oiseaux, des pigeons peut-être, ou des mouettes, tournoyaient autour du clocher. Elle les contemplait, la mine épanouie. Remouald commençait à avoir froid :

— Tu viens ?

Comme elle ne bougeait pas, il dit encore :

— Allons, Sarah...

Elle finit par obéir mais, tout en marchant, elle tournait la tête pour ne pas quitter le clocher des yeux. Elle souriait au clocher comme on sourit à un complice.

Remouald s'aperçut soudain qu'il venait pour la première fois de prononcer son nom.

Ils aboutirent au marché aux légumes, là où la foule était plus dense. On entendait les cris des marchands et des manutentionnaires qui déchargeaient les caisses. Les tramways glissaient sur les rails, faisaient escale, puis repartaient dans un tintement de cloches. Remouald prit la direction du kiosque à musique.

Des femmes qui s'y étaient abritées conversaient, leurs sacs à provisions déposés à leurs pieds. Sur leurs genoux, des bébés bavaient en mâchouillant leurs poings. Des enfants trop jeunes pour aller à l'école jouaient autour d'elles, faisaient rouler des billes, couraient après des cerceaux ou des balles. Les policiers qui effectuaient leur ronde allaient et venaient, les mains croisées derrière le dos, l'air impassible et protecteur. Ils adressaient parfois aux enfants, sous un masque bourru, un clin d'œil de connivence.

Remouald fut alors visité par sa mère.

Il avait des rendez-vous, comme ça, avec elle, à l'improviste (mais le curé lui avait expliqué que ce n'était que dans son imagination). Elle venait de surgir de derrière le kiosque, elle marchait vers lui, ou plutôt, car sa robe violette ne touchait pas terre, elle flottait à sa rencontre, comme une nappe de brume au-dessus d'un lac. Des fleurs fanées étaient piquées dans sa chevelure. Remouald la vit fondre sur lui, les yeux chargés de colère et de menaces. Il serra les paupières au moment où le fantôme lui passait au travers. Il ressentit un pincement cruel à l'endroit du cœur... Puis rouvrit les paupières. Sa mère avait disparu.

Remouald repartit d'un pas lourd. Il se sentait accablé, affaibli, le fantôme ayant absorbé une partie de son sang. «Ce n'est rien, ce n'est que dans ma tête», se répétait-il, et il

songeait à l'événement de ce matin — la dame aux partitions.
Elle, c'était peut-être une authentique apparition.

Il se laissait mener par le mouvement de la foule. Sa main
ne tenait plus que mollement la main de la petite fille. Ils
longeaient les étals; l'humidité les mordait jusqu'aux os, puis,
l'instant d'après, un brasero crachait un souffle qui leur
brûlait la face. Remouald craignait que la petite n'attrape la
fièvre. Autour d'eux on se bousculait, on criait, on
marchandait; l'odeur des légumes et des fruits montait à la
tête. Remouald avait besoin de tout son sang-froid pour ne
pas s'affoler et courir en tous sens comme un chien.

Sarah s'était rapprochée de lui. Elle avait appuyé sa joue
contre sa main et ses cheveux chatouillaient son poignet.
Avec une précipitation de cambrioleur, une nonne minuscule,
forte du bassin, emplissait de conserves son sac à provisions.
Elle allait d'un comptoir à l'autre, affairée comme une
mouche, et sans qu'elle s'en aperçoive, alors qu'elle tournait
les talons, son sac frappa Sarah en pleine figure. La petite
tomba. Son crâne heurta le sol, et de la salive rose gicla de sa
bouche. Remouald la prit dans ses bras et fonça droit devant
lui. Bousculant tout le monde, il faillit renverser des étals sur
son passage, courut éperdu jusqu'à l'autre extrémité du
marché. Il déposa Sarah sur ses pattes et s'agenouilla. Il
examinait les ecchymoses avec un zèle inquiet. Sarah riait.
Elle avait un voile de sang sur les gencives, son œil droit était
à demi fermé par une boursouflure qui tournait au violet.
Remouald se prit à rire lui aussi, nerveusement. Mais à l'idée
qu'il devrait rendre compte de l'incident à M. Judith, son

visage s'assombrit. Sarah comprit son désarroi et cessa elle aussi de rire.

Tout autour, des gens les observaient avec suspicion. Remouald dit à la cantonade :

— C'est bête, un accident, comme ça.

Une vieille dame, appuyée sur sa canne, le considérait avec réprobation et marmonnait entre ses dents gâtées. Sarah saisit la main de Remouald et y posa ses lèvres blessées. Remouald comprit qu'elle voulait ainsi désarmer les soupçons. Il en eut les larmes aux yeux. Il avait envie de la remercier, de lui dire quelque chose de gentil. Il voulait lui dire qu'il la trouvait belle. Mais les mots restaient bloqués dans sa gorge. D'ailleurs, Sarah avait déjà repris la route, elle marchait avec aplomb vers la rue Sainte-Catherine, et il dut courir pour la rattraper. À compter de cet instant, c'est elle qui décida de la route, et Remouald bascula dans l'obéissance.

Près de la sortie du marché se trouvait un petit bâtiment en forme de cabane à moineaux. Les tuiles du toit ressemblaient à des pains de sucre, comme dans l'histoire d'Hänsel et Gretel. Il y avait un trou ovale au milieu de la façade, des volets verts de part et d'autre, mais, à la place du coucou, se tenait un enfant : Maurice Bergeron, le petit pompier orphelin.

Il était coiffé du casque qu'il portait ce matin à l'enterrement de son père. Deux dames de charité se tenaient à ses côtés, qui avaient organisé une loterie destinée à amasser des fonds pour l'enfant. Elles avaient pour mandat de sourire, le plus tristement possible, et Maurice avait celui de tendre les billets aux acheteurs. On le sentait soucieux de ne pas déroger à son rôle, anxieux comme l'assistant d'un lanceur de couteaux. Entraîné par Sarah, Remouald, sans trop réfléchir, prit un billet, puis, ne sachant qu'en faire, l'offrit à la petite, qui n'y porta pas attention. Elle observait Maurice en ayant l'air de se dire : «C'est donc à cela que ressemble un orphelin?» Le garçon détournait piteusement la tête : il était trop bien dompté pour ne pas avoir le sentiment, devant un autre enfant, de trahir l'enfance. Il finit par esquisser un sourire. Sarah fit une grimace et haussa les épaules. Remouald enfouit le billet de loterie dans sa poche et, l'y oubliant bientôt, ils mirent de nouveau le cap sur nulle part. Il était si négligent quant au contenu de ses poches que ce billet allait l'accompagner jusqu'à la fin de ses jours.

Vers la fin de l'après-midi, ils escaladèrent l'escalier qui menait au viaduc. Remouald remarquait que Sarah ne heurtait pas les marches à coups de pied comme ont l'habitude de le faire les enfants, qui aiment la preuve par le bruit et ne ferment une porte qu'en la claquant. Au contraire, Sarah posait le pied sur chaque marche, y appuyait son poids, donnant ainsi à Remouald l'impression qu'elle avait confiance dans les choses et partageait avec elles un secret qu'il ne fallait pas ébruiter.

Du haut du viaduc, ils pouvaient contempler le quartier qui dévalait jusqu'au fleuve. C'était étrange. Remouald n'avait pas coutume de s'éloigner autant de chez lui. Il cherchait sa maison parmi la masse noire des rues, mais la vue était brouillée par la giboulée. On distinguait à peine l'édifice

Ace Box, et l'église de la Nativité d'Hochelaga, dont les formes compliquées, dominées par un trop haut clocher, faisaient songer à un cygne endormi bombant un peu les ailes durant un rêve. Le ciel était semblable le jour où Célia, sa mère, était décédée. Remould était alors au début de la vingtaine, et Séraphon avait déjà commencé à ne plus pouvoir bouger ses membres, qui le quittaient l'un après l'autre, comme s'éteignent des lampions. En dépit de son habitude de se lever la première, Célia, ce matin-là, demeurait dans son lit. Remould et son père étaient assis, silencieux, à la table de la cuisine. Ils attendaient frileusement leur petit déjeuner, comme si le meilleur moyen de parer les coups du sort était encore de se cramponner à cette bonne fée, la Routine. Mais le temps filait, ni l'un ni l'autre n'osait s'aventurer vers le lit pour s'informer de Célia, et le malaise grandissait. La peur aussi, une peur qui n'osait dire son nom. N'y tenant plus, Remould finit par proposer à son père un tour de chaise à roues.

À cette époque, leur promenade n'avait pas encore trouvé sa trajectoire définitive. Ils avaient poussé une pointe jusqu'à l'église, sous le porche de laquelle, surpris par une neige soudaine, ils avaient cherché refuge. Le bedeau les aperçut, grelottant sous le vent, et s'en fut en aviser le curé. Étonné de les rencontrer là de si bon matin, Cadorette leur demanda ce qui n'allait pas. Ils louvoyèrent. Séraphon dit : «Nous sommes venus chanter les louanges de Notre Seigneur!...» Cadorette s'impatienta : «Cessez de faire les bouffons, il est arrivé quelque chose à Célia, c'est ça?» Séraphon gémit, mais il fut impossible au curé de leur tirer les vers du nez. Il finit par dire à son bedeau : « C'est bon, je vais aller y voir moi-même.» Tout le long du chemin, il fut agacé par les grincements des roulettes de la chaise de Séraphon, qui le suivait derrière.

Parvenu devant la porte, Remouald refusa d'entrer, et le curé fut forcé de lui arracher la clé des mains. Père et fils attendirent sous la neige. Cadorette pénétra dans la maison, trouva dans son lit la triste chose et ne put que constater qu'elle avait vécu. Les croque-morts furent appelés, et comme c'était dimanche, M. Costade lui-même vint cueillir la dépouille, qu'il chargea sur son dos et emporta dans sa voiture. Jusqu'au soir, Remouald et Séraphon se terrèrent dans la cuisine. Cadorette dut s'occuper de toutes les formalités : ils étaient trop terrorisés pour signer quoi que ce soit. On fut dans l'obligation d'inhumer Célia dans la fosse aux pauvres. Et il fallut vingt jours avant que Séraphon n'accepte de retourner coucher dans son lit. Durant toute cette période, ils dormirent sur le grabat de Remouald, enlacés comme des orphelins.

Sarah avait lâché sa main, et, du bout de sa mitaine, elle dessinait sur le parapet. La neige effaçait au fur et à mesure ce qu'elle y traçait. Remouald se rendait à peine compte qu'elle s'éloignait. Quand elle fut à une vingtaine de pas, elle frappa dans ses mains. Il étouffa un cri : Sarah se tenait debout sur le parapet et lui tirait la langue. Elle avait à sa droite un gouffre de soixante-quinze pieds.

Remouald fit un pas, et elle recula de même. Il voulut se précipiter, elle se mit à courir. Il s'immobilisa et lui cria de descendre de là : d'une voix qui ordonne, puis d'une voix qui supplie. Il n'y avait rien à faire. Elle dansait sur le parapet, et, par espièglerie, au moindre geste qu'il esquissait, elle menaçait de se jeter en bas. Elle enleva sa tuque et la lança dans le vide.

— Pourquoi fais-tu cela ? Pourquoi es-tu si méchante ?

Le visage de Sarah se tordit dans cette grimace d'effort de l'enfant qui pince avec la volonté de faire mal. Elle se mit à piétiner la neige avec frénésie, et, jouant de son doigt comme d'un couteau, elle se lacéra les bras, les cuisses, le torse, les joues — la bouche ouverte, les yeux fermés, comme si elle cherchait à crier... Remould enfouit sa figure dans ses mains et se mit à pleurer.

Sarah s'arrêta aussitôt. Elle revint toute penaude, toucha son bras à trois reprises : elle tenait à ce qu'il la regarde, qu'il s'aperçoive qu'elle lui souriait. Remould la saisit et la fit descendre du parapet. Elle se laissa faire. Elle lui attrapa alors les doigts, elle les colla contre sa joue et elle l'entraîna à sa suite.

La neige tombait comme si le ciel crevait sous le poids des limbes. Les flocons s'agrippaient aux cheveux de Sarah. Ils y formaient des figures, des signes peut-être. Remould essaya de lui mettre son chapeau, mais elle ne voulait rien entendre. Elle secouait sa chevelure, pour en chasser la neige, qui venait s'y prendre de nouveau, comme dans un piège. Il crut qu'elle le boudait, et cela l'attrista. Il avançait derrière elle, se laissant guider, ébloui. Mais Sarah n'était pas en colère. Le nez caché dans son écharpe de laine, elle souriait à sa cour de lutins invisibles, toujours à gambader autour d'elle, et dont elle connaissait par cœur les chagrins secrets aussi bien que les prénoms.

CHAPITRE V

Rivé à son oreiller, un ingénieux système de courroies l'empêchant de glisser hors de sa couche, Séraphon Tremblay attendait l'arrivée, sur le coup de dix heures, de la veuve Racicot. C'est par lui qu'en principe elle commençait sa tournée. Elle restait une demi-heure, s'assurant que tout se passait bien, c'est-à-dire qu'il ne se passait rien, puis partait visiter un autre impotent. Sa vie s'écoulait ainsi à transhumer de vieux en vieux. C'était la garde-malade la moins chère du quartier, et quand on paie pour de la galette, il ne faut pas s'attendre à du gâteau. Une poignée de sous hebdomadaires pour chaque patient suffisait à payer son *porter*, elle n'en demandait pas davantage. Elle en consommait à peu près deux gallons et demi par jour.

La veuve Racicot vivait entourée d'une dizaine de chats que, par une vocation pour l'incurie, elle oubliait la plupart du temps de nourrir. Elle traînait partout telle une aura une poignante odeur de crottes sèches et de pipi ensablé. Les mots n'étaient pas son fort, mais quand elle parlait, ce n'était jamais que de ses matous, elle en parlait comme une mère parle de sa progéniture, sans se soucier qu'on l'écoute, et en mêlant tous les noms. Elle était la joie des enfants du quartier.

L'hiver, lorsqu'elle se promenait dans la rue, ils lui lançaient tant de balles de neige qu'elle aurait pu en faire commerce.

Elle s'arrêtait chez Séraphon toutes les deux heures et y demeurait plus longtemps que chez ses autres malades. Souvent même elle attendait que Remould soit revenu de la banque avant de lever le camp. Remould jouissait auprès d'elle d'une considération particulière parce qu'il allait travailler en chemise blanche. Quant à Séraphon, qui ne quittait pas son lit, il était le moins accaparant de ses clients, et la veuve tenait par-dessus tout à sa tranquillité.

La journée s'étirait, et le pas de Mme Racicot se faisait plus lourd. Elle s'annonçait par un cliquetis de bouteilles, les marches de l'escalier résonnaient comme si on les frappait avec une masse, et vers la fin de l'après-midi il n'était pas rare qu'elle chute en mettant le pied dans le logis. Malgré que Séraphon lui en eût fait maintes fois l'humble prière, elle ne verrouillait jamais la porte en sortant, car elle finissait par ne plus s'y retrouver dans son trousseau de clés, et la patience n'était pas sa principale vertu.

Elle s'installait dans la chaise berçante, déposait à ses pieds une bouteille de *porter*, puis déroulait de sa sacoche son ouvrage. Séraphon n'arrivait pas à comprendre ce qu'elle entendait tricoter au juste. Cela ressemblait à la toile d'une araignée devenue folle. Quant à la laine qu'elle utilisait et réutilisait, elle avait dû être achetée voilà au moins vingt ans. Telle était Mme veuve Racicot, mère d'aucun enfant vivant.

Et Séraphon Tremblay en avait une peur bleue.

Dès son arrivée, elle se penchait sur lui et demandait, en mâchant ses mots : «Comment ça va, monsieur Tremblay?» Séraphon, qui s'abstenait de respirer, s'étonnait qu'on puisse porter sur soi autant d'odeurs. Elle remuait un peu les couvertures par acquit de conscience, tapotait son oreiller. Ensuite — mais il fallait que l'idée lui en vienne, et elle ne lui en venait pas toujours —, elle lui jetait le journal du jour sur les genoux.

Séraphon avait été toute sa vie un lecteur boulimique de journaux. De manière générale, l'infortune d'autrui, affichée en gros titres, lui procurait une sensation jubilante de supériorité; il était confortablement à l'écart, en sécurité : à quelque chose malheur est bon. Pour une histoire de chien battu, de Canadien errant, il pouvait s'émouvoir jusqu'aux larmes, ce qui était l'occasion de s'enchanter de lui-même : il demeurait en extase quelques moments, pieusement ravi devant la délicatesse de sa sensibilité, comme la petite fille aux allumettes devant l'apparition de sa grand-mère. La politique l'indifférait, il n'avait que mépris pour les exploits sportifs, quant aux affaires étrangères, elles avaient cours sur une autre planète, toutes géographies confondues. Mais il lisait le reste avec goinfrerie. Les faits divers d'abord, inépuisable sottisier, puis les nouvelles locales, qu'il analysait avec un soin maniaque. Les gens du quartier avaient beau ne conserver aucun souvenir de lui, les connaissances de Séraphon sur leurs scandales privés étaient d'une ampleur encyclopédique.

Les yeux ayant été sauvés du naufrage du corps, Séraphon Tremblay pouvait lire les moindres caractères d'imprimerie. Il n'était pas jusqu'aux petites annonces qu'il n'examinât scrupuleusement. Depuis plusieurs années, hélas, son impotence l'empêchait d'envoyer des lettres anonymes, mais il n'en continuait pas moins de rêver à celles-ci en scrutant les adresses des avis nécrologiques. Enfin, il ne dédaignait pas les encadrés publicitaires, occasion jamais manquée de s'indigner des prix. Et, ayant eu sa part d'éducation (sa mère avait été maîtresse d'école), il rugissait devant la première faute d'orthographe.

Sa page de journal lue, il ne pouvait pas la retourner par ses propres moyens. Il ne disait rien, il attendait. La veuve Racicot s'en apercevait-elle : «Avez-vous fini vot' page, m'sieu Tremblay?», il répondait un minuscule oui. Parfois, dans la confusion des feuillets, il lui arrivait de redéposer sur le plaid du vieillard une page à l'envers, sans s'en rendre compte car son analphabétisme était d'acier trempé. Séraphon avait un sourire désolé mais n'osait pas la détromper.

Il en avait une peur bleue parce que quelquefois, oh! sans penser à mal, elle le maltraitait.

L'euphorie de l'ivresse venue, elle quittait sa chaise, et, la démarche incertaine, elle se laissait porter par un élan généreux, une envie primaire de faire le bien :

— Vous buverez ben un bon 'tit thé, m'sieu Tremblay?

Bien que celui-ci la suppliât de ne pas se donner cette peine, elle se rendait en se cognant aux murs jusqu'à la cuisine. Là, chambardant le contenu des armoires, s'affalant parfois au milieu des casseroles, elle menait son petit train d'enfer, secouée de ce gros rire bon qui terrorisait Séraphon. Elle revenait avec le bol de thé tremblant sur son plateau. Séraphon ne pouvait réprimer un murmure d'angoisse («Non! non!...»), mais elle le rassurait :

— Ça m'dérange pas d'vous aider, m'sieu Tremblay.

Puis elle lui flanquait le nez dans la boisson brûlante. Séraphon étouffait, se rebellait, elle insistait, et le thé se répandait partout. Elle se voyait alors forcée de lui taper sur le crâne pour le calmer. Elle lui desserrait les mâchoires en appuyant du poing sur son menton et lui versait le thé au fond de la gorge. D'ordinaire, cela mettait un point final à son attaque de bonté. Elle avait un geste du bras qui l'envoyait au diable, et enfin, au grand soulagement de l'invalide, retournait, maussade, à sa combinaison berçante-*porter*-tricot. Séraphon pleurnichait et crachait; il avait l'impression de s'être gargarisé avec du jus de pipe. Lorsque Remouald rentrait du travail, il pouvait passer des heures à lui reprocher de ne pas gagner suffisamment à la banque, de ne pouvoir offrir à son vieux père rien de mieux que ce gorille.

Depuis la veille, Séraphon était dans un état bizarre — en fait, depuis la visite du site de l'incendie. Il avait fait de drôles de rêves durant la nuit, et le malaise allait grandissant depuis ce matin. Il regardait autour de lui, et le décor si familier de sa chambre lui paraissait soudain étrange. Tout était pareil à ce qu'il avait toujours été, et pourtant quelque chose avait changé. Ça se sentait dans l'air, comme une baisse de température. Depuis la veille, le monde s'étais mis à exister sans tenir compte de lui. Voilà. Il se sentait partir, avec l'impression qu'il avait perdu de la pesanteur. Il flottait au milieu des choses, et son corps lui-même lui paraissait une chose parmi les choses, abandonnée là. Les minutes défilaient devant lui comme des passantes qui vont leur chemin sans vous apercevoir. Être Séraphon ne voulait plus dire la même chose, peut-être ne voulait plus rien dire du tout. Il fit un somme et, à son réveil, il regarda longuement la Racicot avant de la reconnaître. Il n'était pas sûr d'être dans la même pièce qu'elle. Il la voyait comme une voyante voit à travers sa boule de cristal. Son journal était étalé sur ses genoux; il essaya de lire les gros titres. Les caractères avaient on ne sait quoi de buté qui refusait de livrer leur signification. Ils se cramponnaient à la page, se serraient les uns sur les autres, rigides, comme les doigts noués d'un cadavre.

Ce malaise fut passager, mais le laissa dans un état de fatigue morale profonde. Sa tête se vidait, ses pensées fuyaient. Il se mit à considérer curieusement le tiroir de la commode. Ce matin, en se réveillant, il avait surpris Remouald en train de le refermer. Par la suite, Remouald avait manifesté une nervosité inhabituelle. Séraphon en avait conclu que Remouald avait bel et bien ramené la veille quelque chose du Grill, et qu'il avait caché l'objet dans ce tiroir. Il eut la conviction que cet objet n'était pas étranger à la métamorphose qu'il observait en lui-même et autour de lui. S'il s'agissait de quelque amulette ensorcelée, destinée à lui troubler la cervelle ?

Il lui en coûtait de s'adresser à la veuve, mais il rassembla son courage. Il lui demanda si elle aurait l'amabilité d'ouvrir le tiroir de la commode. La Racicot interrompit le mouvement de sa berceuse et réfléchit un moment, ne sachant si elle allait obéir. Puis elle se leva et, tout en replaçant des deux mains sa poitrine abondante, alla ouvrir le tiroir. Elle retourna à son tricot. Séraphon eut un petit rire de découragement. Il délibéra en lui-même, pesa les risques, puis usant de sa voix la plus avenante :

— J'aimerais ça que vous me disiez ce qu'il y a à *l'intérieur*.

La veuve le considéra avec humeur. Séraphon lui fit un

sourire contraint. Elle se leva de nouveau, en grommelant, et extirpa négligemment du tiroir un tas de chiffons : les chemises de Remouald. Pour Séraphon, ce n'était pas une grosse révélation. Il voulait savoir s'il n'y avait pas *autre chose*. La Racicot lâcha les chemises et, se courbant vers l'intérieur du meuble, dit :

— Un morceau de bois.

— Comment ça, un morceau de bois ? Quel genre de morceau de bois ?

— Une image.

Séraphon s'emporta :

— Mais qu'est-ce que t'attends pour me la montrer, grosse imbécile ?

La veuve sortit l'icône du tiroir avec une diligence apeurée. Séraphon devint vert. La Racicot remit l'objet à sa place et s'empressa vers le lit. Le vieil homme avait du mal à respirer. Sa tête roulait sur l'oreiller. La veuve le saisit par les épaules et le secoua, ainsi qu'on secoue une montre détraquée.

— Ça ira, ça ira, finit par dire Séraphon, la voix exténuée. Laissez-moi.

La veuve ramassa d'un geste large ses bouteilles et son tricot et se précipita vers la sortie : si le vieillard en était à son dernier soupir, elle préférait ne pas être là. Séraphon écouta les pas se perdre dans l'escalier.

Séraphon examinait le plafond. Il le voyait comme par le gros bout de la lorgnette. Le monde sournoisement se délestait de lui, il était emporté dans l'orbite d'une planète inconnue. Il jeta autour de lui un regard de détresse. Ces oreillers râpés mais fidèles, cette fenêtre aux rideaux dépareillés, ce lit qui au fil des années avait fini par épouser en creux la forme de son corps, et même les courroies qui le liaient à lui — il éprouvait pour eux une tendresse nostalgique et désespérée, il avait envie de leur crier : «Ne partez pas!...» Les choses aussi ont une âme, presque rien, une vibration chaleureuse et invisible, qui les rend familières. Cette âme secrète était en train de s'évanouir. Des secteurs entiers de la chambre se pétrifiaient, il n'en recevait plus rien, ni formes ni couleurs. Comme des chandelles que l'on souffle, les choses s'éteignaient autour de lui, basculant une à une dans le *froid absolu*. Il y avait là ses vieilles chaussures, qui n'avaient pas quitté leur étagère depuis des années, et Séraphon se répétait avec angoisse : «Ce sont mes bottines, ce sont mes bottines!» Mais elles aussi finirent par s'éteindre. Séraphon sentit le froid glacial le gagner à l'intérieur. Les sensations ne lui parvenaient plus qu'amorties, diminuées par un épuisant voyage. L'univers se recroquevillait autour de son corps, se rapetissait comme une peau de chagrin. Il ne restait plus en lui qu'une flamme vacillante et frileuse, affolée au milieu du vide. Il tourna son visage vers le tiroir demeuré ouvert. On aurait dit que la commode lui tirait la langue. Séraphon voulut la retenir, car cette grimace lui procurait tout de même un peu de chaleur, mais la commode bascula à son tour, il n'existait plus pour elle, elle ne pouvait plus rien pour lui...

Séraphon ne s'était pas préparé à l'idée de sa propre mort, il ne s'en était jamais soucié. Il ne pouvait s'imaginer que cesse le monde, ni que l'univers continue sa course sans lui, tant il avait la tranquille certitude d'en être le centre.

Chaque fois que sa pensée s'était risquée au-delà, vers ce temps impensable où lui-même ne serait plus, elle était retombée sur terre, du côté de la vie, si bien que ces efforts lui étaient apparus puérils, aussi vains que s'il avait tenté de tirer une flèche jusqu'à la lune. Il finissait par se dire : «J'aurai bien le temps d'y songer.» Même après qu'il eut atteint un âge plus qu'honorable, il avait continué de croire, par un penchant jamais sondé, en avoir encore pour au moins vingt ans.

Ces vingt années venaient de se rétrécir aux dimensions de quelques semaines, de quelques jours peut-être, il lui avait suffi de voir l'icône : le message était clair, sans ambiguïté possible, sentencieux comme une annonciation. Et la mort lui apparaissait soudain sous un aspect effrayant : une longue veille froide au fond d'un trou. Il voyait être mort comme si c'était *se sentir* mort : se réveiller mort dans une tombe pour l'éternité. Son imagination s'emballa. Les vers pénétraient la peau, passaient à travers les os comme une crotte à travers l'anus. Il souhaitait noyer son angoisse dans cette vision, et il s'y vautrait, cherchant à se convaincre que c'était là le comble de l'horrible. Mais il pressentait qu'il y avait pire encore. Car on n'en finissait plus de disparaître, le néant était une spirale sans terme — même réduit à l'état de terre pourrie, aveugle, sourd, *ne ressentant plus rien*, moins qu'un chien, moins qu'une plante, moins qu'une pierre, il y avait encore cette flamme tremblante qui subsistait : la conscience d'être dans une tombe. C'était donc ça, l'Enfer ? Ne plus rien éprouver, et pourtant être encore ? Prisonnier comme une mouche dans du miel, englué dans la nuit et la mort ? Le froid absolu pour l'éternité ? «Je ne veux pas décéder!» hurla-t-il. La perspective de l'immense cimetière de la Côte-des-Neiges venait de s'imposer avec force à son esprit. «Remould!» appela-t-il. Une idée désespérée s'empara de lui : «Mais pourquoi donc irais-je en enfer, moi?», et en réponse à sa question, il entendit nettement, du plus profond de son cœur, un ricanement cruel. Séraphon fut secoué de violents frissons. Il avait la peur panique de devoir payer. Les souvenirs qu'avait réveillés l'icône se bousculaient en lui, se précisaient aussi, jaillissaient comme des sources, crevaient comme des boutons de fleurs. Il se sentait traqué par eux et essayait de les amadouer : «Je ne pouvais pas savoir, je n'étais pas responsable», il protestait de son innocence en tâchant de se convaincre lui-même. Il biaisait en s'avouant des fautes plus anciennes, des péchés anodins de petit garçon, qui ne lui coûtaient rien. C'était vouloir calmer des fauves en leur jetant des croûtes de pain. Il comprit en un éclair qu'il allait devoir confesser ses vraies fautes — où? devant qui? — et il vit surgir devant lui un écran de feu. Séraphon perdit connaissance.

Un bruit de pas dans l'escalier, la porte qui s'ouvre, c'était Remould. Séraphon recouvra ses esprits. Près de son fils titubait la veuve Racicot. Elle tendit le cou, lorgna du côté du vieil homme avec une curiosité craintive, parut enfin rassurée. Séraphon lâcha un cri déchirant : «Remould!»

La tête sur la poitrine de son fils, il se mit à pleurer. Remould caressait en silence ses cheveux fins, collants, aussi fragiles que de la toile d'araignée. «Je ne veux pas mourir...» gémissait Séraphon. Remould n'avait pas besoin de plus amples explications.

La veuve Racicot avait attendu Remould devant la porte, elle n'avait pas osé monter seule : les cadavres l'épouvantaient. Elle tenait cependant à récupérer les bouteilles que dans son départ précipité elle avait oubliées. Elle vaquait à cela, les gestes incohérents. Remouald se demandait s'il lui avait payé ses gages. D'elle-même, Mme Racicot ne les réclamait pas : si on oubliait de la payer, elle oubliait de se présenter, voilà tout. Elle marmotta quelque chose qu'il interpréta comme un oui. Elle finit par partir, et Séraphon par finir de pleurer. Remouald referma le tiroir de la commode et s'en fut sans un mot à la cuisine.

Remouald fixait les yeux sur le potage qui mijotait dans le chaudron. En ramenant Sarah à la banque, n'était-il pas déterminé à rester sur ses positions, savoir qu'il ne s'occuperait plus d'elle, qu'il n'était pas une gardienne d'enfants et n'était pas payé pour ça?... Il avait préparé son discours mentalement, à la virgule près, et se l'était répété vingt fois... Pourtant, le moment venu, il n'avait rien dit. Était-ce l'énervement panique de M. Judith devant les ecchymoses de la petite? Était-ce la crainte de perdre son emploi? La peur de tenir tête à son patron?... Remouald avait peur de tout, il ne cherchait pas à se mentir là-dessus. Mais il n'était pas lâche. Alors, qu'est-ce qui l'avait empêché de parler?

Il alluma la lampe et sortit de sa poche la feuille trouvée ce matin dans son chapeau. Comment une telle chose avait-elle abouti entre ses mains? Il l'observa longuement. L'adresse inscrite était bien celle de la veuve Racicot. Il réfléchit aux événements dont il avait été témoin la veille sur le terrain de l'incendie. Qu'est-ce que tout cela signifiait, quelle espèce de message lui envoyait-on?

Les sanglots de son père le tirèrent de sa rêverie. Il s'empressa comme un valet vers la chambre, oubliant qu'il avait dans la main la bouteille de caribou. Séraphon n'ignorait pas les mauvaises habitudes de son fils, mais une entente tacite voulait qu'ils fassent semblant de rien. La stupéfaction interrompit ses larmes. Remouald suivit le regard de son père... Il déposa la bouteille sur le guéridon. Tous deux s'abstinrent de commentaire.

— La grosse commission ? La petite ?

Séraphon souffla entre ses lèvres :

— La petite.

Remouald souleva les couvertures et s'appliqua à changer la couche en papier journal de son père. Séraphon était chatouilleux comme un singe quand on lui touchait le ventre, et d'ordinaire cette séance du soir se teintait de gaîté; il arrivait à Remouald de se prendre au jeu et, au moment de refermer l'épingle de sûreté, de taquiner des doigts son père. Les deux riaient d'un même rire, ce qui ne se produisait jamais autrement...

Mais Séraphon regardait le plafond d'un air morne, et Remouald constata avec une grimace que, pour la première fois, son père s'était trompé, qu'il y était allé aussi d'un gâteau des anges.

Le tout fut empaqueté, lancé par la fenêtre.

— Il est sept heures, papa. C'est l'heure de ta soupe.

Remouald le prit dans ses bras et l'emporta dans la cuisine. Il l'installa dans sa chaise haute, noua les cordons de la bavette derrière son cou, puis se tourna vers les chaudrons. La plupart du temps, ils mangeaient de la purée. S'il y avait des crudités, carottes ou pommes de terre, Remouald les lui

98

mâchait d'avance et, la tête à la renverse, Séraphon recevait la becquée des lèvres de son fils. Ce soir-là, il recrachait à mesure ce que Remouald lui mettait dans la bouche; tout avait un goût infect. Il refusa même de sucer de la couenne de lard. Remouald le ramena dans son lit et revint dans la cuisine.

Non, la vraie raison qui avait empêché Remouald de dire à M. Judith qu'il ne voulait plus s'occuper de sa nièce, c'est que jamais il n'avait senti qu'il s'attachait à quelqu'un comme, après ce seul après-midi, il sentait qu'il s'attachait à Sarah. En quittant la banque tout à l'heure, il n'avait pas fait dix pas qu'il se rendait compte qu'elle lui manquait déjà. Il murmura : «Après ce seul après-midi.» Il en éprouvait de l'étonnement et de l'effroi.

Il essaya de penser à autre chose. Un projet lui trottait dans l'esprit depuis la veille. Une réalisation modeste, certes, mais il avait la conviction que ce serait la plus importante de sa vie. Tout lui apparaissait en pleine lumière, l'emplacement, les proportions, le matériau qu'il utiliserait. Il y avait dans la remise un bois d'excellente qualité : il se l'était réservé en vue d'une construction qui en vaudrait la peine. S'il commençait samedi, tout serait accompli pour la date prévue. Remouald s'approcha de la cuisinière, l'humeur apaisée, le cœur troublé par nul souvenir.

«Si du moins je suis encore vivant samedi», songea-t-il en plongeant la louche dans le chaudron.

CHAPITRE VI

Le mercredi soir venu, Rocheleau dut une nouvelle fois mentir à son père. C'était facile, presque trop, et déprimant. Tout en insérant des volumes dans son cartable, il expliqua qu'il se rendait chez son ami Bradette pour réviser sa leçon d'arithmétique, qu'il ne s'attarderait pas en chemin et qu'il serait de retour au plus tard à neuf heures. L'horloge indiquait déjà sept heures moins le quart. Son père ne remarqua pas les tremblements de sa voix.

Fils unique d'une fille unique, M. Rocheleau s'était fait médecin pour plaire à sa veuve de mère. Il avait un esprit lent, méthodique et scrupuleux, et assimilait la science avec la patience digestive des sables mouvants. Il était célèbre auprès de ses camarades pour le soin qu'il prenait de ses chaussettes, qu'il suspendait chaque soir à sa fenêtre, sans aucune intention comique, afin de les aérer pour le matin suivant. Il aimait ses manuels et tout ce qu'il y avait dedans, avec bonhomie. Il en respirait la tranche à la dérobée. Il se prenait d'affection pour certaines maladies, s'enchantait de leur étiologie, de ce qu'il appelait leur montée dramatique, sans trop penser qu'un être de chair et de sang pouvait en souffrir. Tous les soirs, entre onze heures et minuit, il écrivait à sa mère; dans ses

101

papiers, on découvrait des ébauches de sonnets qu'il lui destinait. Il s'évanouit à trois reprises lors de sa première séance d'autopsie, ce qui lui valut un grand renom. On le surnomma la Princesse au Petit Pois. Et il devint le dindon des plus classiques plaisanteries de faculté.

Ses études accomplies, le Dr Rocheleau s'avéra un fort mauvais praticien. Qu'il fût en outre capable de compassion n'était pas pour arranger les choses. Il était écrasé par les exigences du métier, et les maladies, dans leur brutale réalité, le laissaient pantois. L'espoir anxieux qu'il lisait dans les yeux de ses patients le privait de ses moyens. Il s'installa à la campagne, un peu par honte de lui-même et par volonté de se soustraire aux regards, mais fut obligé en raison de ses bévues de changer de patelin tous les six mois. Voilà une vingtaine d'années, il avait abouti dans ce quartier, en pleine ville, calculant que, perdu dans la masse, ses chances seraient meilleures de passer inaperçu. Et puis un soir, en réparant la jambe d'un père, il fit la connaissance de celle qu'il appela immédiatement dans son cœur l'Apparition. Comme ses manières étaient douces, ses traits un peu plus qu'agréables et qu'il possédait une sorte d'épaisseur virile, trois sourires lui suffirent pour conquérir la jeune fille. Mme Rocheleau accueillit la nouvelle comme il se devait, avec une abnégation admirable et une sourde rancune. Elle accorda son consentement néanmoins, et les tourtereaux s'épousèrent.

L'effet que provoqua cette union dans son existence faillit terrasser le médecin. Le bonheur lui tombait dessus comme une avalanche. Il lui fallut du temps pour s'en relever. Les cieux, comme atteints de démence, déchargeaient sur la terre des ouragans d'allégresse, les archanges se battaient pour entrer dans leur maison. Les tumeurs y gagnaient on ne sait quoi de souriant, et, le malheur de ses malades l'atteignant moins, tout occupé qu'il était de sa félicité matrimoniale, le Dr Rocheleau devint un médecin à peu près acceptable.

Il ne succomba qu'une fois, et seulement après trois années de vie commune. Il en tomba presque malade tant le remords le rongeait, il promit, jura, cracha qu'il ne recommencerait plus. Sa femme compatit, lui pardonna. Mais voilà, le mal était fait. Et l'Apparition au bout de deux mois se mit à vomir tous les matins. À passer du rire aux pleurs, à enfiler des guirlandes de caprices, à manger des oignons crus avec de la confiture. Il n'y avait plus de doute possible : Mme Rocheleau mère allait devenir grand-maman. L'attaque de frénésie amoureuse qui avait emporté l'époux ce fameux soir, et avait laissé l'Apparition à demi morte de surprise, prenait maintenant une signification nouvelle ! L'Attentat cachait donc une Grâce ! Dieu leur envoyait donc un enfant !... Les séraphins hurlaient d'enthousiasme.

Elle trépassa en donnant vie à un fils; elle allait avoir dix-huit ans. Elle serait morte malgré les maladresses de son médecin de mari, mais celui-ci ne se le pardonna pas. Le Dr Rocheleau depuis, se survivant, sombra dans la mélancolie. Et il se mit à orner toutes choses la concernant de majuscules. La Morte devint l'objet d'un culte. Peu à peu il se retira de la profession médicale, jusqu'à l'abandonner, en partie parce qu'il s'était senti de moins en moins capable d'accoucher, puis plus capable du tout. Dans les plaintes de l'enfantement, il entendait, à en perdre la tête, les plaintes qu'avait eues sa femme.

Cette retraite prématurée amena la pauvreté. Les seuls revenus provenaient de deux métairies reçues en héritage. Les affaires n'auraient d'ailleurs pas été si mal s'il ne s'était fait rouler comme une vague par ses paysans, n'allant jamais lui-même vérifier les comptes sur place et n'y dépêchant personne non plus. De toute façon sa pauvreté était douce, comme tout devenait doux pour lui depuis le départ de la Défunte — cette douceur surie d'une vieille tristesse qui n'est plus une douleur.

Il était l'unique prêtre de son culte, mais il faut à tout prêtre son fidèle, et le Dr Rocheleau crut le trouver tout désigné dans la personne de son fils.

Seul entre un père qui se renfrognait et une grand-mère dépérissante, le petit ne rencontra les premiers enfants de son âge qu'au moment d'aller à l'école. Jusque-là, il avait grandi dans une sorte de musée, où il était de règle que chaque fenêtre soit étouffée par des rideaux lourds comme des bibles, et dans ce cachot de poussière n'avaient droit de resplendir que les rayons envoyés du ciel par Maman. Elle était présente, quoi qu'il fît, connaissait les pensées qui se levaient dans son petit cœur d'enfant, même les plus fugitives. Elle connaissait surtout l'amour que son petit lui vouait, et de son Paradis, éternel été de grâce, elle le lui rendait au centuple. Jamais, en vérité, un fils n'avait été autant aimé par sa maman, il ne devait pas l'oublier une seule seconde, aimé au point qu'elle était morte pour lui donner la vie.

Rocheleau savait qu'il était facile de mentir à son père, parce que celui-ci croyait que son enfant n'oserait jamais mentir sous le regard céleste de sa Maman.

Le Dr Rocheleau se leva péniblement de sa chaise : l'ennui l'avait rendu cardiaque. Il se pencha pour poser sur le front de son fils un baiser recueilli. Il lui demanda d'embrasser sa grand-mère aussi. Contre toute évidence, il soutenait que la pauvre appréciait encore ces marques de tendresse, qu'à sa manière à elle, elle en avait conscience. Rocheleau s'approcha de son aïeule qui regardait devant elle avec des yeux de poisson oublié au fond de la chaloupe. Il effleura des lèvres la joue flasque au goût de plâtre. D'une voix sans timbre il dit : «Au revoir, grand-mère», mais elle ne s'en rendit pas compte. Un pétard lui aurait éclaté à la figure qu'elle n'aurait pas réagi davantage.

Rocheleau sortit en oubliant son cartable, mais le détail avait peu de chances d'entamer la confiance de son père. L'heure avançait. Il traversa le jardin et déboucha dans la rue, non pas en courant comme un enfant qui a hâte, mais en pressant le pas, comme un enfant qui se tourmente.

* * *

Le rendez-vous avait été fixé au coin d'Adam et Dézéry. Bradette n'était pas encore là. Le temps s'était beaucoup refroidi depuis la veille, et il avait neigé. Rocheleau patientait en tordant les lacets de son capuchon. Il contemplait les nervures d'un arbre à contre-ciel. Cela ressemblait aux tranches de cerveau dessinées dans les livres de son père qu'il consultait en cachette.

Il songeait à Guillubart. Depuis qu'il s'était écrasé sur le plancher de la classe, frénétique, les yeux révulsés, son image ne quittait pas son esprit. L'idée qu'en cet instant il se trouvait dans une chambre à l'hôpital l'effarait. Il s'étonnait qu'à l'école ses camarades parlent de lui avec autant de détachement. Eh ! on racontait qu'il allait en mourir peut-être !... Quand il avait entendu cela, Rocheleau avait cru s'évanouir.

105

Deux pinces le saisirent par derrière sous les côtes. Il lâcha un cri de surprise.

— Tais-toi, niaiseux ! C'est moi.

Rocheleau, les joues en feu, regardait sans la reconnaître la figure nerveuse et hilare de son compagnon. Il avait honte d'avoir réagi de façon si vive.

— Aussi peureux qu'un Anglais !

Sans beaucoup de conviction, Rocheleau protesta qu'il ne l'avait pas vu venir, mais Bradette avait le don de ne pas écouter quand Rocheleau essayait de se justifier. Il venait de prendre la cigarette qu'il portait sur l'oreille. Elle était toute ratatinée. Il claqua des doigts pour que Rocheleau lui donne du feu. Rocheleau fit mine de fouiller dans ses poches, mais dut avouer qu'il n'en avait pas. Son camarade eut un gros soupir.

— Faut que je voie à tout, hein ? Je t'avais pourtant dit d'en avoir toujours sur toi.

Bradette déplia sa pochette d'allumettes. La flamme s'éleva, pareille à deux mains jointes, et il prit une bouffée, longue, experte, voluptueuse. Puis, ayant reniflé jusqu'aux amygdales, il cracha une morve qui s'enfonça dans la neige.

Rocheleau le considéra avec respect.

Il n'y avait pas de cracheur plus illustre que Bradette. Et comme il savait fumer aussi ! avec les gestes, la pose qu'il fallait. Les autres, quand ils fumaient, courbaient les épaules, suçotaient la cigarette en louchant. Bradette, lui, fumait de tout son cœur, de toute sa personne. Il laissait la cigarette monter jusqu'à ses lèvres; il fermait à demi un œil et, avec une calme avidité, aspirait en regardant en l'air, comme un homme qui réfléchit à des choses d'homme. Dépité par la médiocrité des résultats, Rocheleau avait depuis longtemps renoncé à l'imiter.

— Tu me laisseras le mégot ?

Bradette le rassura d'un geste et expulsa un brin de tabac.

— À propos, on s'en est pas trop mal tirés, on dirait, hier matin, qu'est-ce que t'en dis ?

Rocheleau hésita :

— Tu veux dire, dans le bureau du frère Gandon ?

Il reluquait la cigarette qui se consumait. C'était humiliant de toujours attendre le mégot des autres, mais il s'était fait à cette humiliation. Bradette ne tint pas compte de la question :

— Guillubart, c'est un peureux. Et il s'est inquiété pour rien. Tu l'as vu hier foirer par terre ? Pfff... Qu'est-ce que Guillubart ferait pas pour pas rencontrer le directeur !

Rocheleau regarda entre ses pieds. Il avait le sentiment qu'on n'avait pas le droit de dire des choses comme ça sur Guillubart. Il répliqua :

— Moi aussi, j'avais peur.

— Parce que t'es aussi chieux que lui. Et puis, qu'est-ce qu'il y avait de si terrible à passer une demi-heure dans le bureau de Gandounette ? Il nous a fait son sermon parce qu'on s'était promenés sur le terrain du Grill, il nous a donné une heure de retenue pour un dessin cochon, et puis après ? Le frère Gandon, c'est un cave, tu le sais comme moi, et j'ai pas peur des caves.

Bradette cracha de nouveau dans la neige, par manie de petit garçon.

— Bradette... Tu crois... tu crois que Guillubart va parler ?

Sûr de lui, Bradette haussa les épaules. Mais Rocheleau

107

attendait une réponse, qui ne venait pas. Bradette en ressentit de l'agacement. Il finit par poser son diagnostic :

— Il parlera pas. Quand on est trop lâche pour aller jusqu'au bout, on est trop lâche pour trahir.

Il avait adopté le ton de quelqu'un qui en a appris beaucoup sur les êtres, et cela en imposa à son compagnon.

— Et puis, si tu veux avoir mon avis, si on est débarrassés de Guillubart, eh bien c'est tant mieux. Tu le trouvais pas un peu fifi sur les bords, quand on y pense comme il faut ? Les fifilles, on en a pas besoin. T'en veux pas ?

Il lui tendait son mégot en grelottant. Rocheleau le cueillit gauchement entre l'index et le pouce, comme une chose vénéneuse. Il ressentit une légère brûlure en le portant à ses lèvres. Un jus âcre pénétra dans sa bouche, qui faillit l'étouffer, et il battit des paupières. Il réussit tout de même à ne pas tousser.

— Bon, je crois que c'est l'heure, déclara Bradette. Amour, amour, quand tu nous tiens !...

Rocheleau eut un petit rire, qui lui donna l'envie de pleurer.

Il suivait Bradette qui avançait les mains dans les poches, l'humeur sifflotante. Il s'enfonçaient dans l'obscurité de la ruelle. Rocheleau regrettait d'être venu. Il pensait à sa chambre, à la chaleur de son lit — c'était si bon, étendu sur le ventre, sous la lampe, la porte verrouillée, de lire les aventures de Claude Lightfoot. Qu'est-ce donc qui l'empêchait, en ce moment même, de rebrousser chemin ? Rien, se disait-il. Il n'était pas trop tard. Et pourtant, il se sentait forcé de suivre.

Ils étaient parvenus devant une barrière de bois. Bradette

mit le doigt sur ses lèvres. De nouveau, dans un éclair, Rocheleau pensa à fuir vers la chaleur de sa chambre... Ils pénétrèrent dans la cour. La neige qui se mêlait au gravier crissait sous la semelle. Rocheleau avait l'impression que le bruit de leurs pas déchirait la nuit comme de la toile. La porte du hangar était ouverte, ainsi qu'ils l'avaient espéré. Ils escaladèrent l'escalier qui menait à la galerie. Celle-ci donnait sur la fenêtre.

— Ce sera plus bien long, murmura Bradette.

Il avait sorti de son pantalon la montre dérobée à son oncle. Un pâle rayon de veilleuse leur permettait de deviner les aiguilles sous la vitre fissurée. Elles marquaient huit heures. À travers les murs leur parvenaient, épars, des miaulements lancinants, qui montaient et descendaient.

— En tout cas, dit Bradette, y a sûrement pas de souris dans cette cambuse-là !

Ils s'étaient assis à même le sol, emmitouflés à l'intérieur de la couverture de laine que Bradette avait apportée. Leurs têtes se touchaient. Rocheleau respirait l'haleine aigrelette de son compagnon. Il n'arrivait pas à croire que les choses se produiraient comme prévu. Il lui semblait que cette attente ne finirait jamais, que tout ça n'aboutirait à rien. Leurs yeux étaient rivés à la fenêtre.

Puis la porte de la chambre s'ouvrit, la lampe s'alluma.

— Ça y est ! fit Bradette d'une voix étranglée.

La veuve Racicot fit quelques pas en titubant, puis alla s'affaler sur le lit. Deux de ses chats la rejoignirent, la queue en point d'exclamation. Elle se redressa lourdement. Une ligne de salive coulait de sa bouche entre ses seins et s'y berçait comme l'araignée au bout de son fil. Une culotte de style boxeur, tachée de plaques cramoisies, était tout ce qu'elle avait pour vêtement.

L'homme se tenait derrière elle, immobile dans le cadre de la porte. Sa poitrine musclée était couverte d'une toison crépue. Il avait dans la cambrure des jambes quelque chose d'animal. Il contemplait avec une intensité dure la nuque de la veuve, comme s'il s'apprêtait à y porter un coup. Il marcha vers le lit, mû par une froide colère, et agrippant les chats par la queue, il les jeta hors de la pièce. Il fit sauter les boutons de son pantalon. Puis, la renversant sur le dos, il arracha la culotte de la veuve. Après deux ou trois flexions, il monta sur le lit à son tour, agenouillé sur le matelas sans drap, le sexe dressé. La Racicot était prise de fou rire. Avec une raideur de gymnaste, il s'aplatit sur elle. Les ressorts du sommier se mirent à grincer.

La veuve continuait de s'esclaffer, en grosse bête qu'on chatouille. Elle avait entouré de ses bras le torse de l'homme, et, à mesure que celui-ci la travaillait, l'expression de ses traits changeait, elle prenait un air de vague épouvante.

La veuve ne tarda pas, cependant, à s'endormir. Son partenaire n'arrivait à la réveiller que par intermittence en accentuant son coup de reins : elle ouvrait alors de grands yeux d'agonie, poussait un long mugissement, puis ses paupières retombaient. L'homme s'interrompit. Ses lèvres tremblaient; on voyait la sueur couler de ses cheveux. Il retourna la veuve comme une crêpe et, soulevant du mieux qu'il put la croupe, la reprit avec fougue. Le lit tanguait. L'homme débitait des injures entre ses dents et envoyait à la femme des claques sur ses fesses.

Les secousses du lit se répercutaient jusqu'à sur la galerie où, sous la couverture, Bradette était dans un tel état d'excitation qu'il en donnait des bourrades à son compagnon. Rocheleau se laissait bousculer sans rien dire, étourdi, l'œil terne, en proie à une sorte de mal de mer. Il ne pouvait détacher les yeux de la figure de la Racicot, qui marmonnait dans son rêve, le nez écrasé sur l'oreiller.

Trois chats se glissèrent dans la pièce et bondirent sur le lit. L'homme essaya de les éloigner avec des taloches. Mais bientôt il en arriva d'autres, miaulant. L'homme débarqua du lit. Il eut à l'adresse de la veuve un large geste du bras, à l'italienne. La femme s'affaissa sur le côté comme une tente dont on soutire le mât. Les chats furent expulsés à coups de pied. L'homme en saisit un par la peau du cou et le lança au fond de la cuisine. Il s'approcha enfin de la fenêtre, l'ouvrit. Un chaud parfum de litière s'échappa de la chambre. Il scruta la pénombre.

— Z'êtes là, les mousses?

Bradette approcha sous la lumière ses pommettes empourprées.

— Comme un seul homme, Roger!

— Arrête de gesticuler comme ça, et entre. Es-tu tout seul? Qui est-ce qui est avec toi?

Rocheleau s'avança timidement, enroulé dans la couverture.

— C'est moi, Grand Roger.

Le gars le saisit sous les aisselles et le fit entrer.

— Certains que personne vous a vus?

— *Eh? For sure!* répondit Bradette.

— Et où est-ce qu'est Guillubart?

— Y a pas pu venir.

Rocheleau leva la main et voulut dire que Guillubart était tombé malade, mais, pris de découragement, il ne souffla mot. Le Grand Roger cracha par terre.

— La putain ! Elle s'est endormie au commencement.

La bonne humeur donnait du cran à Bradette. Il y alla d'une tape virile dans le dos de Roger.

— Si je comprends bien, avec toi, les femmes aiment mieux dormir !

Deux gifles lui volèrent au visage et Bradette en resta tout stupide. Rocheleau recula d'un pas. L'homme eut l'air de se reprocher son geste, qui pouvait s'apparenter à l'aveu d'une faiblesse, et il s'efforça de recouvrer son sang-froid.

— Non, dit-il. J'ai dû exagérer la dose de drogue, c'est tout. Et puis, c'est pas étonnant, avec la quantité de *porter* qu'elle s'envoie. D'ailleurs, c'était voulu : si elle s'était pas endormie, vous auriez pas pu entrer ici. Elle est juste partie trop vite. Regardez-moi ça. On dirait un tas de merde.

Rocheleau se tenait le dos appuyé au mur. Abattue sur le flanc, la veuve dormait, et, par son ampleur, sa monotonie, son ronflement évoquait la sirène d'un paquebot. Rocheleau essayait de ne pas la regarder, mais ses yeux malgré lui revenaient vers les chevilles enflées où couraient des ruisseaux mauves. Elles ressemblaient à s'y méprendre aux chevilles de sa grand-mère.

Le Grand Roger reboutonna sa culotte et se gratta énergiquement les bourses. Il contourna le lit et alluma une cigarette. Rocheleau fut surpris de reconnaître les gestes de Bradette en train de fumer.

Ce dernier avait posé les mains sur le matelas et considérait avec désinvolture le corps endormi. Le Grand Roger

112

l'observait, le mégot vissé entre ses lèvres.

— Elle te plaît, hein, petit vicieux? Avoue.

Au comble de l'excitation, Bradette se mit à tourner autour du lit en se tripotant l'entrejambes. Roger l'immobilisa et, le saisissant par les cheveux, l'obligea à renverser la tête. Bradette devint tout à coup très sérieux. Il contemplait le visage de Roger penché sur lui. Il renifla.

— Je te donne la permission de toucher, O.K.? Mais attention! le haut seulement.

Rocheleau était accroupi dans le coin de la pièce. Ses jambes avaient fléchi, son dos avait glissé le long du mur sans qu'il s'en rende compte.

Les seins étaient couchés l'un par-dessus l'autre, et Bradette hésitait, paralysé par la convoitise. Il en saisit un, et le sein épousa la forme de son étreinte. Il le conserva longtemps entre ses paumes, comme on tient la tête d'un animal, il regardait ardemment le gros œil brun du téton. Une ombre passa sur son visage. Que faisait-on ensuite? Il se tourna vers Rocheleau, mais celui-ci ne riait pas. Il commença à pétrir le sein; il en vint à le tordre; il réussit même à le plier en deux, avec un gloussement de nervosité... Enfin, il contempla gravement l'objet envoûté, incompréhensible. Roger ricana. Puis, dans une sorte de braillement, l'enfant se jeta la bouche ouverte sur le mamelon et le mordit. La veuve gémit dans son sommeil.

Roger l'arracha au téton. Suspendu par le col, les yeux hagards, Bradette battait des bras comme un nageur qui s'affole. Il avait l'air épouvanté.

— Pas touche! dit Roger en riant.

Puis, le redéposant par terre, il se tourna vers Rocheleau.

— Viens, toi !

— Je peux très bien voir d'ici.

Bradette pouffa.

— Allez ! Je t'ai dit de venir.

Cette fois, Roger était sérieux comme un préfet de discipline. Bradette fit écho :

— Allez, calvaire !

Rocheleau s'amena à pas menus. Il demeurait enveloppé dans la couverture. Roger tapa le rebord du matelas.

— Plus près ! Jusqu'ici !

Le garçon obéit.

Roger étira le bras et s'empara de sa chemise qui pendait aux barreaux du lit. Il en sortit une miche de pain.

Rocheleau s'entendit dire sottement :

— Je viens juste de manger.

Roger émit un sifflement admiratif.

— C'est qu'il s'occupe bien de son fiston, le doc Rocheleau !

Rocheleau se trouva plus sot encore de répondre oui.

Bradette eut un nouvel accès de rire.

Debout contre le lit, Rocheleau recevait en plein visage l'haleine de la veuve, odeur qui lui faisait songer à un mélange de choux bouillis et de mélasse. À chacun de ses ronflements, ses côtes se soulevaient, vibraient. Elle eut un brusque reniflement qui le fit sursauter.

Le Grand Roger déchira le pain, qu'il mit en boule et glissa entre ses lèvres. Il le fit tourner autour de sa langue. Il regardait Rocheleau d'un air espiègle.

— Tiens, c'est pour toi.

Il lui tendait la boulette qui sortait de sa bouche.

Rocheleau regardait par terre et ne bougeait pas. Ils restèrent un long moment comme cela. Puis le Grand Roger fit lentement pivoter sa main. La boulette tomba sur le plancher.

— Ramasse.

Rocheleau se gratta le bout du nez.

— Ramasse donc, puisqu'on te le dit, fit Bradette, sur un ton étrangement affectueux qui troubla son camarade.

Roger posa sa main sur l'épaule de Rocheleau et le força à s'agenouiller. L'enfant se tenait les bras en croix sur la poitrine, retenant du bout des doigts la couverture jetée sur ses épaules. L'homme lui mit le talon sur la tête et appuya. Rocheleau se releva. Il mâchait, le regard droit. Roger scruta anxieusement sa figure, ses cheveux noirs, ses grands yeux gris toujours pleins de questions et de surprises enchevêtrées... Puis, Roger se détendit, eut un soupir de soulagement. Il approcha ses lèvres de l'oreille de l'enfant.

— Tu sais que tu me ferais presque peur? chuchota-t-il.

Le garçon le regardait droit dans les yeux.

La respiration ralentie, comme s'il commençait à manquer d'air, Roger avança vers la joue de l'enfant une main tremblante. Mais Rocheleau recula la tête.

Le Grand Roger referma lentement les poings. Il était devenu livide. Son front s'était couvert de sueur. Ce fut au tour de Bradette de faire un pas en arrière. Rocheleau baissa les paupières, prêt à recevoir le coup. Mais l'homme saisit les jambes de la veuve et les replia brutalement contre son ventre. Cela béait comme une plaie.

— Mais pour qui tu te prends? Regarde d'où tu viens,

regarde ! Tout le monde vient de là, toi aussi comme les autres, même le petit Jésus ! Pour qui tu te prends, avec tes airs de princesse ? Allez, réponds ! Tu le savais qu'on venait de là ? Rocheleau fit oui. Il avait des grumeaux de pain collés aux gencives. La voix de Roger s'adoucit; elle se glaça aussi. Il lui dit de regarder mieux que ça, de ne pas regarder le plancher. Il l'empoigna par les cheveux.

— Regarde la Racicot, elle a l'air d'une morte ! Ça doit te rappeler quelque chose ? Tu viens pas du ventre d'une morte, toi, par hasard ? Y a pas grande différence entre deux mortes, c'est tonton Roger qui te le dit !

Il secouait comme une cloche la tête de Rocheleau.

— Avoue que t'aimerais ça l'embrasser juste là, hein, avoue ! Et si j'allais dire ça à ton père après ? Tu sais que ton père croit tout ce que je dis ! Hein ? Réponds ! Réponds quand je te parle !

Rocheleau reniflait, le menton sur la poitrine. Il serrait la couverture autour de lui. Roger laissa tomber les jambes de la veuve. Tirant des sous de sa poche, il desserra le poing de Rocheleau et les déposa au creux de sa main. Les doigts de l'enfant se refermèrent sur eux. Cette fois, il ne refusa pas la caresse sur sa joue.

— T'es beau, tu sais, petite princesse. Et c'est parce que je t'aime que je t'apprends tout ça. Un jour tu comprendras, là t'es trop jeune. Tu comprendras que je t'ai aimé et tu m'en remercieras.

Roger avait parlé avec douceur, mais ses traits exprimaient autre chose, une convoitise intense, et de la détresse. On voyait tressauter les nerfs de son cou. Il regarda autour de lui en clignant des yeux, l'air de ne plus reconnaître le décor.

Il fronça les sourcils et pencha son front, comme si on venait de crier dans son oreille. Il se leva péniblement et, d'un pas déséquilibré, en s'appuyant aux meubles, il alla s'asseoir à l'écart, là où la lueur de la lampe n'entamait pas l'obscurité. Rocheleau n'avait pas relevé la tête. Les ronflements de la Racicot avaient cessé, et la plainte des chats dans la cuisine ne faisait qu'accentuer le silence.

— Va falloir y aller.

Bradette jeta un coup d'œil sur la pénombre où se tenait Roger.

— Je pars pas, dit-il.

La figure de Rocheleau se décomposa.

— On s'était pourtant dit...

— Pars. Moi, je reste.

Ils entendirent le rire paisible de Roger. Rocheleau restait planté au milieu de la pièce, il ne pouvait plus bouger. Bradette marcha vers lui et lui secoua le bras. Il avait l'air terrifié lui-même.

— Je te dis de partir ! Moi, je reste. Tu m'entends ? *Je reste!*

C'était sorti comme un cri. La veuve se mit à rire lugubrement. Pendant un instant, les trois se tinrent en alerte. Mais la Racicot s'interrompit, jeta son corps de côté, un mort qui se retourne dans sa tombe. Leurs cœurs recommencèrent à battre.

Rocheleau murmura : «C'est fini, je ne reviendrai plus.» Il ajouta après un silence :

— Ce n'est plus comme avant. Ce n'était jamais comme ça avant. Il nous fait entrer maintenant, il t'a fait toucher. Elle est... Je ne reviendrai plus.

— Si, dit Bradette, tu reviendras. Et toi aussi, tu resteras.

Il avait mis dans sa phrase tout juste l'accent de complicité qu'il fallait, et Rocheleau eut mal. Il marcha vers la fenêtre, qu'il eut peine à ouvrir. De nouveau, Bradette l'interpella.

— La couverture. Elle est à moi.

Les deux garçons se regardèrent.

— Je reste, répéta Bradette.

— La fenêtre ! On gèle ! cria Roger excédé.

Bradette lui donna une poussée sur les fesses, et Rocheleau se retrouva sur la galerie. La fenêtre se referma derrière lui. Sous ses pieds, la neige était sèche, on aurait dit de la farine. Rocheleau frissonna. Il faisait froid comme en enfer.

***

Il lui fallait rentrer chez lui, et il avait largement dépassé l'heure. Cela attirerait assurément un châtiment : pain sec pour deux jours, privation de lecture, renforcement de l'Épingle... Rocheleau allait devoir faire à son père la demande écrite de le punir, car son père rendait la justice par charité, comme on accorde une faveur. Réclamer le châtiment pour soi-même, par passion de l'équité, faisait partie de la punition. «Cher père, ton fils coupable te demande humblement de renforcer l'Épingle...» Rocheleau aurait préféré cent fois les cris, les emportements, les coups à cette douceur indulgente et compassée avec laquelle son père exécutait ses sentences. Qu'on puisse détester ce qui nous est le plus cher, d'une haine que déchire la pitié, torturait Rocheleau des nuits entières. Il y voyait la preuve de sa méchanceté. Il y songeait chaque fois qu'il serrait son père dans ses bras, et alors il le serrait plus fort, il enfouissait sa figure dans cette joue rugueuse et il avait envie de pleurer. Il était parfois réveillé la nuit par la sensation que son corps était couvert de vermine.

Il descendit les premières marches avec précaution, éprouvant du pied chacune d'elles, comme on vérifie de l'orteil la température d'un bain, puis s'immobilisa. Il fouilla l'ombre autour de lui. Il sentit un frisson lui parcourir le dos et lentement lui soulever les cheveux comme l'eût fait une main. Une certitude fulgurante venait de s'emparer de lui : *il n'était pas seul dans la cour.*

Il s'arrêta de respirer.

L'individu devait se trouver au bas de l'escalier. Il lui semblait entendre son souffle. Une nouvelle pensée s'imposa, encore plus terrible : *ils avaient été épiés tout le temps.* Rocheleau songea à prévenir les autres, mais la perspective de revoir Roger l'arrêta. Il songea à demander : «Qui est là?» Il craignit que l'éclat de sa propre voix ne lui fît encore plus peur. Les pensées commençaient à se brouiller dans sa tête. L'obscurité était complète. Son cœur battait jusque dans sa gorge. Il sentait qu'il ne pourrait tenir une seconde de plus. Il se jeta en avant, dévala les dernières marches, courut jusqu'à la sortie de la cour et laissa échapper un cri : un bras l'avait saisi qui le projeta par terre. Il entrevit une silhouette dans la pénombre, qui lui parut gigantesque. Un mot fut prononcé, une sorte de plainte, «Pitié!» peut-être, il n'était pas sûr d'avoir bien entendu. La porte de la cour s'ouvrit en coup de vent. Rocheleau se releva, chercha autour de lui. Il n'y avait plus personne.

Il resta là un bon moment, à ne savoir que faire. Mais le

froid s'intensifiait, et il commençait à ne plus sentir le bout de ses pieds. Il risqua un pas dans la ruelle. L'individu, debout quelques mètres plus loin, l'observait. Rocheleau le reconnut : *hier matin, dans la cour d'école, l'homme au chapeau.* Il pensa en frémissant : «Il va me sauter dessus, il faut que je me défende.» Mais le temps de se pencher pour ramasser une pierre, la silhouette avait disparu.

Et si cet homme avait *vu*, et allait tout raconter à son père?... Rocheleau, qui remontait la rue Dézéry, s'arrêta. La nuit, quand tout était silencieux, en prêtant bien l'oreille, on entendait le murmure du fleuve. Rocheleau songea un instant à aller s'y jeter. L'eau devait être si noire, si froide, visqueuse comme de l'huile. Il s'imagina y couler à pic, et en ressentit un terrible frisson. «Je ne veux pas mourir», se dit-il avec conviction. Tantôt, malgré le désir très net de rebrousser chemin, qu'avait-il fait? Il avait suivi Bradette. Rocheleau éprouva une angoisse qu'il n'avait jamais connue. Et s'il allait quand même se jeter dans le fleuve? Si quelque chose de plus fort que lui l'y entraînait, sa mère par exemple, du fond de son tombeau? Et pourtant, s'il *ne voulait pas* se jeter à l'eau, s'il s'y *refusait* de toute sa volonté?... Ah, pourquoi tout était-il si compliqué? Il se remit en marche en claquant des dents.

La neige pénétrait dans son col et chaque flocon brûlait comme une piqûre. Il eut une envie folle de se mettre à courir. Tourner les talons et fuir, purifier son corps, l'enivrer de fatigue, se précipiter n'importe où devant soi.

Oui, courir toute la nuit, jusqu'aux confins du monde s'il le fallait, parmi les glaciers et les banquises, pourvu qu'on y soit enfin seul, qu'on y soit libre et qu'on n'y entende plus jamais parler de la Plaie Mortelle de la Terre — l'amour. Le mot à lui seul lui donnait envie de vomir. Son âme était en train de crever sous les fouets de l'amour. Celui de son père et celui du Grand Roger, l'amour dont tout le monde se réclamait, Jésus, les prêtres et les institutrices, l'Amour qui était Dieu et qui donnait le droit de faire souffrir. Mais Rocheleau n'était pas capable de courir; il pouvait à peine marcher, tant l'Épingle en ce moment lui faisait mal. Il allait le nez en l'air, en chien égaré. Le clocher de l'église avait l'air planté dans les nuages comme un pieu dans la poitrine d'un vampire. Des souvenirs de roman d'épouvante trottaient dans son esprit, il entendait des murmures, les fenêtres avaient un air menaçant. Il fallait du courage rien que pour ne pas y penser. Le vent chassait les nuages et découvrait le ciel. Il passa devant la maison des Guillubart avec un serrement de cœur.

Non, il ne reviendrait plus, c'était devenu trop grave. Dans un élan de révolte qui le secoua tout entier, il sortit les sous de sa poche et leva le bras, décidé à les lancer dans la nuit. Mais il y avait la voix de Bradette qui répétait dans sa tête : «Tu reviendras, tu reviendras. Et toi aussi, tu resteras», et il n'en eut pas la force. Le froid gelait les larmes à la lisière de ses yeux. Comme il regardait le firmament, cela multipliait les étoiles...

L'Épingle était un petit dispositif de métal que, le jour de ses onze ans, son père lui avait installé entre les cuisses afin d'empêcher ces tensions viriles auxquelles sont sujets les petits garçons, et dont le spectacle aurait été trop pénible pour une Maman qui, du haut de son ciel, aimait son fils d'un si Magnifique Amour.

121

CHAPITRE VII

Le samedi étant jour de visite chez ceux que, malgré ses soixante-quatorze ans, il continuait d'appeler «ses vieux», le curé Cadorette s'engagea dans la rue Moreau, qui en était saturée. Il sortait de chez Mémille et se dirigeait vers les Crampon. Mémille, qui confondait le curé avec son propre grand-père, et avait avec ce dernier des comptes à régler qui remontaient à près de quatre-vingts ans, n'avait cessé de l'engueuler. Cadorette avait beau comprendre, et le plaindre, ce n'en était pas moins désagréable. Il sentait que les Crampon avaient tout intérêt à se montrer aimables, car il ne manquerait pas une occasion de rappeler leurs fautes passées à ces vieux gobichonneurs, et de les chicaner à son tour, selon le principe universel des vases communicants.

Un groupe d'enfants s'amusaient à viser le sommet d'un poteau, et les balles de neige s'abattaient sur le pavé, en explosant comme des obus. Cadorette n'avait rien contre ce genre de jeu, seulement son indulgence n'allait pas jusqu'à tenter le diable, car il savait d'expérience que son couvre-chef, qui avait du mal à tenir sur son crâne chauve de lutteur, était une cible de prédilection : il décida de gagner la ruelle en prenant par le passage de cour.

123

«J'appartian à jamè à Justine Vilbroquais»... Le curé se demandait ce qu'était devenu le Rogatien qui avait signé ce monument à l'orthographe. C'était marqué en caractères rouges sur le mur du passage. Il ne pouvait passer devant sans s'arrêter un instant, et chaque fois il éprouvait un serrement de cœur, attendri et amer. On ne pouvait écrire une chose comme celle-là sans d'une manière ou d'une autre regretter un jour de l'avoir écrite. La vie prenait plaisir à faire mentir cette sorte de serment venimeux. Quel enfant avait bien pu graver cela, et pour quelle étrange raison ? Depuis trente ans qu'il était dans la paroisse, le curé n'était pas parvenu à percer cette énigme. Remouald, quand il était petit, avait souvent interrogé Cadorette à ce sujet. Le curé se contentait d'un geste vague, en signe d'ignorance. «C'est quand même drôle, ce nom de Vilbroquais, disait Remouald en suivant du doigt, avec une lenteur rêveuse, les courbes de la signature. Ça sonne un peu comme Bilboquain.»

Le curé reprit sa route et parvint dans la cour. Il faillit buter contre un derrière, et lorsque ce derrière se retourna, il reconnut Remouald Tremblay. (Le fait s'était avéré cent fois : quand le curé pensait à lui, il tombait pile sur Remouald.) Il était en train de scier une planche, mais il rougit comme si on l'avait surpris à faire des choses inconvenantes. Il salua en pinçant le rebord de son chapeau.

— Tu es en train de te fabriquer une cabane ?

Remouald clouait la planche à deux poutres. C'est tout juste si le curé lui arrivait au coude.

— Ce n'est pas une cabane, dit-il.

Il paraissait désirer que la conversation s'arrête là. Le curé s'apprêta à continuer son chemin sans avoir rien appris. Mais il se ravisa. À l'aide de sa toque, il balaya la neige et s'assit sur une marche de l'escalier.

Le curé avait la nostalgie des métiers manuels, et il ne résistait pas au plaisir d'observer un artisan au travail. Il avait rêvé enfant de se faire cordonnier, comme son grand-père, pour pouvoir se mesurer à l'honnêteté des choses, par goût aussi de la tranquillité d'esprit, mais comme il fallait un prêtre dans la famille... Avec Remouald, en tout cas, il était servi. Cet employé de banque était de loin le meilleur menuisier-charpentier que Cadorette ait connu. Ses gestes étaient sobres, sans dépenses inutiles, et une calme clarté émanait de sa figure, on l'eût cru sur le point de s'élever dans les airs comme un saint. Déposait-il ses outils qu'aussitôt, comme sur un coup de baguette magique, on retrouvait l'employé de banque, avec son air de grand épagneul battu, Cendrillon de lumière était redevenue Cendrillon en haillons. Cadorette n'arrivait pas à s'expliquer pourquoi Remouald refusait de faire de ce talent son gagne-pain.

Remouald surveillait le curé du coin de l'œil et continuait à raboter sans rien dire. Enfin il s'interrompit, intimidé. Cadorette profita de l'occasion.

— Mais alors, qu'est-ce que tu fais, mon petit Remouald, si ce n'est pas une cabane ?

Remouald regardait attentivement sa main refermée. On aurait dit qu'il écoutait la question voler autour de lui, et qu'il attendait, avant de répondre, qu'elle se pose comme une mouche sur son poing. Il finit par dire :

— Une chapelle.

— Une chapelle ?

— Oui.

125

Il reprit son travail. Cadorette s'épongea le front. Il sentait que ce qui allait suivre ne manquerait pas de lui donner mal à la tête.

— Une chapelle, comme ça, au milieu de ta cour ?

— Oui, une chapelle votive, un abri pour la Sainte Vierge, j'ai une icône à mettre dedans.

Il ajouta tout bas :

— Une icône miraculée.

Le curé se servit de sa toque comme d'un éventail : c'était pire qu'il ne l'avait craint. Il réfléchit quelques instants, puis :

— Ce n'est pas un endroit bizarre pour la Sainte Vierge ? Appuyée contre le mur d'une usine ? Et qu'est-ce que c'est que cette histoire d'icône miraculeuse ?

— Pourquoi bizarre ?

Le curé fit une moue. Il savait que Remouald, quand on tâchait de faire valoir des vues contraires aux siennes, avait cette façon singulière de finasser qui consiste à plisser le front, à retrousser les ailes du nez, à prendre un air de n'y comprendre rien.

— Me semble que t'aurais pu quand même m'en parler.

Remouald haussa les épaules. Il avait la bouche remplie de clous, qui surgissaient d'entre ses lèvres, un à un, et qu'il enfonçait avec une régularité mécanique. Le curé le considérait avec une admiration de petit garçon. Puis il se mit à gratter piteusement l'intérieur de sa paume. C'était pourtant si simple avec les autres paroissiens. Cadorette parlait le même langage qu'eux, sentait leurs préoccupations — et même s'il faisait faire du rase-mottes au Saint-Esprit, au moins on voyait où on allait. Mais avec Remouald... À part le juge Lacroix, le Dr Rocheleau, Séraphon bien sûr, le chef de police peut-être, Cadorette devait être la seule personne du quartier à connaître le secret de l'employé de banque. Mais c'était de ces secrets qu'on ne peut partager, qui ne permettent aucun rapprochement. Ne demeurait entre eux qu'une sympathie gauche, faite de gêne silencieuse et de regards baissés. Il arrivait au curé de penser que Remould était mort à treize ans, il lui arrivait de le souhaiter, et que chez l'adulte ne survive qu'une carcasse sans mémoire, sans rien à l'intérieur pour souffrir. Mais comment savoir sans poser les terribles questions, sans risquer justement de ranimer les souvenirs ? C'était comme vouloir vérifier si un homme étendu est mort ou endormi en le touchant avec une barre de fer chauffée au rouge.

Remould s'approcha de lui en lui tendant une feuille pliée.

— J'ai reçu ça hier à la banque.

Le curé la déplia. C'était une lettre d'injures. Il y avait là les verbes les plus sales, les mots les plus crus, on y parlait d'actes, on y mêlait des enfants. La lettre se terminait par un chapelet d'insultes. L'auteur traitait Remould de «maudit mangeur de gibier!»...

Cadorette en était tout abasourdi. Il relut la lettre avec attention, examina le papier, à l'affût d'un indice qui pût révéler le coupable. Remould semblait avoir oublié sa présence. Il caressait en souriant une souris sur laquelle il avait failli marcher. Elle tremblait au creux de sa main comme un rentier soupçonné par le fisc. Il la redéposa par terre et elle s'enfuit en zigzag, traçant des lignes douces dans la neige. Elle disparut entre les planches avec des frétillements de têtard.

— Quand on reçoit des lettres comme ça, dit le curé révolté, on les jette au feu tout de suite! Elles ne méritent pas qu'on les garde!

Remouald récupéra la lettre et la remit dans sa poche.

— De toute façon, qu'est-ce que ça peut faire? Puisque je vais mourir.

Le curé bondit sur ses pattes.

— Qu'est-ce que tu me chantes là, imbécile? Pourquoi dis-tu que tu vas mourir? Tu es malade? Allez, réponds!

Remouald se dégagea.

— Je disais ça pour parler, monsieur le curé. Je disais ça pour dire que ces choses-là n'ont pas d'importance pour personne, puisque de toute façon nous allons mourir, tous et chacun, et que ça ne va nulle part, pas vrai, monsieur le curé?

Le curé hésita un instant, le buste en avant, comme sur le point de mordre — venant de n'importe qui d'autre, ces paroles eussent été entendues comme une provocation!... Il soupira pourtant. Il ramassa avec une lenteur accablée la toque qui avait quitté son crâne.

Il s'enquit de Séraphon, distraitement, par un automatisme de prêtre. Remouald ne répondit rien. Il venait de remettre une poignée de clous dans sa bouche.

Le curé consulta sa montre et constata qu'il avait pris du retard. Il se rapprocha de Remouald. Il n'avait encore qu'une idée très vague de ce qu'il allait dire, mais il était tout imprégné de la gravité du moment. Il entrouvrit les lèvres, et eut au même moment un drôle de hoquet, qui retentit jusqu'à ses tempes avec un craquement cartilagineux. Il s'appuya légèrement contre Remouald, et demeura quelques secondes étourdi, hébété. Il avait l'impression qu'il s'agissait d'un avertissement. Mais contre quoi ? Cadorette se raffermit, chassa le malaise comme on écarte une mauvaise pensée. Remouald placidement plantait ses clous. Le curé dit enfin :

— Tu sais, mon petit, tu pourrais recommencer à communier.

Cette phrase était sortie presque malgré lui. Ils parlaient de cela pour la première fois depuis quinze ans et il appréhendait la réaction de Remouald. Celui-ci cracha son dernier clou et répondit simplement non. Cadorette lui posa la main sur l'épaule.

— Dieu t'a pardonné, Remouald, et Il t'a pardonné depuis longtemps. Regarde-moi.

Obéissant, Remouald le regarda. Ses yeux étaient éteints, sa figure était sans expression : un bonhomme de neige qui fond au printemps. Cadorette secoua la tête d'un air désolé.

— Allez, dit-il avec une tape amicale. (Il remit sa toque, la retint de la main.) Et fais-la-moi bien jolie, ta petite chapelle.

Le curé s'éloigna d'un pas accablé. Remouald le rappela.

— Monsieur le curé ! Voyez comme elle est belle !

Il tenait l'icône entre ses mains. Des chérubins déployaient au-dessus de la Vierge une banderole où dansaient des notes de musique. La partie inférieure avait été entamée par le feu, on ne voyait plus les mains. Remouald souriait. Cadorette songea que si les ânes pouvaient sourire, ils souriraient comme ça. Il répondit : «Oui, elle est belle», avec un sourire triste. C'était là des sourires de départ. Le curé s'en fut. Il prit par la ruelle, vers la demeure des Crampon. Il ne se sentait pas bien, décidément. L'air pénétrait difficilement dans sa poitrine, par moments il croyait qu'il allait se mettre à vomir. Seraient-ce les crevettes qu'il avait mangées la veille au soir ?

se demandait-il. Ou les cretons un peu trop gras de son petit déjeuner ? C'étaient les premiers signes de la crise cardiaque qui le terrasserait dix minutes plus tard dans l'escalier de la maison Crampon.

* * *

Comme midi approchait, Remouald avait décidé de prendre une pause. Il était monté chez lui pour s'assurer que son père ne manquait de rien. Séraphon dormait, la langue sortie, comme un bébé qui vient de lâcher son pouce. Il se prépara un thé bien noir, redescendit, alluma un feu pour se tenir au chaud, l'entoura de briques; enfin il s'assit sur la marche où s'était trouvé tout à l'heure le curé. Il déchira la lettre anonyme et en alimenta les flammes. Il savait qu'elle était de la main du capitaine des pompiers. Cette façon d'écrire : «Hein, mon petit Remouald ? On se comprant ?» ne lui laissait aucun doute. Le papier brûlait en se refermant comme une main. Un tourbillon de suie s'élevait, que le vent dispersait, et les impuretés s'incrustaient dans la neige alentour.

La souris était revenue, attirée par la chaleur. Elle ressemblait à une jeune fille fugueuse que son amant vient de trahir : elle avançait par secousses le long du mur, s'immobilisait, attaquait l'air de son museau, puis repartait, éplorée, car toutes les souris savent qu'elles mourront de mort violente, elles s'attendent à cela à tout instant, et tremblent. Si elle venait jusqu'à lui, Remouald l'insérerait dans la poche de sa chemise pour la tenir au chaud une demi-journée. Il s'apprêtait à reprendre son travail quand un chat arriva dans la cour, les moustaches frémissantes, et ce sourire prédateur qui est celui de la Joconde. Remould lui lança un caillou. Le chat fit trois bonds de côté, élastiques, et laissa échapper un miaulement. Remould en lança d'autres. Le chat s'en alla un peu plus loin. Puis de nouveau il se rapprocha. Il décrivit un arc de cercle comme le lutteur qui a raté sa prise revient rôder autour de l'adversaire. Remould dut courir vers lui pour le chasser. Dès qu'il fut à une distance suffisante, l'animal prit une allure allègre en jetant derrière lui des regards de mépris, l'air de dire, en montrant son derrière : «Mais à quoi bon, idiot, puisque je vais revenir?»

Remould chercha quelques instants la souris, mais, épouvantée par le miaulement, elle était retournée se cacher. Il éteignit le feu en le recouvrant de boue. Il y eut une bouffée de vapeur, comme un rot de volcan. Il écrasa la braise avec sa botte. Une neige très fine se mit à tomber.

Remould se penchait pour ramasser son marteau quand l'odeur de cendre mouillée lui monta à la tête, violente. Une vibration s'éleva des profondeurs du sol et se communiqua à ses jambes. Il se sentit vaciller. Il pensa : «Mon Dieu, pas maintenant.» Il prêta l'oreille, le cœur plein d'appréhension. Ce n'était encore qu'un bourdonnement indistinct, tremblant à la surface des choses, mais le murmure s'amplifia, devint grondement, et cette rumeur fantôme, grimaçante, où se mêlaient les clameurs et les ricanements, montait à l'assaut du monde ainsi qu'une armée sauvage qui surgit à l'horizon, dans un tumulte de poussière, et fait résonner la terre comme un tambour. Remould porta la main à son front et se crut avec joie sur le point de défaillir — il espérait perdre connaissance. Mais il comprit que cette grâce ne lui serait pas accordée. Il devrait subir jusqu'au bout la crise qui se préparait, et qu'il reconnaissait comme on reconnaît un visage. Il promena un regard inquiet autour de lui. Il désirait s'assurer que tout continuait d'être là, qu'il n'y avait autour de lui que le présent. Mais les choses se dérobaient, elles paraissaient lui tourner le dos, et il eut le sentiment déchirant qu'elles le trahissaient, le livraient aux démons. Il chercha du secours du côté de l'icône. La Vierge regardait ailleurs, par-dessus sa tête, elle l'abandonnait, elle aussi. Remouald rassembla son courage.

Alors la crise commença. Cette sensation, dans le premier sommeil, que le pied glisse, qu'on rate la marche, Remouald l'éprouva en cet instant. Il pivota, prêt à faire face. Il n'y avait personne. Il attendit un nouvel assaut. La rumeur s'était tue. Il n'entendait plus que son propre souffle, rauque et haletant... Mais la rumeur resurgit, et cette fois-ci elle était dans son crâne; telle une bête féroce dont on a ouvert la cage, elle avait bondi à l'intérieur de lui. Remouald sentit des gouffres s'ouvrir, et il recula. Des gueules l'attaquaient de toutes parts. Il battait l'air de ses bras, secouait la tête furieusement, mais chacun de ses mouvements l'empêtrait davantage. Il se mit à grimper l'escalier à reculons, le dos traînant sur les marches. Ses forces s'épuisaient. Il finit par s'immobiliser au milieu de l'escalier, les yeux épouvantés, à la merci de la Mémoire, souveraine comme l'araignée au centre de sa toile.

Remouald avait treize ans lorsqu'eut lieu l'incendie qui anéantit le clos de bois de Séraphon. Les détails entourant cette affaire avaient été soigneusement cachés à la population, par ordre de la Cour. On s'était contenté d'affirmer que l'incendie était l'œuvre d'un dément.

Des étrangers avaient accepté d'héberger Remouald pendant quelque temps : la famille Costade, des pompes funèbres. Terrassé par une fièvre cérébrale, on l'avait enfermé dans une chambre, où défense était faite à quiconque, hormis le médecin et l'infirmière, de l'approcher. Il ne lui était pas même permis de voir sa mère. D'ailleurs, ça lui était égal : il n'avait plus rien à voir avec personne, n'attendait plus rien de rien. On l'eût posé debout sur une table, les bras en croix et un pied en l'air qu'il s'y fût tenu sans une grimace durant des heures. Il se vautrait dans l'indifférence, ne voyant rien, n'entendant rien, ne sentant rien. Il avalait, les yeux vides, ce qu'on lui mettait dans la bouche... Ses fièvres calmées, restait à savoir ce qu'il convenait de faire de lui. Le curé Cadorette défendait l'idée qu'on rende l'enfant à sa mère; vu l'état de celle-ci, le Dr Rocheleau affirmait que c'était hors de question. Un juge trancha. Et, une semaine plus tard, deux hommes en soutane emportaient Remouald.

Le collège Saint-Aldor-de-la-Crucifixion était isolé du reste du monde par un kilomètre de forêt. Ce n'était pas le moindre dépaysement pour un enfant qui, de sa vie, n'avait quitté le quartier où il était né, jamais vu ni campagne ni lacs, et pour qui les bois n'étaient que décor de contes de fées. La plupart des enfants qui se trouvaient là, s'ils se fussent trouvés ailleurs, auraient pris le chemin de la prison, car il n'y avait personne sous la lune qui se souciait d'eux. La direction acceptait tous les candidats qu'on lui amenait, tant qu'il y avait de la place. On y comptait des parricides, des retardés, des vagabonds, des abandonnés. C'était une institution charitable, démocratique de surcroît, en ceci qu'on y traitait tous les pensionnaires de manière égale, les mêmes châtiments s'appliquant à tous, de l'assassin à l'orphelin.

Remouald s'avéra un détenu modèle. Il arrivait au collège brisé d'avance. Se réveiller au son de la cloche au milieu de la nuit pour secouer ses draps ne lui paraissait pas excessif, non plus que de subir les taloches derrière la tête ou l'eau glacée des douches matinales. Sa docilité était désarmante. Par contre, il fallut le faire entrer de force dans la chapelle, tout ce qui ressemblait à une église le plongeait dans la terreur : il s'écrasait devant la porte, se protégeait le front avec les bras, son nez se mettait à saigner. On l'entreprit, et le résultat fut foudroyant : sous le regard perplexe des supérieurs, Remouald se jeta dans la dévotion et devint l'enfant le plus pieux de la communauté.

Le collège Saint-Aldor n'ayant pas pour mandat de former les élites, on y pratiquait le culte du par cœur. En cela aussi, Remouald se distinguait. Arrivé au collège la mémoire vide, il pouvait y ranger n'importe quoi. Debout au milieu de la classe, il débitait d'une voix monocorde les noms des capitales du monde entier, mots qui ne suscitaient en lui aucune espèce d'image, puis se rasseyait. Il y avait gagné une vague notoriété, ainsi que l'estime affectueuse du professeur de géographie, vieil homme bossu et hirsute, qui ne sentait pas très bon et ne comprenait pas toujours quand les élèves se payaient sa tête. (Il lui donna un jour un album contenant quelques timbres que Remouald par nonchalance conserva toute sa vie, et que Séraphon appelait, par ironie, sa «collection».) Restaient le catéchisme, les règles de grammaire à réciter et les racines carrées qu'il fallait extraire, trois fois par semaine, en fin d'après-midi. Remould faisait tout, avalait tout, sans discrimination.

Entre-temps, toutes sortes de phénomènes étranges se déroulaient dans son corps. Celui-ci était devenu une chose bizarre, toute grouillante d'une vie autonome dont il était incapable de saisir la signification; il assistait à ces métamorphoses, impuissant, comme devant quelque manifestation d'origine fabuleuse. Il avait toujours été petit, être petit était pour lui dans l'ordre des choses, au même titre qu'être un garçon, et voilà qu'en moins d'un an il avait atteint les six pieds six pouces. Un changement si brusque l'obligea à s'aliter. La direction s'en inquiéta. Étendu sur son lit, Remould ressemblait à un poireau bouilli, et parfois se sentait comme tel. Il avait, dans ses fièvres, l'impression que des transformations inouïes s'opéreraient en lui, que des seins lui pousseraient, qu'il deviendrait femme. S'il était possible de ne plus être petit, il devait être tout aussi possible de ne plus être un garçon, de ne plus être un humain peut-être, de se faire mouche ou araignée. Le professeur de géographie passa des nuits entières à son chevet. Au mois de septembre, Remould put enfin se lever. Il comprit qu'il ne lui était rien arrivé d'autre que de grandir, et il ne fut pas sans en éprouver de la déception. «Dans quelques mois, il sera costaud», déclara la direction soulagée. Le printemps venu, il était toujours aussi maigre.

Des trois années qu'il passa au collège, Remould ne se mêla d'aucune façon aux jeux de ses camarades. Il passait ses loisirs à se promener seul. Il ramassait des bouts de bois, trois ou quatre clous, il disparaissait pendant quelques heures avec un canif, et le lendemain, près des enclos, abandonnées, on découvrait des ébauches surprenantes. La direction décida de profiter de ces dons. Il y avait toujours un toit, une fenêtre, une table à réparer. Remouald ne disait pas non. Cette situation suscitait bien sûr des jalousies. Son allure était si troublante, pourtant, que les pensionnaires s'abstenaient de lui faire des misères. Le dos voûté, les bras serrés le long du corps, il évoquait par sa démarche un grand oiseau de proie, farouche et blessé, qu'une malédiction empêchait de regagner son élément. La nuit, quand il revenait de la chapelle, certains remontaient la couverture sur leurs têtes en le voyant passer.

Aussi ne serait-il pas venu à l'idée de ses camarades de s'en faire un ami. On se chamaillait au réfectoire pour n'être pas assis à ses côtés. Quant au professeur de géographie, Remouald ne lui exprima jamais la moindre gratitude. On chuchotait dans les couloirs qu'il se cachait le dimanche derrière un pilier et, pleurant, regardait Remouald prier.

À seize ans, un Vendredi saint, il fut convoqué chez le directeur. Remouald s'y rendit, grelottant d'une peur animale. Contre toute attente, le directeur se montra plein d'égards. Il exposa de grands principes, parla du Christ, expliqua à Remouald que le collège n'avait agi que pour son bien, tout cela sur un ton pénétré, et Remouald acquiesçait, étonné. Le directeur rassuré dit : «Bon», et sortit de son bureau.

Le professeur de géographie aussi se trouvait dans la pièce, assis en retrait près de la fenêtre. L'œil humide, avec une maladresse d'ours tendre et implorant, il adressait au garçon un sourire d'adoration qui montrait ses grosses dents. Remouald le considérait avec indifférence.

Le directeur revint et présenta au pensionnaire une valise sur laquelle il y avait un nom. C'est ainsi que Remouald apprit qu'il ne s'appelait plus Remouald Bilboquain, mais Remouald Tremblay. «Ta mère s'est remariée, lui dit le directeur, tu vas retourner vivre avec elle.» Remouald, sous le choc, ne vit pas la main qu'il lui tendait. Le directeur n'insista pas. À travers la vitre de son bureau, il lui indiqua une charrette qui attendait dehors.

Le ciel était si bleu et la neige si éclatante que c'était aussi douloureux pour les yeux que de fixer le soleil. Les élèves étaient grimpés aux fenêtres pour le regarder passer, et leurs visages sans chaleur, empreints d'une dureté morne, qui avaient toujours l'air sur le point de crier, et qui pourtant, il le savait, ne criaient jamais, leurs visages n'exprimaient qu'une tristesse pétrifiée, comme les loups d'une meute observent avec froideur le cadavre d'un des leurs. Il n'y eut pas un seul salut, ni une seule grimace. La transparence d'une vitre dressait entre eux et lui une épaisseur infinie. Il lui avait suffi de franchir une porte pour ne plus faire partie de leur univers.

Remouald s'immobilisa à quelques pas de la charrette.

Une femme était assise sur le siège. Elle portait un chapeau attifé d'une branche de houx. C'était sa mère. Il ne la reconnut pas. Par contre, il reconnut Séraphon qui se tenait auprès d'elle. Elle demanda à Remouald, la voix chevrotante :

— Vous apportez la valise de mon fils?

Remouald déposa son bagage à l'arrière de la voiture et monta s'asseoir près d'elle :

— Votre fils, madame?... fit-il.

Séraphon ricana et fouetta les chevaux.

Ce ne fut pas gai, les premiers jours, Célia n'arrêtait pas de pleurer. Elle avait souvenir d'un petit bonhomme aux yeux clairs, aux cheveux blonds, au rire rafraîchissant comme un bouquet de marguerites, et on lui rendait ce géant éteint, déjà menacé de calvitie, qui se terrait dans un coin de la cuisine, coupable d'être, famélique et hagard. Célia se plantait devant Remouald, lui relevait le menton, le scrutait avec une méticulosité sarcastique, puis elle reculait, elle agitait des mains de moribond horrifié : «Ce n'est pas lui! Ce n'est pas mon fils!» criait-elle. Elle se jetait avec fureur dans la boisson. Se tripotant la narine, Séraphon riait doucement en disant qu'elle était folle.

Célia finit par se faire à la présence de cet individu, et avec le temps elle accepta de l'appeler par le nom de son enfant. Elle n'était même plus sûre d'avoir jamais eu un enfant du nom de Remouald. Elle faisait à ce propos des récits bien bizarres, qu'elle débitait d'une voix blanche, en regardant devant elle. Ces récits amusaient beaucoup son époux. À cette époque, Séraphon pouvait encore bouger les bras, il montait et descendait les escaliers, bon vieux encore vert. Il faisait mine d'être occupé, parce qu'elle s'interrompait si elle se rendait compte qu'il l'écoutait. C'est à elle-même, semble-t-il, qu'elle s'adressait. Peut-être aussi à Remouald.

Pour le reste, elle ne paraissait s'intéresser à ce dernier que pour lui donner des ordres. Elle s'était remise à faire du ménage chez les riches du quartier, et souvent elle l'obligeait à l'accompagner. Voir Remouald inactif l'agaçait, et quand elle ne savait plus quoi lui faire faire, Séraphon prenait la relève. Jamais Remouald ne rouspétait, même quand les commandements se contredisaient, ce qui arrivait souvent. C'était comme si Célia et Séraphon jouaient une partie d'échecs. Remould ne savait plus où donner de la tête. La nuit, dans ses rêves, il en venait à confondre leurs voix. Célia avait des accès de colère inexplicables, qui faisaient déguerpir Séraphon. Elle n'en manifestait pas moins, la plupart du temps, un tempérament docile. Elle préparait et servait les repas, reprisait leurs chaussettes, leurs vêtements étaient toujours d'une propreté impeccable, et sous ses traits ravagés par l'alcool et les drogues survivait la douceur silencieuse de la jeune fille aimante qu'elle avait été et qu'on avait saccagée. Elle pouvait par contre passer de longues journées à marcher d'une chambre à l'autre, muette, perdue dans des rêveries. Même les après-midi d'intense activité, elle interrompait parfois son époussetage, sans raison apparente, pour considérer d'un air plein de regret et de tendresse étonnée le bibelot qu'elle tenait à la main. Remould osait à peine s'approcher. «Maman...» disait-il. Elle se raidissait et lui ordonnait sèchement d'aller balayer le perron.

— Je viens juste de le balayer.

— Eh bien, va le balayer encore.

À d'autres moments, elle semblait se rendre compte subitement de l'existence de Remould. Elle le contemplait avec stupeur, comme si elle était témoin d'une apparition. Elle allait vers lui, reniflait son cou, ses oreilles, ses aisselles, prenait du recul pour mieux l'examiner. Elle se rasseyait, buvait une gorgée de caribou, sans le quitter des yeux. Remould, penché sur les pommes de terre qu'il épluchait, n'avait pas le courage de la regarder. Il la surveillait du coin de l'œil, voyait sa main s'avancer et lui caresser les cheveux. Il entendait sa voix, douloureuse et ahurie, qui chuchotait : «Mais qu'est-ce qu'ils ont fait de toi, mon pauvre petit?» Remouald hasardait vers la sienne une main hésitante. Elle le rabrouait aussitôt. Une fois même, elle le gifla. Les mois se succédèrent, puis les années. Les mêmes gestes répétés, les habitudes rituelles, installaient chaque heure du jour, chaque jour de la semaine, dans un recommencement toujours plus définitif. Remouald se laissait basculer d'un jour à l'autre, et lui-même poussait d'heure en heure sa vie, sans risquer l'œil au-delà. Chaque hier tombait dans le même néant où aujourd'hui s'engouffrerait demain. Le lombric traverse un banc de sable en avalant la terre par un orifice et en l'évacuant par l'autre : ainsi Remouald traversait le temps. Il ne retenait rien des jours, il vidait sa mémoire à mesure. Il vivait sous la dictée d'une voix unique, qui proférait ses ordres tantôt par la bouche de Séraphon, tantôt par la bouche de sa mère : il ne faisait pas de différence, il n'y avait pas de différence à faire. L'obéissance était un état de grâce perpétuel, parce qu'elle le tenait en laisse à l'extérieur de lui-même. Toute autre vie, il le savait, aurait été pour lui un enfer. Il se précipitait avec avidité au-devant des désirs de ses parents.

Une nuit, Célia le réveilla, s'étendit à ses côtés, la bouche collée à son oreille, et, d'une voix basse et haletante, pour ne pas être entendue de Séraphon, elle raconta à Remouald qu'elle était enceinte d'une petite fille qui n'existerait jamais. Ce qu'elle avait mis du temps à comprendre, c'est que cette petite fille-là était aussi un petit garçon, et comme on ne peut être à la fois une petite fille et un petit garçon, la petite fille n'arrivait pas à exister sur terre, ce qui n'était certes pas une raison de n'exister nulle part. L'âme de la petite fille s'était échappée des limbes. Elle pénétrait au travers des choses, elle commençait à vivre à travers un bibelot, elle se cachait dans l'armoire cadenassée, elle se faufilait parfois jusque dans les entrailles de Célia, et Célia disait que sa petite fille, qui était aussi un petit garçon, s'appelait Joceline, et que, morte et vivante à la fois, elle était sa propre grand-mère, parce qu'elle était enceinte du Christ. Remouald s'enfuit de la maison avec l'argent du ménage, prit la première cuite de sa vie, erra dans les rues en se sentant traqué, et ne rentra que quarante-huit heures plus tard quand il ne fut plus capable de s'endurer. Sitôt qu'il mit les pieds dans la cuisine, la mine égarée, les vêtements couverts de crottes, Célia bondit de sa chaise et lui sauta au cou en pleurant. Séraphon aussi pleurait en bécotant ce que Remouald avait ramené d'argent. Remouald avait sur son chemin ramassé une batte qu'il tendit à sa mère. Elle lui infligea une telle raclée qu'il dut passer deux semaines au lit.

Depuis l'incendie, le clos n'avait été reconstruit qu'à demi et misérablement. Remouald, qui n'entendait rien au commerce, donnait pour ainsi dire le bois, et, l'affaire périclitant, Séraphon se vit dans l'obligation de vendre ses maisons à perte. Au bout du compte, il fallut fermer boutique. C'est alors que, par l'intercession du curé, Remouald fut engagé à la banque. C'était un poste aux appointements modestes, mais, avec les menus travaux de sa mère, cela leur permettait de survivre. Remouald avait alors dix-huit ans.

Célia n'admit jamais que Remouald était son véritable fils, fût-ce sur son lit de souffrance, car le marathon de l'agonie, propice au repentir, lui fut épargné. Elle mourut sans commentaires, juste un soupir dans son sommeil, pas même de quoi éteindre une allumette.

* * *

Remouald se redressa, livide. La crise semblait passée. Il s'appuya à la rampe pour descendre les marches, il savait qu'une crise pouvait provoquer des contrecoups, un ultime ébranlement, comme ces débris d'épave qui se détachent des fonds marins et surgissent à la surface dans un giclement qui ressemble à un cri. De telles attaques ne se produisaient d'ordinaire que le soir, et c'est cela qui poussait Remouald vers les débits de boisson. Il ne buvait jamais pour son plaisir, oh non. Quand un clou dépasse, on tape dessus. Et c'était pareil pour les souvenirs.

Il regarda la chapelle votive. Il avait presque terminé la charpente. Ainsi, il pourrait achever les travaux pour l'Immaculée Conception!... Du revers de la manche, il essuya l'icône. La Vierge était là qui lui souriait. Remouald goûtait un moment d'oubli, de cher oubli, d'oubli miséricordieux, il en remercia le ciel. Il entendit une voix d'enfant derrière lui.

— Mais qu'es-tu donc censé avoir oublié?

Remouald se retourna. Un petit garçon d'une douzaine d'années se tenait devant lui. Cela ne lui était jamais arrivé auparavant. Cet enfant n'était autre que *lui-même*. Remouald balaya l'air devant lui.

— Ce n'est pas vrai. Va-t'en.

L'enfant avait disparu. Remouald mit de l'ordre dans ses planches, prêt à recommencer le travail. Le petit garçon était assis sur la cheminée de l'usine et balançait nonchalamment ses jambes dans le vide.

— Qu'est-ce que tu veux? Retourne d'où tu viens.

L'enfant s'éteignit comme la flamme d'une bougie. Remould se concentra avec fébrilité sur sa tâche. Il entendait dans sa tête un bruit de braise qui crépite. Le petit garçon était pendu à la poutre principale de la charpente, le corps ballant. Remould recula d'un pas et laissa échapper son marteau. Il était pendu et il lui souriait. Il lui demanda encore :

— De quoi es-tu censé ne pas te souvenir ?

Remould faisait non de la tête. Le petit garçon commença à parler doucement. Il raconta ce qu'était la vie *avant* le collège, *avant l'incendie du clos*. Remould porta les poings à ses tempes. Il finit par crier :

— Tu n'existes pas ! Retourne d'où tu viens !

L'enfant s'évanouit. Remould fit son signe de croix et baisa en tremblant la patte de lapin qu'il avait sortie de sa poche. Une pellicule de neige avait de nouveau recouvert l'icône. Remould fit quelques pas, qui étaient ceux d'un homme ivre. Il entendit un sifflement, il leva les yeux. Un nom traversa le ciel et vint exploser dans sa tête. Remould stoppa net. Il murmura : «Joceline...?» Et il porta les mains à ses oreilles. Cela n'en finirait donc jamais ? Voilà que les souvenirs d'avant le collège, d'avant l'incendie du clos de bois, jaillissaient en images d'une vivacité atroce. Il revoyait tout, se rappelait tout, et le revivait au présent. L'impression de chute, dans un gouffre était telle qu'il chercha autour de lui un objet auquel s'accrocher. Il se précipita sur son marteau. Il empoigna des planches, des clous, et se mit à frapper, frapper, mais cela hurlait à l'intérieur de son crâne. N'en pouvant plus, il se jeta à genoux dans la neige.

— *Pitié !* implora-t-il, le visage levé vers le ciel.

Apparemment, Dieu était occupé à autre chose.

CHAPITRE VIII

Parler à soi-même dans une glace, Clémentine Clément appelait cela «être toute seule et demie». Son souhait le plus cher était de rire, rire pour rire, parce que rire, c'était vivre. Et comme il est impossible, à moins d'être folle, de rire toute seule, elle s'organisait ainsi des soirées en tête-à-tête. Mais rire de quoi ? De ses consœurs institutrices ? Des robes de la Baril ? Des coiffures de Lucienne Robillard qui transmettait à ses élèves de troisième ses erreurs de grammaire («Je leur-z-ai expliqué pourquoi que fallait pas...», et ainsi de suite) ? Celles-là ne parvenaient pas même à lui arracher un rictus : elle en parlait plutôt avec rage. Clémentine essayait autre chose. Elle entrouvrait sa robe de nuit et cherchait de quoi rire d'elle-même. Ses seins menus, aux gros bouts durs, partaient chacun de son côté, le sein gauche se nommait Par Ici, le sein droit Par Là. Elle s'efforçait d'en rire. Mais il ne lui venait qu'un jappement nerveux, et soudain ce visage dans la glace, cette Clémentine et demie, la regardait avec une extrême gravité. Elle essayait de lui adresser un sourire, le résultat était plus sinistre encore, et, se détournant avec épouvante, elle retournait faire les cent pas dans son appartement.

Non, elle voulait rire comme elle riait à dix-huit ans, quand Ducharme la déposait dans leur lit de foin et lui chatouillait le ventre avec sa bouche. Un dimanche, elle avait fait une chute en sortant de l'église, il l'avait aidée à se relever, et dès le premier regard il avait su jeter un trouble délicieux, mettons dans son âme. Un beau garçon de six pieds, trente-quatre ans, fort comme un arbre et doux comme un poussin. Ils s'étaient fréquentés près de six mois. Avec lui, elle oubliait qu'elle était la boiteuse du village : elle parvenait même à faire de son infirmité un sujet de plaisanterie! «J'ai un beau pied et un pied bot, disait-elle, ça me fait une belle jambe.» Ils rêvaient ensemble de fonder une famille où l'on ne compterait plus les petits garçons. Ils entendaient déjà leurs rires et en riaient eux-mêmes d'avance. Il en faisait des romances qu'il chantait le soir, au camp, à ses camarades. Il s'accompagnait à l'accordéon. Sa voix était limpide et gaie, pleine de rondeurs humides. «M'amie s'appelle mam'zelle Cloche-Pied.» On le respectait, parmi ses compagnons, parce qu'il avait su gagner le cœur d'une demoiselle qui avait de l'instruction. Il avait les dents d'une blancheur éclatante. Ses cheveux frisés sentaient la résine de sapin. Il était mort une semaine avant la célébration des noces.

Un billot s'était détaché d'une pyramide et lui était tombé sur le crâne. On répétait que Réjean n'avait pas eu le temps de sentir quoi que ce soit. On ne pouvait en dire autant de Clémentine. Elle était enceinte. Sous le choc, elle perdit du sang, ainsi qu'autre chose, qui ressemblait à de la confiture d'œil. Elle pleura durant une huitaine, puis, la veille du jour prévu pour son mariage, au milieu de la nuit, elle disparut du village. Elle était partie avec son maigre bas de laine, après avoir dérobé à sa mère le contenu du tiroir-caisse de la boutique. Elle passa des mois terrée dans un hôtel sordide de la métropole, terrifiée par la grande ville, obsédée par le manque d'argent et par l'idée qu'elle devrait donner son enfant. Enfin, un jour de décembre, assistée par des bonnes sœurs qui la traitaient comme une grue, elle accoucha. Un garçon comme Réjean était ce qu'elle désirait le plus au monde — pendant les trente heures que dura le travail, elle ne cessa d'en faire la prière à Dieu. Cette vie qu'elle sentait sortir d'elle, elle comprenait qu'elle serait incapable de l'abandonner, c'était une exigence contre laquelle elle ne pouvait rien, aussi certaine et impérieuse que sa douleur. Elle répétait en poussant : «Viens, viens! mon amour. Maman t'attend!» Le ciel permit que ce fût un garçon.

Son enfant mort-né. À y songer encore, dix-sept ans plus tard, Mlle Clément se tortillait sur son lit, ramassée en chien de fusil, les poings enfoncés dans son ventre.

Clémentine vivota quelques mois comme garde-malade à l'hôpital où elle avait accouché. Sa conduite étant irréprochable, ainsi que son dévouement, les bonnes sœurs en étaient venues à l'apprécier. On constatait qu'elle avait des lettres, une tête solide sur les épaules, et, de fil en aiguille, Mlle Clément se retrouva institutrice. Tout allait bien en apparence, mais au-dedans d'elle-même, elle se sentait fanée. Elle se croyait éteinte à jamais, persuadée par les livres qu'elle avait lus qu'un cœur ne se donne pas deux fois. Elle décida d'immoler le sien sur l'autel du Souvenir, et jura fidélité, par delà la tombe, à son fiancé. Elle estimait en outre que ce sacrifice, sur le plan de la vie intérieure, lui allait à ravir.

Avec les années cependant, la solitude commença à lui

peser. Elle ranimait chaque soir son serment, reconnaissant dans son acharnement non plus l'expression d'un amour inaltérable et dur, mais cet orgueil absurde qui avait toujours été son démon. Elle parvenait par moments à raviver son ardeur en contemplant le portrait de son fiancé. Mais les photographies s'usent à être trop regardées. Sa passion n'était plus que la momie d'elle-même. Quand Clémentine accepta enfin de libérer son cœur de son serment, comme on ouvre les portes d'une maison abandonnée, elle s'aperçut qu'à l'intérieur il n'y avait plus que ruine et poussière, et dès lors la solitude lui devint une maladie, aggravée par l'espoir d'y mettre fin.

Pour comble, il fallut qu'au début de sa trentaine elle tombe amoureuse. Et amoureuse d'un homme «empêché» par-dessus le marché ! Son cœur qui s'était desséché s'irrigua soudain de sang, se gonfla comme un ballon et éleva Clémentine à des hauteurs de souffrance, de véritables septièmes ciels, dont elle redescendait pantelante et effarée. Cette passion la malmenait depuis cinq ans déjà. Aussi s'était-elle inscrite à un club de rencontres par correspondance, dont elle recevait, poste restante (fierté oblige), le périodique *Le Rubicon des âmes seules*. Que l'homme qu'elle aimait ne pût la prendre, elle cherchait ailleurs où s'épancher, parce que garder en elle tout ce que cette passion avait réveillé, elle en deviendrait folle, comme elle se sentait le devenir parfois à certaines heures critiques de la nuit, quand, émergeant du sommeil comme d'une maison en flammes, elle sautait affolée hors du lit et, tâtant les murs du corridor, prisonnière d'un rêve sans issue, poursuivie par un ennemi sans visage, elle terminait sa fuite au fond du placard, accroupie, le front collé sur les genoux, tout entourée de ses seuls bras, comme une petite fille qu'on vient de violer.

Elle revenait de faire son épicerie, lorsqu'un malotru lui lança une obscénité. Clémentine l'ignora avec dignité. Il la traita alors de morue et, avec une verve et une variété de vocabulaire qui l'étonnèrent, il l'invectiva sur une bonne longueur de rue. «Une femme sans poitrine est un cul-de-jatte!» cria-t-il à trois reprises. Il y avait des enfants, des enfants de l'école Langevin, qui jouaient non loin de là... Parvenue chez elle, Clémentine alla s'asseoir à la table de la cuisine; elle commença à déballer son sac à provisions; puis ses mains tremblèrent, elle éclata en sanglots. Elle songea qu'en ce pays le mépris, la vulgarité triomphaient toujours.

Il faut dire aussi que c'était samedi, et que le samedi matin elle avait l'humeur particulièrement fragile. Elle consulta l'horloge. Il était l'heure d'aller à l'hospice rendre visite à sa mère.

Après son départ forcé du village de Saint-Aldor, Clémentine écrivit à sa mère une quarantaine de lettres, douloureuses, suppliantes, qui constituaient une sorte d'autobiographie justificative, insolite à force de précisions, que Mme Clément, en petite commerçante sublime, refusait de décacheter; au su de tout le village, elle les rapportait une par une au bureau de poste. Quand elle cessa d'en recevoir, elle conclut à l'ingratitude des enfants et elle sortit de sa boutique le plus souvent possible, faisant elle-même les livraisons de fleurs, afin que chacun voie ses yeux rougis. À l'affront de se fiancer avec un bûcheron, à celui d'être fille-mère, à celui de

149

s'enfuir, de se faire avorter sans doute, et puis de lui écrire des lettres, voilà que sa fille ajoutait l'affront de ne lui en écrire plus ! Rongée par le sentiment de culpabilité, Clémentine continuait de temps à autre à verser de l'argent dans le compte en banque de sa mère. Ces versements étaient en principe anonymes, mais Mme Clément n'en ignorait pas la provenance. Elle considérait du reste que c'était là le moins qu'une enfant, qui l'avait tant tourmentée, pût faire. Les rapports entre la veuve Clément et sa fille unique en restèrent là des années durant. Puis, un matin, Clémentine reçut du comptable de Saint-Aldor une missive adressée au «Bienfaiteur de la Veuve» :

Madame, ou Mademoiselle, ou Monsieur,
Cher bienfaiteur,
J'ignore qui vous êtes, mais je me permets quand même de vous écrire. Puisque vous semblez vous intéresser à la personne de Mme veuve Clément, à en juger par les montants que vous faites verser dans son compte, il me semble de mon devoir de vous faire part d'un événement survenu récemment. Depuis plusieurs semaines, voire quelques mois, certains d'entre nous au village avaient cru remarquer que la santé de Mme Clément s'altérait, et, si je puis m'exprimer ainsi, s'altérait de manière regrettable. Je veux dire par cela qu'il s'agit d'une maladie (la chose m'est délicate à dire), d'un mal qui compromet la dignité de la personne qui en est atteinte. Ce mal, dis-je bien, oblige cette personne à poser certains actes, à commettre des actions qu'elle serait, j'en suis profondément convaincu, la première à répudier si elle en avait une conscience complète, ce qui de toute évidence n'est pas le

cas. Jusqu'à tout dernièrement, on ne pouvait encore parler que de simples extravagances. Hélas, depuis, les choses ont empiré à un point tel qu'il m'apparaît impossible, pour son propre bien, de laisser cette dame diriger elle-même sa destinée. Je répugne sincèrement, croyez-le bien, à mentionner l'incident suivant, et je ne le fais que pour vous montrer à quel point les choses en sont arrivées, et vous persuader, si ce qui précède n'y a pas suffi, de la gravité de la situation. Dimanche dernier à l'office de midi, Mme Clément s'est présentée à l'église le postérieur à découvert, en petite camisole, innocente comme un bébé, et (veuillez me pardonner de devoir écrire ces lignes) des excréments des deux sortes, des excréments séchés couvrant ses jambes... Dans ce triste appareil, elle s'est mise à invectiver les gens, et il est sans doute inutile d'ajouter que ses propos manquaient de cohérence. Que pouvions-nous faire, je vous le demande? Pour l'instant, des dames charitables à tour de rôle s'occupent d'elle. Mais quelle décision convient-il de prendre à long terme?... C'est pourquoi, au nom de mes concitoyens, je m'adresse à vous, présumant de l'intérêt que vous portez à cette pauvre âme. Si vous croyiez pouvoir poser un geste concret pour elle, auriez-vous l'obligeance d'en aviser le notaire Me B...? Tout le village, je puis vous l'assurer, en serait infiniment soulagé.

En ce qui a trait à son commerce de fleurs, étant assez au courant moi-même, je puis vous garantir mon entière...
Etc.

Clémentine ne put s'empêcher de se demander à quoi pouvait ressembler un comptable qui écrivait de cette façon-là. Elle prit prétexte de la boutique pour le rencontrer. Elle avait mis sa robe bleu poudre, un peu d'ombre à ses paupières. C'était un petit vieillard, bedonnant et scrogneugneu. Elle quitta son bureau à la première occasion. Elle rendit aussi visite à Me B... et régla avec lui les questions touchant la responsabilité des biens. Mme Clément valait quand même un assez joli magot qui ne fut pas sans troubler sa fille. Enfin, laissant derrière elle avec soulagement le village de Saint-Aldor, il n'y eut plus qu'à traiter avec la maison Sainte-Rose-Idarène-de-la-Miséricorde-du-Christ-Roi, et Mme Clément, au bout du compte, se retrouva entourée de soins convenables, dispendieux comme de raison, dans un hospice au bord du fleuve.

Rien n'était aussi exempt de microbes qu'un pensionnaire de la maison Sainte-Rose («Pas même un bistouri!» disait péremptoirement l'infirmière en chef). Mais propreté n'est pas santé de la tête. La vieille dame lavée, frottée, curée, luisante comme un savon, passait le plus clair de son temps à sourire dans le vide, l'air sur le point d'agiter un mouchoir en guise d'adieu. Clémentine devait accepter d'y reconnaître le dénouement vivant de ce qui avait été sa mère. L'infirmière en chef lui avait lancé, dès sa première visite : «Vous savez, elle ne vous reconnaît sans doute pas.» Pourtant. Lorsque, de fatigue ou d'ennui, Clémentine, qui lui tenait toujours la main, penchait la tête, elle sentait sur sa nuque le regard en biais de sa mère, un regard pointu et vexé dont seule Mme Clément, aurait-on dit, avait le secret, regard où se disputaient le dédain et la désapprobation craintive, la frustration et l'honneur blessé — en somme le regard qu'elle aurait eu si de fait elle avait su que Clémentine était Clémentine.

Et l'institutrice restait ainsi une heure, une heure et demie, échangeant avec elle, par intermittence, des propos indifférents et d'une logique plutôt fantaisiste; puis elle repartait. Clémentine jugeait qu'après tout, à peu de chose près, c'était là les relations qui existent d'habitude entre une fille et sa mère.

Clémentine venait de sortir de l'hospice : l'horloge sonnait la demie d'une heure. Assise dans le tramway, elle lisait un roman de Victor Hugo, son auteur favori, se disant qu'elle aussi aurait été capable d'aimer Gwynplaine. Certaines phrases l'arrêtaient, comme des coups de tonnerre qui la laissaient abasourdie et parcourue d'un indéchiffrable frisson. Ah, comme il était profond ! Comme elle aurait aimé écrire ainsi ! À le lire, elle éprouvait un sentiment de juvénile sécurité, comme si un vieil homme très pur, très chaste, et ayant d'ailleurs une vague ressemblance avec Dieu, se penchait affectueusement par-dessus son épaule et lui parlait d'une voix paternelle et douce. Elle avait sur sa table de chevet une photo de lui à Guernesey.

Elle referma son livre et jeta un coup d'œil dehors. Le tramway eût pu l'emporter à deux pas de chez les Guillubart, mais elle décida de descendre rue Orléans, ce qui prolongeait sa route d'un bon kilomètre.

Mais elle tenait à passer devant la caserne des pompiers.

Il y avait une chance sur mille pour qu'à cet instant il fût à sa fenêtre, mais une chance sur mille, c'est une moyenne acceptable quand on n'a rien à perdre. Elle déambulait sous la caresse de ce regard improbable. Elle avait appris avec les années à avoir de la dignité dans la démarche; le pas lent et réfléchi, l'avant-bras contre le ventre, elle faisait un peu penser, il est vrai, à un général estropié qui inspecte ses troupes. Il lui semblait du reste que ce regard la corrigeait de partout, la rendait belle parce qu'il était beau, et c'est cela qui la tenait au chaud, peu importe que ce regard fût réel ou non, ces choses existant pour l'essentiel dans la tête, elle ne l'ignorait pas. Elle levait les yeux au ciel en se donnant l'air de rêver aux poésies de Lamartine. Elle posa le pied dans un tas de chance.

Le chien était encore à quelques pas, la queue basse, le museau pas fier, et prêt à déguerpir. Clémentine gagna au plus vite un banc public et tâcha au moyen d'un morceau de papier journal de réparer les dégâts. Seule la semelle du bon pied, heureusement, avait écopé. L'odeur montait de sous la bottine avec une sorte d'enthousiasme. Pour la première fois depuis longtemps, elle se prit à rire de bon cœur. Et ce rire la fouetta, l'exhaussa, rassura jusqu'au chien dont la queue s'agita. Clémentine se releva avec un aplomb tout neuf. Croisant le gardien du parc, elle lui adressa une œillade polissonne, de quoi ébouriffer chez le vieil homme de lointains souvenirs, et elle poursuivit sa route, d'une allure qui eût d'ailleurs été moins désinvolte si elle avait su que durant tout ce temps, dans la caserne des pompiers, le capitaine se tenait effectivement à sa fenêtre.

***

Ce fut Mme Guillubart qui lui ouvrit. Sitôt dans l'antichambre, Clémentine se retrouva au milieu d'une manne de bottines, une bonne dizaine d'entre elles dépareillées. Elle s'essuya les semelles longuement sur la trame d'un tapis. Puis enleva son manteau, qu'elle préféra garder sur son bras. Mais devant l'insistance de Mme Guillubart, elle finit par le céder. La ménagère, confuse, s'excusait du désordre des lieux, elle livrait passage à l'institutrice en balayant prestement du pied toutes sortes d'objets qui traînaient par terre, des chaussettes enroulées, une canne à pêche, des journaux qui dataient de la semaine passée. Elle ne cessait de frotter ses mains sur son tablier, ou de se les tordre, comme une personne portée à toucher les êtres, et à qui on a appris qu'il n'est pas poli de le faire.

— Il va mieux, j'espère ?

Mme Guillubart eut un sourire timide. Elle avait l'impression de manquer à la bienséance en avouant qu'Eugène n'allait pas mieux. Une fois dans la cuisine, Clémentine réprima un mouvement de surprise. Le frère Gandon était assis à la table, il tenait sur ses genoux un bébé d'à peu près un an. À sa gauche se trouvait un couffin, qui attira Clémentine.

— Le petit de ma plus vieille, dit la femme.

Clémentine se pencha sur le berceau. On ne voyait du poupon que de petits yeux étonnés, et un museau qu'il pointait entre ses poings, comme une belette au printemps. «Que c'est beau», murmura Clémentine. Puis, constatant que Gandon l'observait, elle se redressa. Il y avait une autre enfant dans la pièce, Lorèthe, qui pouvait avoir dix ans. Mme Guillubart proposa un thé à Clémentine.

— Je vous en prie, ne vous donnez pas cette peine.

Mais Mme Guillubart voulait se montrer à la hauteur. Elle dit à Lorèthe de faire chauffer la théière. Comme la petite passait près d'elle, elle l'attrapa par le cou et lui appliqua un gros baiser sur la joue. Lorèthe se dégagea avec une lassitude capricieuse.

Clémentine prit place à la table et interrogea le frère Gandon du regard.

— Il est encore au lit. Mais j'ai pu le voir un peu tout à l'heure. (Il jeta un coup d'œil vers la Guillubart.) Les deux médecins consultés ne s'entendent pas sur le diagnostic. L'un dit : le haut mal. L'autre dit : une tumeur peut-être, ou un caillot de sang. Parce qu'on a découvert une cicatrice sur le cuir chevelu.

Il désignait du doigt son occiput.

Les épaules de Mlle Clément s'affaissèrent et elle adressa à la mère un sourire désolé. Mme Guillubart le lui rendit en baissant les yeux.

— Vous avez un très beau visage, fit tout à coup Lorèthe. C'est le visage de Jeanne d'Arc tout craché.

Tasse et soucoupe tremblotèrent entre les mains de l'institutrice. Elle les déposa sur la table.

— Tu es bien la seule à t'en rendre compte.

Elle rougit jusqu'à la racine des cheveux.

— La vérité sort de la bouche des enfants, dit le frère.

Un ange passa. Pour rompre la gêne, Mme Guillubart déclara que, dès que le petit irait mieux, elle le gronderait pour ce qu'il avait fait. Lorèthe éclata de rire.

— Tu vas lui donner une tape sur la main, puis ensuite tu vas l'embrasser trente-cinq mille fois.

— Tu en veux une, petite gueuse ! dit sa mère en la menaçant d'une gifle.

Lorèthe ne broncha pas. Elle regardait sa mère par-dessous, avec un petit sourire farouche.

— Oh non, ne le grondez surtout pas, fit Clémentine avec élan. Il a fait bien peu de choses, et sans aucun doute sous l'influence de ses camarades — l'un des deux, en tout cas.

Elle songeait à Rocheleau, «ce petit hypocrite».

— C'est moi qui me suis montrée trop sévère, et soupçonneuse...

Mme Guillubart lissait le rebord de son tablier, la tête inclinée vers son épaule.

— C'est vrai, c'est pas un mauvais garçon, admit-elle.

Par la porte de l'arrière-cuisine, l'aîné des fils pénétrait dans la maison, une canne de hockey à la main comme un bâton de patriarche. Il demeura debout, intimidé par la présence des visiteurs.

— Tu ne dis pas bonjour aux invités, Marcel ?

Marcel salua brièvement de la tête, puis adressa un comment allez-vous à celle qui avait été son institutrice cinq ans auparavant. Le frère Gandon, qui aimait prendre des nouvelles de ses anciens, le questionna sur son nouveau travail à la MacDonald Tobacco. Le garçon répondait par monosyllabes. Mme Guillubart en profita pour offrir à Clémentine de visiter Eugène dans sa chambre.

Clémentine suivait Mme Guillubart. Il lui était étrange, douloureux presque, de penser qu'une femme si frêle avait pu accoucher par cinq fois. Elle marchait avec un déhanchement un peu comique, comme si ses jambes trop courtes avaient du mal à plier. Son chignon crasseux mal noué laissait voir des plaques chauves sur son crâne.

Mlle Clément aurait préféré éviter cette visite. Elle éprouvait ce sentiment d'inconvenance qu'il y a parfois à se trouver au milieu d'une famille que le sort a frappée. Elle prenait en pitié Mme Guillubart, et ne parvenait jamais à chasser tout à fait l'idée qu'à force de le tourmenter elle avait rendu l'enfant malade. Et si Eugène allait justement devant sa mère dénoncer sa cruauté ?...

Mme Guillubart avait pris dans sa main les doigts glacés de l'institutrice. Elle entrouvrit délicatement la porte de la chambre. Il y faisait humide. À travers la guipure des rideaux, la clarté blême de l'hiver baignait la pièce d'un jour laiteux qui atténuait les couleurs et les contours. Eugène, dont on avait peine à distinguer les traits, était couché dans son lit, les couvertures remontées jusqu'aux aisselles. Seuls ses cheveux carotte jetaient un peu d'éclat sur l'oreiller.

— Regarde qui est venu.

Clémentine s'assit à son chevet.

— Tu ne dis pas bonjour ?

L'enfant adressa à l'institutrice un long regard indifférent. Clémentine, qui luttait contre les tremblements de sa voix, lui demanda comment il allait. Il ne répondit pas. Elle sortit de son sac à main une carte de souhaits signée par ses camarades de classe; elle la déplia sous son nez. Eugène l'examina maussadement, puis tourna son visage vers le mur.

Clémentine se leva, décidée à quitter la pièce. Mme Guillubart la retint, ses doigts cramponnés comme des serres à son poignet.

— Non, je vous en supplie, il a besoin de vous.

L'institutrice essaya doucement de libérer sa main. Mais la femme serra plus fort.

— Restez !

— Mais c'est que vous me faites mal.

Elle avait dit cela d'une voix suppliante de petite fille. Mme Guillubart lui présenta un visage qui soudain l'épouvanta. On aurait dit une sorcière aspergée d'eau bénite. Puis, l'expression de cette figure, par le seul jeu de la pénombre, sans qu'aucun des traits ne bouge, se métamorphosa. Clémentine s'aperçut que la femme lui souriait. Un sourire humble et implorant que l'institutrice ne put soutenir une seconde de plus. De nouveau elle essaya de libérer sa main, quand Eugène émit une plainte, et l'étreinte se relâcha. Clémentine recula vers la porte. Les doigts de la femme avaient laissé des taches brûlantes sur son poignet.

Elle entendait des bribes de leur conversation chuchotée, l'enfant exprimait une demande, et sa mère hésitait. «Non, pas tout de suite, mon chéri.» L'enfant insistait.

Mme Guillubart alluma une lampe à pétrole, et une clarté jaunâtre s'éleva en tremblant. Elle la posa sur la table près du lit. Clémentine vit la femme prendre le couteau. Elle la vit écarter les doigts, passer la langue avec lenteur sur sa paume, puis glisser la lame au creux de la chair : la peau s'ouvrit, avec souplesse, comme s'ouvrent les pages d'une bible. Elle la vit approcher des lèvres de son fils sa main qui dégouttait de sang.

Clémentine se précipita hors de la chambre. Mme Guillubart la rejoignit presque aussitôt et, la voyant pleurer, se mit à pleurer à son tour.

— Il ne faut pas vous mettre dans cet état, mademoiselle. Il va guérir. Je sais qu'il va guérir. Je le sais mieux que les médecins.

Elle sortit de sous la bretelle de son soutien-gorge un

vieux mouchoir et le présenta à Clémentine, qui, après l'avoir contemplé quelques secondes, le refusa. Mme Guillubart s'en servit pour elle-même. Quand elle vit s'approcher le frère Gandon, elle cacha derrière ses reins sa main blessée.

— N'est-ce pas, mon frère, qu'il va guérir ?

Le directeur essaya de la consoler, mais il n'y pouvait rien : les sanglots nerveux de l'institutrice le hérissaient. Elle était de celles que les larmes enlaidissent. Ses reniflements lui faisaient penser aux grognements d'un cochon.

— Mlle Clément, je vous en prie... dit-il.

Et, malgré lui, un peu de son irritation transparut dans sa voix. Il essaya aussitôt de se racheter en lui tendant à son tour son mouchoir.

— Tenez, mon amie.

Les sanglots de Clémentine tarirent aussitôt. Elle prononça un merci à peine audible, accompagné d'un grand regard étonné. *Il l'avait appelée «mon amie».* Embarrassé, le frère Gandon détourna la tête. À ce moment, le père Guillubart fit irruption dans la maison et claqua la porte derrière lui. Il vacilla quelque peu en les apercevant. Puis traversa le corridor sans un salut.

Cela donna le signal du départ. Clémentine et Gandon allèrent récupérer leurs manteaux dans la cuisine. Lorèthe était en train de dresser le couvert. Elle bousculait sans ménagement son père accoudé devant une bouteille de cidre. Les yeux fixés sur son verre, M. Guillubart ignorait les visiteurs. Son fils Marcel le surveillait comme s'il le tenait en joue, et son regard était chargé de tant de haine que Clémentine en frémit. Mme Guillubart lança à son mari :

— Tu pourrais être poli avec les gens, Hector, non ?

Le frère adressa à la femme un regard qui disait : «Mais non, ce n'est rien, vous avez déjà assez de soucis comme ça.» Mais la Guillubart insista, parlant fort comme on parle à un dur de la feuille :

— C'est pas un curé, Totor. C'est le directeur de l'école avec l'institutrice d'Eugène. Ils sont venus prendre de ses nouvelles.

Hector souleva la fesse pour laisser passer un bruit.

— Bon, nous partons, fit Clémentine avec tact.

Sans prendre le temps de boutonner son manteau, elle se dirigea vers la porte. Gandon, homme de soutane, s'attardait un peu. Le petit dernier assis par terre s'amusait à agiter la main devant lui. Mme Guillubart dit en riant :

— Il cherche à attraper les anges par le bout des ailes, et ensuite il souffle sur les plumes qui lui sont restées entre les doigts.

Mme Guillubart les raccompagna jusqu'au seuil. Mlle Clément demanda qu'on lui téléphone si jamais l'état d'Eugène évoluait. Mme Guillubart promit. Avant de refermer la porte, elle prit la main de Clémentine et y déposa ses lèvres.

Dans la salle de bains, elle pansa sa blessure avec un chiffon, puis elle revint vers la cuisine. Passant devant sa chambre, elle résista à l'envie d'aller voir Eugène par crainte de le réveiller.

— Un curé! une corneille! balbutiait son mari. Laisser entrer des soutanes ici dedans!

Il attendait que son épouse fût à sa portée. Il l'empoigna alors par le bras et la repoussa le plus fort qu'il put vers le mur. Marcel lâcha un cri de menace. Mais sa mère l'apaisa d'un regard.

Elle se dirigea vers les armoires où se trouvait le riz pour la soupe. Mine de rien, comme un secret qu'elle aurait voulu ne partager qu'avec lui, elle caressa en passant la joue de son petit dernier, et du bout des doigts, «par le courrier des fées» comme elle disait, elle lui envoya un baiser.

L'enfant applaudissait de joie, tout émerveillé d'habiter au paradis.

***

Clémentine instruisait son propre procès avec l'acharnement, la sombre férocité qu'elle mettait parfois à se dénigrer devant le directeur. Férocité qu'elle finissait invariablement par retourner contre lui, il le savait. Elle en était presque à le mépriser d'avoir de l'estime pour quelqu'un d'aussi médiocre qu'elle. Et plus il la défendait contre elle-même, plus elle s'irritait contre lui.

— Il ne faut pas vous repentir comme ça, dit-il. Ce n'est quand même pas votre faute si ce petit est malade. Vous avez agi de bonne foi, vous croyiez bien faire.

— Mais j'ai *harcelé* Eugène, en vieille fille méfiante que je suis! Vous ne comprenez donc pas! Je savais qu'il serait le premier des trois à se trahir, parce qu'il était le plus vulnérable. Vous voyez? *J'ai joué là-dessus!* Ah, ces maudits dessins... Si vous aviez vu les yeux qu'il me faisait le matin de sa crise! Qui imploraient!... Et moi, je pensais: «Ça y est, il va craquer, je vais enfin savoir!» Je suis stupide.

Dans son emportement, elle postillonnait. Elle s'essuya les lèvres du bout des doigts.

Le vent se faisait plus vif, plus pénétrant, le soir tombait.

De-ci de-là, des fenêtres s'éclairaient. Ils marchèrent un bon moment en silence.

— Verriez-vous un inconvénient à ce que je vous accompagne jusqu'à votre porte, Mlle Clément ?

Clémentine eut un geste d'indifférence. En dépit de sa jambe, elle avançait vite, comme si elle voulait le précéder, pour qu'il ait l'air de lui coller après. Elle regardait autour d'elle avec ostentation, intéressée par tout, par n'importe quoi, sauf par lui.

Le frère Gandon se sentait blessé et triste. Comme à quinze ans quand il se promenait sur la grève au crépuscule et lançait des galets sur l'eau du lac Brome en récitant des vers de Virgile. Une rumeur gaie et sauvage leur parvenait, des cris d'enfants. On entendait le choc des bâtons et le raclement des lames sur le sol. Ils contournèrent l'angle du bâtiment : des garçons jouaient au hockey dans la cour de l'école.

Les deux équipes formaient un seul amas compliqué qui se déplaçait selon les rebonds de la rondelle. Arrachant son bâton à un enfant stupéfait, Gandon s'empara du disque, joua du coude, tricota bien, se faufila entre deux défenseurs, surgit enfin devant le but, soutane au vent, et décocha son tir : le gardien fit un grand écart et bloqua du bout de sa mitaine, ce qui fut salué par une clameur enthousiaste.

Le directeur revint vers l'institutrice, les joues en feu, tout épanoui du plaisir qu'il avait eu à se dégourdir dans le froid. Il avait l'air jeune, c'était un peu voulu, et sympathique. Il lui sembla pourtant qu'elle le considérait avec une lucidité cruelle, et il se sentit pris en flagrant délit de puérilité. Elle tourna les talons et poursuivit sa route. Il dut courir pour la rattraper.

Gandon avait remarqué chez elle un changement depuis quelques jours. Il la voyait distraite, et quand il s'adressait à elle, elle lui donnait l'impression qu'il la dérangeait. Il se demandait ce qu'il avait bien pu dire, ou faire, qui eût pu provoquer un tel revirement. Jusqu'ici, lui semblait-il, leurs relations avaient été naturelles, sans nuages et sans arrière-pensées, et si elle l'avait habitué à des poussées d'humeur, il n'y soupçonnait que les élans d'une sensibilité un peu parti-culière... Pourquoi, soudain, cette froideur ? Gandon ne trou-vait rien à se reprocher. Peut-être devait-il souligner plus sou-vent l'excellence de son travail d'institutrice ? Mais pour cela, il y avait les rapports qu'il rédigeait sur elle, et qui exprimaient toujours, elle ne l'ignorait pas, la satisfaction la plus complète. Que pouvait-elle attendre d'autre de lui ? Il n'allait tout de même pas la complimenter sur sa nouvelle robe, qu'en toute objectivité il reconnaissait lui aller à ravir. Que Mlle Clément ait la moindre vanité de ces choses lui paraissait inconcevable.

Ils longeaient la voie ferrée, dans un silence qui semblait n'embarrasser que lui. Il aurait aimé poser franchement la question : «Qu'avez-vous contre moi ?» Mais il craignait en agissant ainsi de se trahir, de concéder un avantage. Il s'essaya à siffloter. Le résultat fut si pitoyable qu'il s'interrompit au bout de deux mesures.

Ils croisèrent des policiers qui effectuaient une ronde, inhabituelle dans cette partie du quartier. L'institutrice s'immobilisa, et Gandon qui suivit son regard reconnut le capitaine des pompiers. L'officier salua en claquant des bottes. Il se pencha et dit en tenant le képi sur son cœur : «Mademoiselle l'institutrice...» Il se redressa lentement et expliqua :

— Des gens se sont plaints de la présence d'un rôdeur. Il aurait allumé des feux à quelques endroits dans ces ruelles.

— Mon Dieu.

— N'ayez crainte, mademoiselle ! Rien ne laisse supposer que l'individu désirait mettre le feu à des maisons. Du papier allumé au milieu du pavé, rien de plus. Un fou, sans doute. Pour plus de précautions, je suis venu évaluer la situation moi-même. Tout va très bien.

Le frère Gandon proposa à l'institutrice de l'accompagner jusqu'à la résidence des religieuses, où l'on accepterait certainement de l'héberger pour la nuit. Les yeux de Clémentine cherchèrent ceux du capitaine, les trouvèrent. Elle se tourna vers Gandon.

— Non, ça ira, je n'ai pas peur. D'ailleurs, monsieur le capitaine nous assure qu'il n'y a aucun danger. N'est-ce pas, capitaine ?

— Tout va très bien, répéta l'officier.

L'institutrice pencha la tête et battit des paupières. Ils restèrent ainsi, plantés comme des piquets, sans dire un mot. Mlle Clément était de la même grandeur que les deux hommes, et cela la gênait. Dans le silence qui perdurait, le capitaine et Gandon se mesuraient du coin de l'œil. S'ils avaient été des chiens, ils se seraient reniflé le derrière. Soudain, le pompier considéra la soutane du directeur, et ce dernier perçut de l'ironie dans son regard. S'ils avaient été des petits garçons, Gandon lui aurait mis son poing sur le nez.

Le directeur avait l'impression vague, agaçante, d'être habillé en femme. Durant la guerre, une nuit, il avait rêvé d'un souper de militaires et de magistrats. Tout le monde était en tenue de soirée, et lui, tout guilleret, de s'amener en

165

dansant sur un pied, la main au-dessus du crâne comme une crête : «Je porte une robe! chantonnait-il. Je porte une robe!»

Le directeur chassa ce souvenir.

Cependant, le pompier adressa à l'institutrice un regard interrogateur, qui semblait dire : «Est-ce que je peux parler devant lui?» Clémentine hésita, puis fit oui. Le capitaine attendit quelques instants, pour le plaisir de les voir suspendus à ses lèvres. Gandon eut un claquement de langue impatient.

— Je vous le confie parce que c'est vous. J'ai appris du nouveau, à propos de vos gamins, sous toutes réserves. Rien n'est confirmé. Je l'ai appris aujourd'hui de l'inspecteur de police, un ami personnel, vous comprenez, dont j'ai toute la confiance.

— Eh bien?

— Eh bien, le soir où vous-même, mademoiselle l'institutrice, avez communiqué avec nous, exprimant vos craintes en ce qui concerne l'employé de banque sur les lieux de l'incendie, ce soir-là, un témoin affirme avoir vu un homme... un homme qui... Enfin, c'est un peu délicat à dire devant une dame.

Il prit une inspiration profonde, et lâcha tout d'une traite, comme un seul grand mot :

— Un homme qui s'est déculotté devant des gamins et qui a fait des choses sur lui-même devant eux.

«Ha!...» s'écria Clémentine. Puis, de nouveau : «Ha!...», comme quelqu'un qui découvrirait dans ses draps un rat mort. Elle se tourna vers Gandon :

— Je vous l'avais dit! Je vous l'avais dit!

Effrayé par cette fureur qu'elle dirigeait contre lui, le frère fit un pas de côté, comme s'il eût cherché refuge auprès du capitaine. Celui-ci demeurait stoïque.

— Je ne puis vous en dire plus pour le moment, car je n'en sais pas plus moi-même.

L'institutrice était scandalisée.

— Mais qu'attend-on pour intervenir !

— C'est qu'il n'y a rien d'officiel encore. Ces renseignements nous viennent d'une lettre anonyme, envoyée au poste de police. Ils en reçoivent à la pelletée, des lettres comme ça — s'il fallait croire tout ce qu'elles racontent… En tout cas, je préférais vous en faire part moi-même.

— Est-ce que le témoin a reconnu l'homme ? demanda Gandon.

— Qui voulez-vous que ça soit d'autre ? fit Clémentine.

— La lettre ne mentionne aucun nom, fit l'officier avec impartialité, sur un ton de supériorité professionnelle.

Se tournant vers l'institutrice, il ajouta :

— Ce qui ne nous empêche pas d'avoir nos soupçons, bien entendu.

Le frère Gandon avait la mine défaite.

— Cela doit bien sûr rester entre nous. Pour l'instant, vous m'excuserez, je dois terminer mon inspection.

L'officier s'éloigna sans que le directeur réponde à ses adieux.

— Nous devons faire quelque chose, mon frère, nous *devons* faire quelque chose !

— Je dois penser à cela à tête reposée. Nous en reparlerons lundi. Veuillez m'excuser.

167

Clémentine l'agrippa par la manche violemment. «Mais elle me prend pour son chien!» pensa le directeur outragé. Il était la douceur, la patience même, mais ne tolérait pas qu'on le touche.

L'institutrice était déchaînée. Il se dégagea, d'une secousse brutale.

— Je vous en prie, restez calme, vous avez l'air d'une autruche. Il n'y a rien de certain encore.

Gandon baissa le front, stupéfié. Dieu, que venait-il de dire!... Clémentine demeurait là bras ballants, bouche bée. Ses sourcils s'étaient relevés très haut, et elle considérait le directeur avec incrédulité. Elle avait un sourire hésitant, amusé et suppliant à la fois. Gandon était paralysé par la confusion. Il avait seulement voulu lui faire entendre qu'il ne servait à rien de dramatiser. C'est le mot «actrice» qu'il avait à l'esprit! Le coup était parti tout seul.

Clémentine tourna les talons. Elle attendit encore un peu, vacillante, comme si elle lui laissait une dernière chance de se rétracter... Gandon ne disait rien. Elle se précipita vers sa maison en laissant échapper un râle, escalada les marches à plat ventre quasiment, s'aidant des coudes et des mains, sans souci de dignité, avec la rapidité affolée de l'autruche.

Le frère Gandon n'avait pas bougé. C'était comme si une potiche venait de lui tomber des mains et s'était brisée contre le sol. Il en contemplait stupidement les débris irréparables. Il sentait qu'entre Mlle Clément et lui, rien ne serait plus jamais comme avant.

Le directeur reprit le chemin de l'école. L'empreinte de leurs pas dans la neige était encore fraîche. Il songea qu'il ne referait peut-être plus jamais cela avec elle, marcher d'un même pas, côte à côte, en simples camarades, et son cœur se serra.

En sortant de chez les Guillubart, dans l'étroitesse du vestibule, elle avait dû pendant un instant s'appuyer contre lui, et un parfum discret avait surpris ses narines, comme une odeur de fleurs après la pluie. «Tu aurais pu lui dire que son nouveau parfum sentait bon, espèce d'idiot, ça n'aurait quand même pas été péché!» Gandon pressa le pas.

Mais il ne s'agissait pas d'un parfum. C'était l'odeur naturelle de Clémentine.

* * *

Le capitaine épia le directeur jusqu'à ce qu'il eût disparu. Puis il emprunta la ruelle, pour qu'on ne le voie pas pénétrer chez elle par l'escalier avant. La lampe de la cuisine brillait à la fenêtre, c'était le code, il pouvait donc monter. Il frappa à sa porte. Personne ne répondit. Il essaya encore, perplexe. Toujours pas de réponse. Le capitaine hésita. Allait-il entrer sans que Mlle Clément lui en donne la permission? Comme il ne la connaissait que depuis quelques jours, il ne savait pas comment elle réagirait.

Après tout, si elle lui en faisait reproche, il n'aurait qu'à plaider l'inquiétude. Il regarda à gauche, à droite, puis tourna la poignée : ce n'était pas verrouillé. Clémentine n'était pas dans la cuisine. Il appela — pas de réponse. Il s'engagea plus avant.

Il la trouva dans le couloir, debout, le manteau sur les épaules, et tenant encore à la main le récepteur du téléphone.

Elle avait l'air catastrophé.

— Le petit Guillubart, fit-elle dans un souffle.

Et elle ne put rien ajouter.

CHAPITRE IX

Dix-huit ans de patience, de manœuvres dans les coulisses, de pactes secrets avec les créanciers avaient permis à Séraphon d'arracher le clos de bois à son grand-oncle. L'oncle Anselme était coriace, mais Séraphon était né pour avoir tout son temps, et le vieil homme avait fini par lâcher le morceau. Il avait crié, sur son lit de mort : «Tu m'auras eu, coquin !» Et Séraphon de répondre : «Mais ce n'est pas vous que j'ai eu, mon oncle. J'ai fait le tri et je n'ai gardé que ce qui m'intéressait.» Il avait dit cela en agitant sous le nez du moribond les clés du clos. La grand-tante pleurait.

À l'époque de sa prospérité, avant que l'incendie y ait tout dévasté, ce commerce employait pas moins de six hommes, qu'on pouvait faire travailler jusqu'à trois soirs par semaine. Mais durant la journée, la cour restait vide, il y régnait une atmosphère de désolation, et l'envie de donner des ordres démangeait Séraphon jusqu'à la brunante. Il méditait le projet d'engager quelqu'un qui puisse entretenir les lieux et l'aider dans les affaires courantes, car il aimait peu le travail, et l'aimait de moins en moins à mesure qu'il vieillissait. Un matin, se présenta un jeune homme, sac au dos. Il avait vingt ans, il était robuste, il n'avait pas de famille. Il disait s'appeler Wilson.

— Wilson quoi ? Wilson qui ?

— Wilson.

Séraphon l'examina, de ses cheveux roux, hirsutes, jusqu'à ses pieds aussi énormes que ses mains. Il décida de le prendre à l'essai.

L'idée était de le faire habiter dans le hangar près de la voie ferrée. Séraphon lui promit du bois pour se chauffer, un repas par jour, des couvertures et des draps, pour le reste l'apprenti se débrouillerait. Wilson accepta. De toute façon, dit-il, il tenait autant que possible à préparer ses repas lui-même, se déclarant un *cook* hors pair. La seule condition qu'il posa, c'est qu'en son absence Séraphon ne pénètre jamais dans son hangar : il voulait que ce soit chez lui exclusivement. Séraphon dit qu'il trouvait cela tout naturel. Il proposa un salaire, le plus bas qu'il pût imaginer sans qu'on lui rît au nez, et, miracle, Wilson le jugea à sa convenance. Le marché était conclu. Le garçon commença la journée même.

Wilson s'avéra une recrue comme Séraphon en rêvait. Il maniait bien la scie et la hache, pouvait porter de bonnes quantités de bois, et les petites fraudes de magasin, les choses d'argent et d'organisation lui entraient tout de suite dans la tête. Il se montrait âpre avec la veuve et l'orphelin (atout considérable dans la paroisse), flairait aussitôt les mauvais payeurs et avait toujours le mot pour rire, surtout de la dernière cliente qui venait de sortir de la boutique.

La seule ombre au tableau était l'odeur qu'il dégageait. Séraphon n'était pas lui-même un modèle d'hygiène, mais leurs malpropretés respectives faisaient mauvais ménage, elles s'opposaient comme celle du barbare s'oppose à celle du vieux garçon. Séraphon ne changeait de caleçon qu'environ une fois l'an, sous prétexte qu'il transpirait à peine. Il laissait la poussière s'accumuler chez lui, dans ses rides, sur ses meubles, entre ses doigts de pieds, avaricieux jusque dans ces choses, et aimait se retrouver seul au matin, parmi ses draps, avec sa petite odeur surette. Mais il avait en horreur l'odeur des autres. Il allait jusqu'à retenir sa respiration quand on l'approchait à moins de trois pas. La présence de Wilson, qui sentait le poisson faisandé, lui était une réelle épreuve.

L'apprenti se décrottait les dents à table, s'essuyait les mains dans ses cheveux, ses vêtements étaient couverts de taches graisseuses, et une fois repu, les pectoraux bombés, il ne se gênait pas pour roter avec une fierté tonitruante. Il arrivait à Séraphon de repousser avec dédain son assiette. «Tu me coupes l'appétit», disait-il. Et Wilson de s'esclaffer dans une giclée de postillons.

Les premières semaines, Séraphon ne manqua pas une occasion d'espionner Wilson. Il vérifiait sa caisse chaque soir, et, oubliant là ses clés, faisait mine de s'endormir en laissant le coffre entrouvert. Wilson évita tous ces pièges. Séraphon commençait à se demander sur quelle espèce de pistolet il était tombé. L'honnêteté lui paraissait une chose insolite dont il se méfiait d'instinct. Il y songeait, les nuits où il ne parvenait pas à dormir. Il se disait : «Il doit attendre son heure.» Un jour, un client avait laissé échapper un dollar de sa poche, et l'apprenti courut sur une largeur de trois pâtés, jusqu'à la rue Dézéry, à seule fin de le lui remettre. Séraphon n'en croyait pas ses yeux. Wilson était malade ou quoi? L'apprenti avait continué à scier des planches mine de rien.

Au fur et à mesure qu'il se faisait à sa présence, Séraphon était rongé par le désir d'en savoir davantage sur le passé de

Wilson. Il n'arrivait pas à lui arracher la moindre confidence. Il le surprenait parfois à écrire, et aussitôt Wilson refermait son cahier et le glissait à l'intérieur de sa chemise. Séraphon s'informait auprès des autres employés. Wilson traitait ceux-ci avec une brutalité méprisante, et ils étaient loin de le porter dans leur cœur. «Chien nouveau dérange la meute...» laissaient-ils entendre. Séraphon s'en retournait en haussant les épaules.

Wilson, de temps à autre, se permettait un congé, sans que le patron apparemment y trouve à redire. Il disparaissait pendant une fin de semaine, Séraphon ignorait où, mais il profitait de son absence pour fouiller sa cabane à la recherche de son cahier. Il en ressortait chaque fois bredouille.

Quand Wilson revenait, son havresac était chargé de petits animaux encore vivants. Il se régalait de la chair de gibier, disait-il, et quand elle venait à manquer il se privait tout simplement de viande. Questionné à ce sujet par Séraphon, il avait répondu qu'il ne pouvait manger que ce qu'il avait tué lui-même. Il avait dit cela à la blague, en se mettant à rire de son rire singulier, guttural, qui lui secouait les épaules. N'empêche qu'à l'examen cela s'avérait tout à fait exact.

— C'est même pour ça que je ne vais jamais communier, avait-il ajouté.

Puis il avait cessé de rire.

On approchait de la mi-avril. Séraphon traversa la cour en grelottant. Il passa devant l'apprenti qui achevait de corder le bois et, sans prendre la peine de s'arrêter, il l'invita à venir discuter d'affaires pressantes.

— Hé! l'apprenti, je te parle! Il me semble t'avoir dit de me suivre.

Wilson restait là, figé, pareil à une statue.

— Qu'est-ce que tu regardes comme ça?

Séraphon revint sur ses pas. Un petit garçon dévalait la côte. Il devait avoir une douzaine d'années. Il avait dans les mains une feuille de papier qu'il tenait devant lui, à hauteur de poitrine, comme un enfant de chœur qui porte un cierge. Il s'immobilisa près de la butte. Ses cheveux étaient de la couleur des rayons du couchant sur les planches fraîchement coupées. Séraphon lui dit d'aller jouer ailleurs. L'enfant répondit qu'il apportait un message.

— Glisse-le sous ma porte, on verra ça plus tard.

L'enfant s'en retourna d'un pas doux. Séraphon dit :

— C'est un petit gars que je viens d'engager comme messager. Il s'appelle Remouald. Remouald Bilboquain.

Wilson suivait des yeux la tête blonde qui s'éloignait.

— En tout cas, quand t'auras fini de regarder les anges passer, tu pourras toujours venir me rejoindre.

— Ta gueule, rétorqua Wilson.

Séraphon regagna sa cuisine.

Assis près du fourneau, Séraphon attendait. Tout en ruminant la manière dont il allait chapitrer son apprenti pour son insolence, il imprimait à sa berceuse un mouvement furibond. Peu à peu, comme il se laissait gagner par la chaleur, la cadence ralentit, et il finit par s'assoupir. Il rêva confusément de bêtes, d'agitations et de poursuites où se mêlaient des images de son enfance. Il émergea du sommeil en bougonnant, l'esprit dans les brumes, et saisi d'une idée fixe. Le soir était tombé. La braise du fourneau faisait danser sur les meubles des lueurs de sang. Avec l'opiniâtreté d'un somnambule, Séraphon mit sa tuque et son paletot, empoigna une lampe et, oubliant de refermer la porte, se lança dans la nuit.

Ses jambes le menèrent jusqu'à l'écurie. L'humidité, le froid, l'odeur des chevaux achevèrent de le réveiller. Il s'approcha des étalons. Quand Séraphon était enfant, l'oncle Anselme lui avait appris à mettre en train le mâle pour impressionner la clientèle. Il avait acquis à ce jeu-là un doigté d'expert. Les soirs d'ennui, il renouait avec sa jeunesse, et c'est avec le même étonnement amusé qu'il observait l'instrument se gonfler jusqu'à des proportions clownesques.

Séraphon commença par l'exciter à l'aide d'un plumeau. La bête remua, et d'une poussée de la croupe le renversa. Séraphon demeura au sol quelques instants, pris de fou rire. Puis il s'agrippa à un panneau pour se remettre sur ses pieds. Mais le panneau se rabattit, et il en tomba un cahier. Séraphon rapprocha la lampe à huile. Sur la couverture était écrit *Confessions d'un Monstre*. L'écriture était bien celle de son apprenti, irrégulière, échevelée, chaotique. Séraphon commença à lire au hasard, le cœur battant.

et bien qu'Amédée fût la grâce, la beauté, le charme de l'enfance en personne, et que moi, Jean-Baptiste, je fusse difforme de cœur et de visage, nous nous complétions comme la nuit complète le jour. Pour la Jument cependant, j'étais le diable.

Tous les détails relatifs à mes premières semaines en ce monde — je veux dire : à mes premières semaines sous la forme de Jean-Baptiste — me furent révélés le jour où je découvris caché derrière un rayon de la bibliothèque le journal de mon père. «Révélés» *n'est d'ailleurs pas le mot. Ce récit que je lus jusqu'à le savoir par cœur ne fit en effet que* me confirmer dans mes souvenirs. *Je revoyais certaines scènes avec la précision de la mémoire la plus nette.*

Médecin lui-même, mon père avait tenu à assister à l'accouchement. Les douleurs avaient débuté au milieu de la nuit. C'était l'hiver. Il paraît que l'aube fut magnifique. À midi, l'enfant montrait enfin le bout de la tête, tout allait bien. La tête passa, les épaules, le torse, le bébé avait apparemment tous ses morceaux. Puis, au moment de passer le siège, alors qu'on croyait approcher de la fin, il s'immobilisa. Quelque chose était coincé à l'intérieur. On commença à s'inquiéter. La Jument avait beau pousser, il n'y avait rien à faire. Le bébé se mit à pleurer faiblement, puis à haleter. «Il y a quelque chose d'autre dans mon ventre», *disait ma mère. Elle sentait en elle un corps étranger,* «tout grouillant», *qui la torturait. Elle ne fut délivrée que six heures plus tard, à la tombée de la nuit, après des souffrances considérables. Il y eut un moment de stupeur. On comprit pourquoi l'enfant ne pouvait pas sortir. Il était retenu par le cordon ombilical d'un autre. Et cet autre était couvert de poils, il avait déjà des dents plein la bouche, d'après mon père on aurait dit qu'il ricanait;* et il était né les yeux grands ouverts. *Ma mère perdit connaissance. Cet être hideux, c'était moi.*

Ma mère refusa de m'allaiter, et je fus mis en nourrice dès le deuxième jour. Quant à Amédée, qui souffrait d'une jau-

177

nisse, il dépérissait à vue d'œil. *Les recommandations du médecin, les remèdes de bonne femme, rien n'y faisait. La Jument était au désespoir. Un domestique eut alors l'idée de nous réunir de nouveau.* Mon père, dans son journal, emploie le mot «miracle». *On fit venir la Jument. J'étais tourné vers mon jumeau, et tendrement je le caressais. Horrifiée d'un tel spectacle, elle m'arracha à lui et me lança par terre.* Ce fut un choc quand je lus cet épisode. Car j'avais l'impression de m'en souvenir très bien.

Mon père n'éprouvait pas à mon égard des sentiments meilleurs que ceux que j'inspirais à ma mère, ce que j'ai lu de lui ne laisse aucun doute à ce sujet. Tout comme pour elle, l'enfant, l'unique enfant, était Amédée. Je n'étais qu'une chose dont ce dernier avait besoin pour vivre, une excroissance monstrueuse, un organe aberrant mais nécessaire. Il faut accorder à mon père qu'il comprit cela immédiatement. Et bien que, par une faiblesse de caractère dont Amédée allait hériter, il cédât à ma mère à peu près sur tout, il fut intransigeant sur ce point, et tant qu'il vécut, le couple que nous formions, mon jumeau et moi, fut en quelque sorte protégé. Jusqu'à l'âge de quatre ans au moins, Amédée, aussitôt qu'il me perdait de vue, se mettait à suffoquer. Il me cherchait à tâtons, il lui arrivait même de tomber en syncope. Aussi partagions-nous les jeux, la chambre, les excursions en forêt, puis, quand nous fûmes en âge de les recevoir, les leçons du précepteur, jeune homme efféminé qui extorquait à Amédée des regards de tendre étonnement qui m'horripilaient. Mon père ne put cependant obtenir que je suive avec Amédée les leçons de chant et de piano que ma mère lui prodiguait, et qui l'enchantaient. Ma voix aigre lui faisait dresser les cheveux sur la tête; et puis, la musique était pour elle quelque chose de sacré, elle aurait eu l'impression en me l'enseignant de répandre dans la boue des hosties bénites.

La musique n'était d'ailleurs pas la seule chose qui enchantât Amédée. Il avait contracté très tôt l'habitude du miroir. Je lui disais souvent, quand nous étions seul à seul : «Regarde-moi, et fais-moi les mêmes yeux que tu te fais quand tu te regardes.» Il s'y essayait, avec bonne volonté, mais montrait bientôt de l'irritation : «Mais puisque je te dis que ce sont ces yeux-là que je me fais!...» — «Non», disais-je avec un sourire. Il s'éloignait en pleurnichant.

J'ai dit un mot sur sa mollesse de caractère. Mais il y avait aussi en lui une étrange dureté, égoïste, candide, inconsciente d'elle-même, qui reposait sur la certitude sereine que tout lui était dû. Il trouvait naturel que je m'accuse de méfaits qu'il avait commis, même si nous savions tous deux que les peines qu'on m'infligeait dans ces circonstances étaient dix fois pires que les siennes. Le soir, dans notre lit, il soufflait doucement sur les blessures de mon dos, comme le jour, parfois, je le voyais souffler dans la fourrure du chat. Il calait son petit corps sur ma poitrine, il s'endormait, et moi je veillais sur son sommeil. Tout ce qu'il y avait de laid en nous deux, je l'avais pris sur moi. Je me soumettais à lui, sachant qu'il ne pouvait rien être sans moi, ni moi sans lui. Il était la part aimable de nous-mêmes, la seule chose en moi que j'aimais.

La Jument, quant à elle, croyait que j'avais une influence néfaste sur lui. Quand mon père partait en voyage d'affaires, elle ordonnait que l'on m'enferme dans la bibliothèque. J'ai passé là une bonne partie de mon enfance. Un domestique y apportait mes repas. Lorsque la mère faisait sa sieste, Amédée

venait m'offrir des pommes ou des tartines de confiture.
Nous nous serrions l'un contre l'autre — ou plutôt, je le ser-
rais contre moi. Nous nous chuchotions des promesses. Je
rêvais de notre liberté lorsque la Jument ne serait plus...
Amédée m'écoutait. Mais au bout de quinze minutes, terro-
risé à l'idée qu'elle pourrait nous surprendre ensemble, il
s'échappait de mes bras en n'y laissant que son odeur de
sapin. Cela durait parfois quinze jours. Quinze longs jours où
je n'avais rien d'autre à faire que lire, relire, et relire encore. Je
n'avais pas dix ans que j'avais compris que tout ce que l'on
trouve dans les livres, tout ce que l'on y dit sur Dieu, sur le
«cœur humain», sur le Monde, n'est qu'un tissu de men-
songes, de vanités, et je pressentais déjà que je serais amené
un jour à donner à l'univers une éclatante leçon de vérité.

Mais la Jument ne mourut pas — enfin, pas tout de
suite —, ce fut mon père qui partit le premier. Nous avions
alors douze ans, Amédée et moi. Et ce fut là que brutalement,
irrémédiablement, on m'arracha à la moitié de moi-même,
qu'il ne me resta plus rien à aimer, et une nuit interminable,
une nuit sans matin ni retour, commença pour moi.

Amédée alla donc étudier dans un collège. L'ambition de
la Jument — à laquelle mon père s'était toujours opposé —
pouvait maintenant se réaliser sans entraves : elle voulait faire
un prêtre d'Amédée. Un prêtre ! Voir partir la voiture de mon
frère me jeta dans une crise de fureur. Je sautai par la fenêtre
de la bibliothèque. On me découvrit dans la chapelle en train
de renverser les statues. Il fallut s'y prendre à trois pour me
maîtriser. Ma mère évidemment saisit cette occasion. Et c'est
d'alors que date mon isolement définitif.

À compter de ce jour, je dus habiter le pavillon de chasse.

On avait affecté un domestique à ma surveillance. C'était un homme sans âge, sans expression, presque sans visage, je ne crois pas avoir jamais échangé avec lui plus de cinquante mots. Sans cesse il était à mes côtés, comme le gouffre de Pascal. Quand je grimpais aux arbres de la forêt, il grimpait avec moi. Quand je mangeais, quand je dormais, quand je déféquais, quand j'avais la fièvre, il était là, imperturbable, ne manifestant ni colère, ni dégoût, ni compassion : une porte de prison qui aurait pris forme humaine. Mais cette prison avait l'immensité du domaine familial. On me laissait arpenter les champs, me promener dans les bois, tendre des pièges au gibier. J'en vins très vite à vouloir moi-même préparer mes repas, car l'idée que la Jument voulait m'empoisonner à petites doses ne me semblait absurde en aucune façon. Je devais laisser le domestique allumer le four, car on craignait bêtement que je n'en profite pour mettre le feu au pavillon. Comme si, ayant à provoquer un incendie, ce serait chez moi que je l'aurais allumé !... La sottise de la Jument n'a jamais connu de bornes.

Inutile d'ajouter que, durant toute cette période, je ne rencontrai jamais ma mère. Il y avait une statue de la Vierge dans le jardin contigu à mon pavillon. Elle venait deux ou trois fois par semaine y faire ses dévotions. Je me postais à la fenêtre. Je n'aurais manqué ce spectacle grotesque pour rien au monde. Elle rendait plusieurs fois par mois visite à mon frère au collège. C'est enfin ce que je suppose. Elle partait en voiture, le visage radieux, revenait en fin d'après-midi avec une tête d'enterrement. Ces soirs-là, je l'entendais qui pianotait plaintivement. J'ai connu ce que c'est qu'une indigestion de Mozart — ou pis : de Chopin.

181

Je ne communiquais avec elle que par écrit, une fois pour demander que l'on me fasse faire des lunettes. Elle consentit, à ma grande surprise. Je lui écrivais des billets que j'adressais «à la Jument des Jumeaux», et que je signais «le Bibliothécaire». Je réclamais des livres, que la Porte de prison me rapportait par caisses entières. La bibliothèque fut bientôt à moitié transférée dans mon pavillon. Comme elle consistait principalement en textes religieux, ma mère ne voyait aucun inconvénient à ce que je m'en nourrisse; et puis, elle croyait à la vertu apaisante de la lecture sur moi : je crois bien qu'elle est morte sans avoir soupçonné jamais la profondeur de son erreur à cet égard. Les volumes s'empilaient sur le sol, imprégnés d'odeurs de cuisine; les oies sauvages pendaient au plafond; les têtes de porcs et les sacs de pommes de terre faisaient office de serre-livres.

Les années passèrent, que j'employai à me parfaire, je veux dire : dans ma dignité de fauve en cage. Je ne me lavais pas, ne changeais jamais de vêtements, j'ignorais l'usage des fourchettes et des cuillères. Je rédigeai un jour une Imitation de la Brute *que je dédiai à la mémoire de saint Ignace. Tout ce que j'ai pu écrire, et brûler, Dieu seul le sait — et en tremble encore. Écrire pour effrayer le Créateur est un jeu auquel je me suis amusé longtemps, et quand je le sentais frémir, je riais longuement, atrocement. À l'approche de mon âme, des reflets somptueux de sa monstruosité, Dieu commence à manquer d'air, il étouffe — je l'entends qui étouffe, qui agonise, pendant un moment sa plainte d'orignal remplit l'univers entier. C'est là la seule musique que j'aime.*

Je vécus ainsi jusqu'à l'âge de dix-huit ans. Amédée était tombé malade, s'en était plus ou moins remis, mais ne pou-

vait plus continuer de vivre au collège. Voilà ce que m'apprit un matin une lettre de la Jument. Je vis arriver la voiture. J'étais grimpé sur le toit de mon pavillon et courais d'un côté à l'autre en lui faisant de grands signes. Je criais son nom. Amédée baissait le front comme s'il n'osait pas me regarder. Ma mère l'attendait sur le perron, et il se laissa serrer sur son cœur.

J'attendis durant des jours qu'Amédée se présente à mon pavillon. On ne m'en laissait plus sortir, pas même pour ma promenade. Arrivaient des visiteurs endimanchés, qui venaient saluer le revenant. J'étais persuadé qu'une fois ces corvées mondaines terminées mon frère s'empresserait de venir se jeter dans mes bras. J'avais la fièvre. Une plaie ancienne, vieille de six années, se réveillait soudain et me brûlait comme au premier matin. Il fallait guérir cette plaie saignante, coller sa plaie contre la mienne, pour qu'un même sang se mette à circuler de nouveau dans nos deux corps.

Je le vis apparaître un matin dans le jardin, près de la statue de la Vierge. Il avait un bouquet de fleurs à la main. Il contemplait mon pavillon avec une curiosité craintive. Je sentais mon cœur battre à se rompre. Il jetait par moments un coup d'œil par-dessus son épaule, vers la maison familiale. Enfin, il fit une chose incroyable : il déposa le bouquet au pied de la statue et se mit à prier.

Quand il se redressa, je me tenais sur le seuil. Amédée n'avait jamais été aussi éblouissant. Il était grand maintenant, autant que moi, sa tignasse blonde était renvoyée vers l'arrière. Je voyais sa figure pâle, ses longues mains de musicien, ses épaules larges, sa taille élancée comme celle d'une jeune fille. Pourquoi ne venait-il pas vers moi ? Il regardait mes vêtements avec un dégoût mêlé de peur. Je baissai les yeux vers mon épaule : c'est Ligeïa qui venait de sortir de ma poche et y avait pris place — Amédée n'avait quand même pas peur d'une souris!... Je me rapprochai, les bras tendus. Il recula. Je n'arrivais pas à y croire, il était là qui tremblait... Je marchai résolument vers lui et lui saisis le poignet. Tout de suite il plia les jambes en gémissant. J'avais la gorge nouée, j'étais incapable de proférer une parole. Qu'est-ce qui se passait, pourquoi ne comprenait-il pas? Je mis ma main sur sa tête, il se débattit. J'essayai de toutes mes forces de poser mes lèvres sur les siennes — plaie contre plaie! —, il secouait la tête en criant : «Non! Non!...» Je ressentis un choc violent sur la nuque et me retrouvai à genoux, chancelant. La Porte de prison se tenait près de moi. Je levai les yeux. Amédée se précipitait vers la maison, éperdu, pleurnichant, trébuchant comme un homme ivre.

À ce moment, je compris que je ne pouvais être qu'un animal sauvage, que c'était là mon destin, et qu'une fois certaines limites transgressées — les limites cruciales — on passait à travers les autres comme dans de la toile d'araignée.

Les premières petites filles firent leur apparition quelques semaines plus tard. Elles venaient en fin d'après-midi, deux ou trois fois par quinzaine, pour suivre des cours de musique auprès d'Amédée. Pourquoi uniquement des petites filles? Et qu'est-ce qui obligeait mon frère à enseigner? La famille connaissait-elle un revers de fortune? Ce sont des questions auxquelles je ne saurais répondre. En tout cas, on prenait les précautions nécessaires pour que les élèves ignorent tout de mon existence. Quand elles étaient là, je ne pouvais pas même risquer un pas dans le jardin. Je les observais de ma fenêtre. Les brebis arrivaient par petits groupes, un violon ou une flûte sous le bras, la plus vieille ne devait avoir guère plus de quatorze ans. Un prêtre parfois les accompagnait, les jours de chorale. Mon frère et ma mère les accueillaient eux-mêmes sur le perron, avec des courbettes de domestiques. Je voyais Amédée lever un regard inquiet vers ma fenêtre, et ce regard furtif, d'une traîtrise sans nom, me démontrait au-delà de tout doute que celui qui avait été ma moitié était mort. Mais cette moitié demeurait en moi comme un vide affamé, un vide vivant. Et autant je désirais le retour du frère-enfant, pressentant que fatalement il finirait par me revenir un jour, sous une forme ou sous une autre, autant je haïssais cet Amédée assujetti et veule, en tous points conforme aux vœux de sa mère, cet Amédée embaumé qui osait survivre au jumeau dont j'étais le cercueil, et n'être plus que la marionnette de la Jument.

Par la croisée ouverte me parvenaient le chant des brebis, la voix pointue du prêtre qui leur expliquait les nuances de la mélodie, et la musique des deux autres, là, la Jument et son fils, qui jouaient à quatre mains! Je haïssais ce bon curé. Je haïssais ma mère. Je haïssais ces petites filles.

Mais encore, ce n'était pas le plus atroce. Il y avait aussi les premiers dimanches du mois. Dès l'aube, on m'arrachait du lit, me mettait nu, me flanquait des seaux d'eau glacée à la figure, me frottait, me torchait, me faisait revêtir un déguisement absurde. Longtemps je me suis demandé ce qui poussait ma mère à désirer une fois par mois ce «déjeuner en famille». Puis je compris qu'il y avait là un rituel compliqué, dont je n'étais qu'un instrument, et que mettre en regard la beauté de mon frère et ma laideur monstrueuse excitait sa lubricité. Je

185

m'appliquais à ne pas la décevoir. Je mangeais avec mes doigts, léchais mon assiette, répandais la sauce sur mes habits, rotais, pétais. Un domestique restait debout près de moi à seule fin de me débarbouiller la figure. Amédée battait des paupières sans lever le nez de son assiette, et moi, sous les regards intenses de ma mère, je riais, je riais...

Nous nous rendions ensuite à la petite chapelle familiale. Un vieux prêtre sourd y célébrait l'office. On m'installait dans le jubé, avec la Porte de prison évidemment à mes côtés. Amédée et ma mère s'asseyaient l'un près de l'autre quelque part dans les premiers bancs. Dès l'élévation, elle commençait à montrer des signes d'excitation. Elle jetait vers mon frère des regards humides, et je voyais Amédée se raidir, devenir de plus en plus livide, jusqu'à être saisi de tremblements. Sitôt la messe expédiée, tout le personnel était congédié jusqu'au soir. La Jument donnait ses ordres avec des gestes brefs et nerveux, elle avait le front couvert de plaques roses. Il ne devait plus rester dans la maison qu'Amédée et elle. Paralysé par la honte et la peur, mon frère attendait dans son coin et me faisait des yeux implorants. Je lui répondais par un sourire de mépris, comme pour dire : «Voilà ce qui arrive quand on se regarde trop dans les miroirs.»

Le domestique me ramenait dans mon pavillon. Je savais très bien ce qui était en train de se passer dans la salle de musique. Et posté à ma fenêtre, j'attendais en lisant tranquillement. Invariablement, au bout d'une demi-heure, pas davantage, je voyais la Jument sortir en trombe de la maison et se précipiter au pied de la statue de la Vierge. Hiver comme été, dans la boue comme dans la neige, chaque premier dimanche du mois, à genoux, frénétiquement, elle priait en se frappant le ventre et la poitrine, et de mon poste d'observation, moi, le Monstre, je la raillais en hennissant à pleins poumons.

Oui, j'étais devenu une véritable bête, une bête féroce, qui ne savait plus parler. Un jour, profitant de la sieste de mon domestique, je traversai le jardin, grimpai à un arbre et me jetai devant une petite fille qui venait suivre sa leçon. J'étais aussi stupéfait qu'elle. Il y avait un volcan en moi qui voulait éclater, un torrent de paroles. Tout se bousculait dans ma tête — la rage, le sentiment de ma puissance —, me laissant sans voix. Puis tout à coup, ces mots surgirent entre mes lèvres :

— À genoux ! Admire-moi ! Adore ton Dieu !...

J'allais mettre ma main sur son épaule pour obliger la brebis à s'agenouiller, quand un inconnu surgit à mes côtés, immense, l'œil furieux, et qui me chassa à coups de fouet. Je retournai en hurlant dans mon pavillon.

À partir d'ici, certaines choses m'échappent, mes souvenirs s'embrouillent. Il me semble en tout cas que le message de la Jument me parvint à peine quelques jours plus tard. Il disait sèchement : «Ton frère est mort. Il s'est pendu.»

S'agissait-il bien d'un enterrement ? Je vois les choses comme dans un rêve. J'étais debout sur le toit du pavillon, le petit cortège dévalait la colline vers le cimetière de famille. Ma mère était soutenue par deux femmes. Je passai plusieurs jours prostré, affreusement malade. J'étais incapable de la moindre pensée, je n'avais plus qu'un vague, très vague sentiment d'être. Je cherchais des yeux la Porte de prison. Plus rien n'était présent autour de moi. Mais la volonté d'éclaircir ce mystère finit par me donner la force de marcher. Je traversai le jardin, les champs, je longeai la pinède, je parvins au cimetière. Il y avait cette petite croix de pierre, toute neuve. Je m'approchai, *lus. Je tournai les talons aussitôt, au comble de l'ahurissement. Je pris la direction de la maison familiale. Je doutais de ce que mes yeux venaient de voir. Tout dans cette campagne avait changé, rien n'était plus comme avant. Je trouvai la Porte de prison assis sur une butte, déchaussé, en train de vider une bouteille. Je lui dis de me suivre dans le pavillon. Il se leva, haussa les épaules et s'éloigna en avalant une gorgée de vin. Des gens que je n'avais jamais vus dans la maison y entraient et en sortaient. L'un d'entre eux, qui me prenait pour un mendiant, me cria d'aller quêter ailleurs. Je résolus de retourner chez moi. J'étais hanté par ce que j'avais lu sur la petite croix de pierre. Était-ce une erreur ? Avait-on voulu faire une blague sinistre ? Il y était écrit : «Jean-Baptiste, 19 ans, fils de René et de Carmen Wilson, frère d'Amédée.» Je ne comprenais plus rien. Qui était dans la tombe ? Jean-Baptiste ? Se pouvait-il que toute ma vie je me sois trompé sur mon propre nom, et l'aie confondu avec celui de mon frère ? À moins que je ne me fusse trompé, non pas de nom, mais de* personne, *et que je fusse moi-même en réalité Amédée ? Mais alors, où commençait Amédée, où finissait Jean-Baptiste ? Il me semblait n'avoir plus de visage. Je me cramponnais à ma seule certitude, au seul nom dont je fusse certain : j'étais Wilson.*

Un matin, un inconnu pénétra dans mon pavillon et parut surpris de me trouver étendu parmi les pommes de terre et les livres. La saleté et la puanteur de mon logis lui arrachèrent une grimace de dégoût. Convaincu d'avoir affaire à un vagabond, il m'intima de sortir de là. Je demandai ce qui était arrivé à la propriétaire du domaine.

— Cela ne te regarde pas, fiche le camp !

— Je suis son fils, dis-je.

Il me considéra avec un air hésitant. Quelqu'un cria de l'extérieur : «Ce n'est pas vrai, son fils est décédé! Elle était même vêtue de sa robe de deuil sur son lit de mort.»

— Comment ça, elle est morte?

— Elle est morte de consomption, ou de chagrin, répondit la même voix.

Je fus flanqué à la porte du pavillon. Je traversai le jardin, ne sachant où aller. En passant près de la statue de la Vierge, je lui crachai à la figure. Je crois que je pris la route du Nord, je ne sais plus, tout cela est bien confus dans ma tête. Si confus que j'en arrive à me demander si ce n'était pas plutôt le contraire : que c'est ma mère qui s'est pendue, et que c'est mon frère qui est mort de consomption, de n'avoir pu tolérer de lui survivre. De toute façon, ce ne sont que des détails.

L'important est que mon jumeau n'était plus, la Jument non plus, que leur mort avait été atroce, et que j'étais libre.

Le récit s'arrêtait là, des feuilles avaient été arrachées. Séraphon referma le cahier. Il n'avait jamais éprouvé rien de pareil. Il avait la gorge sèche, un sang fervent et chaud battait à l'intérieur de ses cuisses. Il considérait le cahier avec une sorte de consternation sacrée. Il le rouvrit en tremblant, respectueusement, eut un hoquet d'angoisse.

J'ai rencontré cet enfant. Il s'appelle Remouald Bilboquain.

La note portait la date d'aujourd'hui. Séraphon sauta des pages où il n'y avait que des dessins bizarres, des gribouillages, de longues séries de chiffres, des portées de musique.

Oui, tandis que tu battais les routes, que tu fuyais vers l'avant, à chaque étape où tu posais ton maigre bagage, tu retrouvais cette Croix qui t'avait suivi jusque-là. Et cette Voix que tu entends et qui vient d'Elle, et qui dit tantôt «Moi, Jean-Baptiste», qui dit tantôt «Toi, Jean-Baptiste», qui prend la parole à ta place, parle de toi à la troisième personne, se tait brusquement pour recommencer parfois des semaines plus tard, la Voix qui te pousse en avant, te jette par terre, te redresse, t'entraîne de nouveau, te malmène, oui cette Voix, tu as compris qu'elle était la vengeance de Dieu, Dieu qui veut te plier à Sa Loi, mais tu résistes, tu sais que Dieu n'a jamais eu de prise sur ton âme, tu sais qu'à la fin c'est toi qui gagneras — cela, une Autre Voix te le confirme, bien que cette autre voix, que tu crois être la voix véritable de ton âme, ne soit peut-être, qui sait? que la voix de Celui qui ment, Celui qui trompe, Celui qui appelle à Lui les âmes égarées, pauvre fou, afin de les égarer davantage.

Séraphon entendit un bruit de chute suivi d'un juron. Il s'empressa de remettre le cahier à sa place et, soufflant sur la lampe, courut vers une stalle vide. La porte de l'écurie s'ouvrit. Wilson.

La lampe vacillait au bout de son bras, répandant sur les murs de grandes ombres fantasques. Il avançait d'un pas trébuchant et se frottait les yeux comme un enfant qui s'endort.

Il s'approcha du panneau secret que Séraphon avait mal

190

refermé. Il ne parut pas s'étonner de trouver son cahier par terre. Séraphon retenait sa respiration. L'apprenti s'assit en tailleur au centre de l'écurie, posa la lampe près de lui et, le cahier appuyé sur les mollets, l'épaule gauche agitée d'un tic intermittent comme s'il cherchait à se délester d'un fardeau, il commença à écrire.

Il écrivit sans relâche, comme un possédé, et tout en laissant courir son crayon, son torse oscillait d'un mouvement doux et régulier. On entendit au loin un miaulement. Wilson interrompit sa rédaction. Il regarda avec suspicion autour de lui. Séraphon s'attendait à ce que Wilson crie : «Je sais que tu es là !» Mais Wilson ne disait rien.

Puis, tout à coup, il se dressa à demi, le corps frémissant. La lune venait d'apparaître à la lucarne : on aurait dit un œil qui s'ouvre après un profond sommeil. Wilson paraissait transi de peur :

«Je pensais que tu ne viendrais pas. Tu m'avais dit que tu ne viendrais pas !»

Il tomba à genoux et commença à murmurer, la figure levée vers la lucarne. Séraphon n'arrivait pas à entendre ce qu'il disait. Il s'adressait à la lueur, et il semblait que la lueur lui répondait.

«Je vous jure que non ! cria-t-il soudain. Je vous jure que l'idée ne m'en était même pas venue !»

Il se releva, fit quelques pas hébétés. Il reculait en se tordant les doigts. Il finit par lâcher un cri d'épouvante, un véritable hurlement, puis s'affaissa de tout son long, foudroyé. Son crâne avait percuté le sol avec un bruit sourd. On ne l'entendait plus respirer.

Séraphon laissa passer de longues minutes avant d'oser un

pas hors de sa stalle. Il avait peur des cadavres et le besoin de s'assurer que Wilson n'en était pas un, finalement, lui donna de l'audace. Il dut cependant rebrousser chemin aussitôt. L'apprenti se remettait sur ses pieds, comme si de rien n'était. Il récupéra son cahier, le glissa à l'intérieur de son manteau et se dirigea tranquillement vers la sortie. Il changea d'idée pourtant. Il revint sur ses pas et s'approcha de la Picouille. Il lui caressa le chanfrein et, par manière de jeu, introduisit le doigt dans son naseau, ce qui fit éternuer la bête. Puis son torse pivota, il porta le poing à sa hanche : «Et ça, c'est de la part d'Amédée», dit-il avec un sourire, et de toutes ses forces, à trois reprises, il frappa en pleine gueule la vieille jument. La bête s'ébroua. Séraphon reçut une giclée noire sur la figure, il essuya sa joue : c'était du sang. Wilson se retira en suçant ses jointures.

Séraphon courut à la fenêtre. La nuit avait enveloppé la silhouette de Wilson. «Demain matin, à la première heure, je le flanque à la porte!» se dit-il, et avant de quitter l'écurie à son tour, il attendit de voir une lumière à l'extrémité du terrain, s'assurant ainsi que l'apprenti avait bel et bien regagné sa cabane, dont les murs étaient chargés d'icônes, de rameaux, de crucifix, et d'images de la Vierge Marie.

* * *

Ce qui l'avait d'abord frappé, c'est qu'à l'école tout était découpé à angles droits, les corridors, les règlements, le terrain de jeux, le préau. On ne s'y déplaçait qu'en rang selon des trajectoires qui avaient l'austérité géométrique des théorèmes, dont parfois, par une porte entrouverte, il apercevait les mystérieuses formules inscrites sur le tableau dans la classe des grands. Tout cela qu'il avalait par tout son être, l'odeur des livres, la poussière de craie, l'hymne national entonné debout près du pupitre après la prière du matin, l'insolente débrouillardise des grands et leur langage truffé de sous-entendus; l'horaire implacable aussi, chaque minute soudée à une activité, la brutalité de certains camarades qui l'avait empêché de dormir durant des nuits, et le reste, les froncements de sourcils des professeurs, les lettres et les chiffres qu'il fallait recopier, histoire sainte, grammaire, calcul, catéchisme, l'agitation nerveuse des récréations enfin, tout cela baignait dans une même clarté tonique, exigeante et sans chaleur, comme un sel violent donné à respirer à son esprit, pour l'arracher à son foyer, au doux sommeil de la première enfance.

Un événement inoubliable se produisit durant la deuxième semaine, en septembre. On venait de parler de l'âme, mais en des termes qui lui étaient si étranges qu'il avait commencé par se demander s'il en possédait bien une. Puis il avait compris que ce qu'on appelait l'âme était ce qu'il laissait chaque matin à la porte de l'école et ne retrouvait qu'à quatre heures, comme un manteau au vestiaire. Les deux prêtres étaient sortis après avoir béni la classe. Pour atténuer la lumière trop vive qui tombait des fenêtres, l'institutrice avait abaissé les stores. Et comme les fenêtres montaient jusqu'au plafond, et que le plafond était très haut, elle s'était servi d'une perche dont la présence dans la classe lui avait jusque-là paru énigmatique.

La toile jaune des stores était constellée de taches moisies. À travers elle, les rayons du soleil prenaient une douceur magique, inaltérable, inattendue. Il sentit un frisson de bonheur parcourir sa chair. C'était comme être assis un matin d'été au milieu d'une orange. Ses camarades cessaient de se confondre en une masse anonyme, il était des leurs, ils habitaient le même monde, le même jardin que lui. Chacun était seul comme lui à être lui-même et ils étaient tous ensemble ici. Comment pareille beauté, pareille caresse était-elle possible ?... Il y avait la clarté qui sépare, qui accuse les contours, souligne les différences, la clarté des nombres et de la grammaire, des corridors et des règlements, et il y avait celle qui rassemble les êtres, chaleureuse, vivante, d'une tendresse bouleversante. Il vécut en cet instant une expérience d'accueil profonde, comme un premier matin du monde, et de ce jour il eut la révélation qu'il était sur terre pour réconcilier en lui, Remouald Bilboquain, ces deux lumières.

Cette pensée germa en lui avec une patience végétale. Il fut longtemps l'élève appliqué, sans histoire et timide, que l'on remarque à peine, et qui rumine ses fleurs futures.

Mais à onze ans, soudain il leva la tête, et il commença à parler.

Les maîtres et les institutrices ne comprenaient pas toujours le sens de ses questions. «Comment se fait-il qu'il y ait en toute chose un côté gauche et un côté droit ?» Que deux mains soient à la fois identiques et contraires, quand il y réfléchissait bien, lui paraissait tout à fait consternant. L'institutrice avait joint son rire à celui des élèves. Remouald regardait par terre, écarlate.

Sa matière préférée était alors la géométrie, dont les leçons le plongeaient dans des réflexions déroutantes. Il voulait comprendre pourquoi le théorème de Pythagore qu'on expliquait au tableau, avec des chiffres, des figures qu'on sortait de sa tête, s'appliquait aussi aux charpentes de bois qui soutenaient le toit des maisons, si on en croyait le manuel. Le maître impatienté reprit la démonstration, que Remouald avait fort bien comprise. Ce n'est pas là ce qu'il voulait savoir. On produisait des lois dans sa tête, on créait de toutes pièces un monde abstrait, idéal, mathématique, et dans la réalité, les choses étaient pareilles en tous points à celles que l'on avait imaginées — par quel prodige ? Le maître trancha en disant qu'il en était *nécessairement* ainsi. Remouald sortit de la classe épouvanté par cet adverbe.

Il passait des récréations entières absorbé dans ses pensées, rasant les murs, à l'écart des équipes de jeu. Il arrivait que le ballon rebondisse comiquement sur son crâne, et il restait, confondu et blessé, sous les sarcasmes de ses camarades, comme la fois où il était en train d'uriner et qu'un grand, le saisissant par l'épaule, l'avait fait se retourner. Il s'était enfui plié en deux, dans l'hilarité générale.

Il voulait aimer ses camarades et en être aimé, comme tout le monde, plus que tout le monde peut-être, mais d'incompréhensibles murs se dressaient de tout côté, des guet-apens auxquels il semblait cocasse aux autres qu'il se laisse prendre, et les professeurs, il ne savait pourquoi, lui reprochaient sans cesse d'être farouche, de ne pas se mêler à ses compagnons. Le directeur le fit venir à son bureau. Remouald répondit aux questions avec simplicité, fit preuve d'une gentillesse qui allait au-delà des formes et témoignait d'un respect réel pour autrui, enfin impressionna le vieil homme en lui exposant en quelques phrases, et de façon fort convaincante, que toutes les vertus pouvaient se ramener en fin de compte à l'Amour. Le directeur en conclut que le petit n'avait en aucune manière la cervelle dérangée. «C'est un enfant doué, il se sent un peu dépassé par ses dons et c'est normal : l'âge corrigera tout ça.» Les mois s'écoulèrent, et rien ne changea, sinon ses interrogations, qui l'engagèrent dans des énigmes solitaires plus profondes. Mais il n'était plus la cible des ballons, ses camarades ne l'appelaient plus Mademoiselle Pipi. Il y avait maintenant quelque chose dans son regard, doux pourtant, dont il bénéficiait à son insu, et qui tenait la méchanceté en respect.

* * *

Alors qu'il était en train de réparer un toit, son père, qui était charpentier, fit une chute, et durant des semaines on craignit pour sa vie. Remouald passa la nuit à consoler sa mère. Il lui murmurait à l'oreille : «Il s'en sortira.» Il pensait aux lignes de Noël et de l'Été, et se disait qu'elles ne pouvaient pas mentir...

Remouald Bilboquain ne savait pas même écrire son nom lorsque son père lui avait appris à lire les saisons sur le plancher. Deux lignes y avaient été dessinées à la craie. Il y en avait une dans le salon pour marquer l'arrivée de l'été, une autre dans la cuisine pour marquer celle du temps des Fêtes. Remouald était resté bouche bée devant la précision avec laquelle le soleil se soumettait aux prédictions de son père : le matin de Noël, c'était bien là exactement que, traversant les fenêtres, s'étaient arrêtés les rayons.

Pendant qu'il veillait son père, vérifiant avec un mélange d'angoisse et d'amour si un souffle soulevait encore sa poitrine, il songeait à ces lignes de l'Été et de Noël. Elles lui semblaient des Signes de confiance, elles le liaient au destin des saisons, lesquelles se succédaient en bon ordre, comme les lois du triangle, comme la bonté du cœur de Jésus. La vie suivait son cours, chaque chose arrivait à sa date et à son heure, comme l'envie de dormir après la fatigue du jour et comme les rayons sur le plancher. Ils avaient tant de choses encore à faire ensemble, Remould était si jeune, la mort de son père eût été une trahison dans l'harmonie des saisons. Remould Bilboquain se répétait cela, inlassablement. (Il se souvenait pourtant qu'il avait déjà neigé un matin de juillet. Il essayait de ne pas y penser.) Il approchait sa main sur la couverture, et saisissait celle de son père.

Le charpentier, en fin de compte, survécut. Mais il ne pouvait plus marcher qu'avec difficulté et avait perdu l'usage d'un bras. Le premier regret qu'en ressentit Remould, c'est qu'au retour de l'école son père ne le prendrait plus sur son genou, au-dessus de la cuvette, pour lui laver les mains. Quand il se sentait triste, quand une injustice à l'école l'avait meurtri, le contact de ces paumes rugueuses renouvelait il ne savait quelle promesse, qui le réconfortait, lui redonnait confiance dans la vie.

Mais Remould ne laissa rien voir de son amertume. Chaque soir il révisait sa leçon, rédigeait ses devoirs, puis allait s'asseoir près de son père. Celui-ci ne lui racontait plus l'histoire de sa rencontre avec Célia, quand elle n'avait encore que quatorze ans, et qu'elle l'avait suivi par amour. Il ne lui racontait plus les péripéties de la fuite, l'accord final des tuteurs de Célia, et puis la joie que ç'avait été pour elle, le jour anniversaire de ses quinze ans, d'accoucher de

Remouald, qui était arrivé comme un cadeau. Toute l'enfance de Remouald avait été enluminée de ces récits. Mais son père se taisait à présent, il ne savait pourquoi. À douze ans, Remouald avait déjà la mémoire encombrée de regrets.

Remouald attendait la journée de samedi, le cœur battant, comme on attend le matin de Noël. Ce jour-là, le charpentier enseignait à son fils tout ce qu'il avait appris de son métier. Et Remouald n'avait pas l'impression d'apprendre, mais simplement de se souvenir des gestes qu'il portait, enfouis en lui, depuis toujours. Au contact du bois, il retrouvait un peu de cette chaleur qui lui manquait depuis que son père ne pouvait plus lui laver les mains.

Remouald avait été un enfant pieux, et le curé Cadorette, croyant flairer une vocation, encourageait le garçon à venir lui rendre visite au presbytère. Il sortait ses livres d'images, parlait de la vie des saints. Il racontait des histoires où la Vierge apparaissait à des petites filles, où le Diable se déguisait en loup, où les crucifix avaient des vertus de baguette magique. Remouald l'interrompit un jour pour lui demander s'il y avait des choses qui étaient impossibles à Dieu.

— Dieu est tout-puissant, mon enfant, et rien ne Lui est impossible. Seulement, Il ne peut vouloir le mal, qui répugnerait à Sa sainteté.

— Je veux dire, pourrait-Il faire en sorte que deux et deux ne fassent pas quatre ? Ou concevoir une vis infinie, ou un bâton sans extrémités ?

— Je ne vois pas bien à quoi tu veux en venir, Remouald, mais il me semble que Dieu ne peut vouloir des choses absurdes. Quand on dit qu'Il peut tout faire, on ne veut pas dire qu'Il est aussi en son pouvoir de se tromper. Dieu est Vérité, tout autant qu'Il est Amour.

Remouald se grattait le nez et balançait pensivement la jambe. Le curé voulut revenir aux aventures de sainte Thérèse de l'Enfant-Jésus. De nouveau, Remouald l'interrompit.

— Si Dieu est tout-puissant, demanda-t-il, cela veut donc dire que c'est Lui qui décide du cours des choses?

— Sans nul doute, dit le curé sur le ton d'un vendeur qui garantirait les qualités de sa moquette.

— Mais dites-moi, monsieur le curé, quand Dieu fait un miracle, c'est comme s'Il changeait de façon exceptionnelle le cours des choses. Non?

Cadorette se contenta de hocher la tête prudemment.

— En ce cas, reprit Remouald, les paupières mi-closes, comme s'il connectait, déconnectait, puis reconnectait des fils dans sa tête, en ce cas, s'Il modifie le cours des choses, c'est donc que Dieu considère que le cours des choses présentes n'était pas... le meilleur? C'est comme s'Il changeait d'idée. Mais quand on change d'idée, c'est qu'on pense que la nouvelle idée est meilleure que la précédente, il me semble. Alors, si Dieu change d'idée, c'est que, en ayant eu cette idée précédente, Il s'était... Il s'était trompé, monsieur le curé? Ou, en tout cas, qu'Il n'avait pas trouvé du premier coup la meilleure voie à suivre, parmi toutes les voies possibles qui s'offraient à Lui?

Cadorette referma son livre d'images et se cala sur son siège. Il se racla la gorge.

— Je te trouve bien jeune, mon petit Remouald, pour critiquer la jugeote du bon Dieu.

Remouald rougit. Il n'était nullement dans son intention de critiquer le Père Éternel.

— Tu comprendras, mon pauvre enfant, que les miracles ne sont pas des coups de tête du bon Dieu.

— Oui, monsieur le curé.

— Quand Dieu fait un miracle, Il n'est pas en train de se mordre les doigts et de réparer ses gaffes par des pirouettes. Ses miracles sont des *signes* qu'Il adresse aux hommes. Ils participent donc de Son vaste plan, dont nous sommes bien incapables, pauvres pécheurs que nous sommes, de comprendre les desseins. Tu me suis bien ?

Remouald acquiesça, mais quand ses yeux rencontrèrent ceux du curé, celui-ci comprit que ses explications n'avaient pas dissipé la perplexité du garçon.

Remouald s'était trouvé du travail : il livrait les journaux et trois soirs par semaine agissait comme messager auprès de Séraphon. Il touchait ainsi quelques sous pour chaque commande qu'il rapportait au clos de bois. Son père s'était d'abord opposé à ce projet, car il tenait Séraphon pour un mauvais homme. Mais, depuis son accident, les économies fondaient, et Célia, à sa manière douce, l'amena à reconsidérer sa décision.

Lorsqu'il n'avait rien d'autre à faire que d'attendre les ordres de Séraphon, Remouald allait rejoindre les ouvriers du clos. Il était toujours empressé à leur rendre service et à les entretenir de ses réflexions sur Dieu. Les idées pour lui n'étaient pas des feuilles mortes; il les sentait vivre, toutes chaudes, vibrer, comme un moineau que l'on tient entre ses mains. Penser, pour lui, c'était être bouleversé par ce qu'on pensait. Il parlait aux ouvriers de théologie, de questions métaphysiques (c'est le curé qui lui avait enseigné ces mots), ne pouvant se figurer qu'on puisse être indifférent à ces choses. Les employés le laissaient réfléchir à haute voix. Certains s'arrêtaient quelques instants pour l'écouter, puis retournaient à leur travail avec un petit rire épaté : «Faut admettre qu'il va profond!...» On lui caressait la tête en passant. On l'avait surnommé le Petit Docteur.

Séraphon prêtait aux réflexions de Remould une oreille complaisante. Ce genre de questions ne l'empêchaient pas de dormir, mais il lui plaisait de jeter la confusion dans l'esprit du Petit Docteur. Celui-ci était stupéfait qu'on puisse penser de façon si tordue, mais comme les grandes personnes ne pouvaient vouloir le tromper, ni se tromper elles-mêmes, il restait interdit devant les sophismes de Séraphon, et, déprimé, déçu de lui-même, il se prenait à douter de sa propre raison.

Il en arriva à ne plus pouvoir dormir certaines nuits. Il fermait les yeux, rentrait la tête sous les draps, saisi d'un vertige qui le maintenait à l'écart du sommeil et du monde. Il pensait : «Et s'il n'y avait jamais rien eu, si absolument rien n'avait existé?» Pas même Dieu, pas même le temps, pas même l'espace — pas même rien! Comme un chien qui court au bout de sa laisse, son esprit atteignait là sa limite et commençait à s'étrangler. En ces instants, l'idée du Rien était si présente en lui, si oppressante, et y faisait un tel *vide*, qu'il avait l'impression de n'être plus rien à son tour, que l'univers, que Dieu lui-même, aspirés par un gouffre, impuissants à surmonter ce vide, ne trouvaient plus la force d'exister.

201

Et il se levait fourbu, comme s'il avait passé la nuit à se battre.

Remouald cherchait autour de lui à qui parler. Les réponses du curé, pâles et sans nécessité, il les devinait déjà, et elles le déprimaient d'avance. Son père ne comprenait pas son langage, et sans que Remouald sache pourquoi, certains sujets le mettaient de mauvaise humeur. Quant à Séraphon, ses propos étaient si obscurs, son attitude était si équivoque, que même les tartines de confiture qu'il lui offrait finissaient par lui laisser un arrière-goût de cendre, de maladie et de mort.

Remouald se réveillait durant la nuit pour constater qu'il était en train de parler dans son sommeil, et son murmure s'éteignait dans un poignant silence. C'était la nuit partout qui gouvernait le monde. Son envie d'être entendu et d'écouter à son tour lui façonnait une figure amie qu'il rencontrait dans ses rêves, et il émergeait du sommeil avec le sentiment d'avoir été leurré par son désir. Il se sentait comme un navire abandonné, emporté par les courants sur une mer de plus en plus froide, et qui dans sa dérive lente s'approche inexorablement des glaciers.

Il avait faim d'intelligence nouvelle. Il ne savait comment concilier en lui la rigueur des Raisons, qui l'isolaient au haut d'une tour, où l'air manquait, où tout manquait, et le besoin d'aimer, de communier avec les êtres qui l'entouraient. Il voyait bien que la lumière apportait deux bienfaits : la chaleur et la lucidité. Mais une étrange malédiction voulait qu'il ne pût être fidèle à l'une sans être traître à l'autre, et parfois, confondant les deux vertus, comme si on voulait prendre dans sa main la chaleur d'une flamme, il se brûlait. Ses pensées l'amenaient à une distance infinie de sa mère, comme entraîné par une comète, étourdi, dépaysé, paralysé de froid; et le soir même Célia le retenait dans ses bras, l'attachait à la terre par mille liens parfumés et intimes, dont il avait un peu honte, et qui l'empêchaient de rejoindre cette hauteur pure où l'air manquait, où tout manquait, et où l'attendait son esprit. Pourquoi y avait-il à toute chose un côté gauche, maladroit et chaleureux, en deçà des raisons et des mots, et un côté droit, inflexible, lumineux et glacé, qui jamais ne se rencontraient ?

Il rêvait d'un esprit jumeau, ouvert aux mêmes horizons, et comme lui assoiffé d'amour, comme lui résolu à ne rien s'interdire. À chaque récréation, les doigts noués aux mailles de la clôture, son regard cherchant le fleuve au-delà des maisons au bas de la côte, il refaisait la même prière, une prière sans mots, un pur appel porté par la rumeur du matin, et qui couvrait les cris des équipes de jeu, roulait avec les feuilles balayées par le vent. Le ciel se reflétait dans les flaques, et Remouald pensait aux nuages, à ces masses d'eau comme des navires suspendus dans l'azur. La terre séchée boirait la pluie, les feuilles des arbres en retiendraient quelques gouttes, et c'était cela qu'il fallait faire : marier ce qui est en bas à ce qui est en haut, la terre au ciel. Voilà ce que pouvaient deux esprits qui s'aimaient, qui s'abreuvaient à la même eau, à la même source venue d'en haut, et qui partageaient comme un pain le chaleureux aliment de la lumière. Remouald sentait son cœur battre. Il lui semblait que ce bonheur était proche, voletait capricieusement autour de lui, et qu'il n'avait qu'à se tourner du bon côté, au bon moment, pour le saisir. Il allait apprendre que les plus dangereux appels sont fatalement entendus, et qu'un lièvre qui court innocemment dans la neige n'aperçoit jamais derrière lui, qui le suit à la trace, l'ombre planante de l'épervier.

***

Remouald était revenu de l'école, il avait livré les journaux, et en attendant Séraphon, il notait dans son cahier ses réflexions de la journée. Il était assis au comptoir du magasin. Une patte de lapin atterrit devant lui. Il leva les yeux.

Le jeune homme était assis au haut de l'escalier. Il portait la casquette de Séraphon dont la visière cachait son visage. Remouald le considéra, puis considéra la patte de lapin. Il ne disait rien.

— Qu'est-ce que t'es en train d'écrire là ?

Remouald n'était pas sûr s'il s'agissait d'une véritable question, s'il ne s'agissait pas plutôt d'une remarque désobligeante. Il haussa les épaules.

— Des idées que j'ai comme ça.

Le garçon demanda avec une douceur insolite, un peu inquiète, qui deviendrait vite familière à Remouald :

— Tu veux me montrer ce que c'est ?

Il tendait la main. Remouald hésita. Il n'avait jamais montré son cahier à personne. Mais jamais personne ne le lui avait demandé. Il rejoignit le garçon au sommet de l'escalier. Le garçon enleva sa casquette et la posa sur le crâne de Remouald. Il se mit à lire.

— Des idées que j'ai comme ça, répéta Remouald.

À voir son front étroit, sa large bouche tirée aux commissures vers le menton, ses yeux énormes (l'aile gauche de ses lunettes était retenue à la monture par une épaisseur de ruban gommé), on songeait d'abord à un gigantesque crapaud rouge. Il avait la peau du visage crevassée. Son manteau, qui l'enveloppait comme un tuyau, lui descendait aux chevilles. Il émanait de cet individu une odeur de terre et de champignon, insistante, attachante, qui rappelait à Remouald l'odeur des vieux livres du curé. Ses cheveux de la couleur des carottes, et qui se dressaient en tous sens par mèches compactes et touffues, drues comme des bottes de foin, lui donnaient une allure grotesque, inquiétante, de clown halluciné.

Sa lecture achevée, le garçon dévisagea Remouald. Ses yeux étaient saisissants, d'un vert que Remouald n'avait jamais vu à personne, brillants comme des mouches à feu, et l'épaisseur des verres, dont l'un était fendu, accentuait ce qu'il y avait d'effaré, d'éperdu dans son regard.

— La patte de lapin. Elle est à toi. La veux-tu?

Remouald accepta avec embarras, peu habitué à ce qu'on lui fasse des cadeaux.

— Je pourrai te donner toutes sortes de choses, tu sais, et de bien plus belles. Je sais empailler les animaux.

— Ça doit être intéressant.

Le garçon hocha la tête.

— Je m'appelle Wilson.

— Wilson qui?

— Wilson.

— Moi, c'est Remouald. Remouald Bilboquain.

— Je le savais.

Dans un geste de taquinerie affectueuse et maladroite, il rabattit la visière sur les yeux de Remouald. Remouald la releva avec un rire timide. Il rencontra de nouveau le regard de Wilson.

Remouald cessa de rire.

— Il y a des *choses* dans ce que tu écris. Mais on dirait que tu ne t'intéresses pas aux petites filles...

Remouald rougit. Il trouvait qu'on confondait là les pommes et les citrons, mais cette confusion même le troublait.

— Moi aussi, j'ai des idées, poursuivit Wilson, qui avait l'air de se parler à lui-même. Je me promène avec des gouffres dans chacune de mes poches. J'ai des tonnerres toujours à portée de la main, que je peux lancer sur qui je veux. Mais je me retiens. Je sais des choses que personne ne sait, que personne ne veut savoir. Est-ce que tu veux les savoir, toi ? Est-ce que t'es prêt à les entendre ?

— ...

— Je suis sûr qu'il y a plein de choses que je pourrais t'enseigner. Tu m'entends ? *Plein de choses...*

Il avait prononcé ces derniers mots avec un accent rêveur, plein de promesses mystérieuses. Remouald consentit gravement. Il avait l'impression que, pour la première fois de sa vie, quelqu'un était en train de lui *dire* quelque chose. Wilson lui rendit son cahier. Il s'essuya le nez du revers de la main. Puis il éleva l'index devant sa figure à la manière d'un censeur. Remouald remarqua que ses ongles étaient rongés, certains jusqu'à la base. Sauf l'ongle de son petit doigt, affûté comme un couteau.

— Je pense, mon Remouald, qu'on était faits pour se connaître.

— Oui.

— Peut-être même qu'on a de grandes choses à faire

ensemble — qui sait? Faut pas prendre ce que je dis là à la légère. Tout le monde prend toujours tout à la légère.

— C'est vrai, dit Remouald.

— Et tu ne penses pas que le monde a besoin d'une leçon de vérité?

— ...

Remouald serrait son cahier contre sa poitrine. Des larmes lui emplissaient les yeux. «Une leçon de vérité», répéta-t-il. L'apprenti récupéra la casquette. De son col émergea un bouton gris et luisant. Remouald se pencha pour voir ce que c'était : une souris. Elle alla se percher sur l'épaule de Wilson. Celui-ci la cueillit et la déposa entre les mains de Remouald. Il lui fit un clin d'œil.

— Le truc, si on veut les garder près de nous, est de leur arracher les moustaches, tu vois.

Remouald observait la petite bête. Elle courait entre ses doigts, cherchait à fuir, grattait sa paume avec une fureur affolée.

Wilson avança la main, pinça la joue de Remouald — et tomba en arrêt, pétrifié. Ses paupières ne battaient plus, ses yeux étaient des fenêtres ouvertes sur un désert. Les secondes s'écoulaient, sans que Remouald sache quelle attitude adopter. Il commençait à avoir mal à la joue.

Et puis, comme s'il prenait conscience tout à coup qu'il touchait un objet brûlant, Wilson revint à lui et retira vivement sa main. Des plaques blanches demeuraient sur la joue de Remouald. Wilson poursuivit tout bonnement :

— Nous n'allons pas nous ennuyer ensemble, mon petit Remouald, c'est moi qui te le dis.

Il désigna la souris, qui tournait sur elle-même, lançait des cris perçants :

— Elle est toujours comme ça, la petite énervée. On dirait qu'elle cherche désespérément à avertir quelqu'un de quelque chose. (Puis, en roulant de gros yeux pour rire :) Saperlipopette ! tu ne vas pas me dire, mon petit Remouald, qu'elle s'adresse à toi... ?

Une larme glissa sur la joue de Remouald. Il rendit à Wilson son sourire.

* * *

Vers la fin de la journée, Wilson commençait à manifester son impatience. Il devenait irascible, se montrait discourtois envers la clientèle, et Séraphon lui-même filait doux.

Remouald arrivait au magasin après sa tournée de journaux. Il n'avait pas sitôt transmis ses commandes que Wilson lui fondait dessus, le jetait sur son épaule, l'emportait comme on emporte un sac. Les autres employés n'avaient plus le droit de lui adresser la parole. L'apprenti emmenait l'enfant jusqu'à la butte près de la gare de marchandises. Séraphon les observait depuis sa fenêtre, excité et anxieux. Wilson faisait les cent pas, agitait les bras, et les idées fusaient, fulgurantes. Remouald, les yeux éblouis, tirait rêveusement sur des touffes d'herbe. Ils discutaient ainsi jusqu'à la tombée de la nuit. Puis, Remouald suivant Wilson, avec l'air sombre d'un soldat qui s'apprête à exécuter un ordre qui lui répugne, ils gagnaient la cabane de l'apprenti...

Remouald continuait de rendre visite au curé Cadorette, Wilson le savait. Ces soirs-là, l'apprenti se promenait dans les rues du quartier, et les habitants en étaient venus à préférer changer de trottoir plutôt que de le croiser. Parfois il allait crier des obscénités aux fenêtres du couvent. On le soupçonnait d'avoir cassé des carreaux au presbytère et à l'église. Quelqu'un racontait qu'il l'avait vu se battre avec des chiens. De retour au clos, il passait sa rage à fendre du bois jusqu'à une heure avancée de la nuit.

Quant à Séraphon, il était comme ces animaux qui s'agitent avant l'orage. Il faisait des rêves qu'il n'avait plus faits depuis sa jeunesse et, de plus en plus souvent, passait de grandes soirées à l'écurie. Il devenait inquiet, ce qui n'était pas dans sa nature, et dans des accès d'hypocondrie se demandait s'il ne couvait pas une de ces terrifiantes maladies dont on lui parlait enfant, qui partent du bas-ventre, montent à la tête par le sang et finissent par rendre fou...

Séraphon, qui contemplait le plafond de sa chambre depuis déjà deux heures, sortit du lit, démoralisé par l'insomnie, et des soucis plein la tête. La journée avait été pénible. Une cliente s'était avisée de caresser en passant la joue de Remouald :

— Tu sais que je n'ai jamais vu un aussi joli petit garçon ? Tu le sais, ça ?

Et Wilson l'avait giflée. Séraphon songeait aux courbettes qu'il lui avait fallu faire pour qu'elle consente à fermer les yeux sur l'incident, et à se taire surtout. Par bonheur, la cliente lui devait de l'argent. Il s'en était tiré en oubliant la dette.

Séraphon essayait de rassembler son courage. Cela ne pouvait plus durer, il devait tenir Wilson à l'écart de la clientèle. Il savait pourtant qu'une fois encore il parlerait en n'osant pas le regarder en face, et l'apprenti ricanerait, et Séraphon finirait par s'en retourner dans son coin.

Il s'approcha de la lucarne. C'étaient les premiers jours de l'hiver. Il avait neigé, le clair de lune était splendide... L'apprenti traversait le terrain et se dirigeait vers la rue Moreau. Séraphon attendit quelques instants, puis sortit à son tour : il allait savoir enfin le but de ces escapades nocturnes.

Wilson parcourut la ruelle et enjamba la clôture. Prudemment, Séraphon fit de même. L'apprenti pénétra dans la cour. Il n'y avait dans la maison aucune lumière. On avait descendu les stores et tiré les rideaux à toutes les fenêtres, à l'exception d'une seule, située au second étage. Wilson hésitait. Il avait enlevé son manteau et l'avait déposé dans la neige. Il soufflait dans ses mains pour les réchauffer, et observait la fenêtre.

Il se jeta tout à coup contre la façade, les bras en croix et la tête renversée, comme s'il cherchait à embrasser le mur. Puis, avec une agilité qui sidéra Séraphon, comme si son corps adhérait à la pierre, il se mit à escalader la maison.

Séraphon demeurait dans l'ombre de la ruelle. Il était tenaillé par un ricanement douloureux qui le secouait. *Wilson s'était immobilisé devant la fenêtre de Remouald et le regardait dormir.*

Son visage brillait dans la nuit comme de la braise.

* * *

Le curé Cadorette considérait avec mélancolie l'enfant qui marchait devant lui. Remouald Bilboquain avait maigri, des cernes étaient apparus sous ses yeux. Il donnait machinalement du pied dans les cailloux, sans rien dire, et pour un enfant aussi volubile, ne pas parler était un aveu. Depuis quelques semaines, il n'entendait pas quand on s'adressait à lui, et murmurait pour lui-même sans qu'il parût s'en rendre compte. Le curé assistait, impuissant, à cette métamorphose, sans parvenir à se l'expliquer.

Ils entrèrent dans la cour de la chapelle et s'assirent sur le banc près des croix. Le soir venait de tomber. Il avait neigé doucement, la première neige de la saison; maintenant le ciel se dégageait, et le froid n'était pas désagréable. Depuis une heure, le curé sentait Remouald tourner autour du pot, mais par crainte de le brusquer, il préférait attendre qu'il se confie de lui-même. Remouald contemplait les croix. Sans se retourner, et de cette voix maladroite, faussement indifférente, par quoi un enfant trahit son tourment, il demanda :

— Est-ce qu'on est responsable du salut de ceux qui nous aiment, monsieur le curé ?

Pour Cadorette, les questions de Remouald étaient des filets lancés au large : on ne savait jamais ce qu'elles pouvaient ramasser. Il finit par répondre :

— Oui, si tu veux dire que nous devons nous efforcer de les inspirer dans la voie du bien. Non, si tu veux dire que nous sommes responsables des péchés qu'ils commettent contre notre gré. À moins que je ne comprenne mal ce que tu veux dire...

— Je veux dire ni l'un ni l'autre, monsieur le curé. Je veux dire... si jamais quelqu'un faisait quelque chose qui l'entraînait en enfer... Ses parents, s'ils se trouvaient au ciel, le seul fait de le savoir damné, au milieu des flammes éternelles... en admettant que son père et sa mère l'aiment... eh bien, est-ce que ses parents pourraient être heureux malgré tout ? Est-ce qu'ils goûteraient la paix du paradis, le sachant damné ? Je veux dire, la souffrance de savoir que leur enfant souffre, ne serait-elle pas pour les parents une souffrance pire que celle d'être damnés eux-mêmes, même s'ils étaient au paradis ?

Cadorette regarda la neige longuement, avec lassitude, puis les étoiles, où il y avait plus de place. Il avait envie de dire à cet enfant malheureux que l'enfer n'existait pas. Il se leva et marcha vers les croix. Le monde autour était si calme. Cadorette lisait les inscriptions, les dates, le nom des curés qui l'avaient précédé depuis cinquante ans dans la paroisse : il lui plaisait de penser qu'il serait inhumé ici à son tour.

— Il y a comme un vide dans ma tête, monsieur le curé, une sorte de trou, et tout ce que je pense pour passer par-dessus finit par tomber dedans, comme une pierre que je lancerais vers quelque chose de trop loin.

Le curé songea soudain à l'histoire des momies. La semaine dernière, lors de la visite de l'évêque, il s'était entretenu avec lui de Remouald, et l'évêque lui avait dit : « Parlez-lui des momies.» Des momies ? «Oui, des momies.»

— Écoute-moi bien, Remouald, je vais te parler comme je ne t'ai jamais parlé. Ensuite, si tu le veux, si tu sens le besoin de t'excuser de quelque chose auprès de Dieu, eh bien tu te confesseras. Ça te va ?

Remouald ne se compromit pas.

— Voilà. Tu es l'enfant le plus intelligent que j'aie rencontré, et ce qu'il y a de plus étonnant encore, c'est que tu ne sembles pas jusqu'ici en avoir tiré vanité. Tant mieux, je t'en félicite. Reste que tu es encore un enfant. Alors, écoute bien ceci. Quelqu'un m'a fait lire ça dans le journal, et j'ai pensé à toi. Il paraît qu'il existe des corps momifiés qui dorment au fond d'une crypte depuis des milliers d'années. Ils sont ignorés, tu vois, personne ne sait qu'ils dorment là, et le temps n'a pas de prise sur eux. Ils ont adopté une pose, le matin de leur mort, et depuis ce temps-là, ils n'ont pas bougé d'un cil. Et pourquoi penses-tu qu'ils durent et traversent les siècles sans broncher? C'est parce qu'on les ignore, Remouald. Le plus grand service qu'on leur ait jamais rendu, c'est justement de les avoir oubliés. Car si on ouvre la porte de la crypte, pour savoir ce qu'elle cache, alors on est déçu, on ne découvre rien : rien que des miettes, que de la cendre, qu'un peu de fumée. L'air de l'extérieur les aura pulvérisés, tu comprends? Il suffit d'un courant d'air pour réduire en poussière une immobilité de trois mille ans.

Il laissa passer quelques secondes afin que Remouald puisse s'imprégner de ces trois milliers d'années.

— Il y a des choses dans l'esprit humain, dans le mystère de notre âme, qui sont comme ces cryptes dont on se demande ce qu'elles peuvent bien cacher. Mais si on s'aventure à les desceller, par orgueil, par mauvaise curiosité, on ne parviendra qu'à réduire en poussière ce qu'on voulait trouver. Et on ne saura pas davantage ce qui y était caché. On sera plus pauvre de ce qu'on aura détruit, sans savoir de quoi on aura été appauvri. Toi, justement, tu as la curiosité d'ouvrir toutes les portes. Le monde est déjà un peu usé pour moi, Remouald, mais pour toi, il est encore flambant neuf. Et quand tu auras mon âge, tu sauras qu'on serait prêt à se couper un bras pour avoir devant soi un univers qui ne porte pas encore les taches graisseuses de nos doigts. Mais ce qu'on perd en vieillissant, on le gagne sur l'éternité. Prends garde de ne pas gâcher tout de suite ce qu'il y a peut-être en toi d'éternel.

Remouald eut un rictus amer, qui fit craindre au curé que, chez ce petit garçon, il ne restait plus grand-chose d'un enfant.

— L'éternité de l'âme?... Mais quand on dort, et qu'on ne rêve pas, où va notre âme, monsieur le curé, que devient-elle? C'est comme si on n'existait pas. Est-ce comme ça après la mort, après la vie? Que veut dire, alors, que notre âme est immortelle si elle n'est même pas consciente du fait qu'elle continue d'exister? Si l'immortalité de notre âme est aveugle, et sourde, et froide comme celle de cette pierre?

Il désignait la croix sur laquelle le curé s'était appuyé. Cadorette pivota sur ses talons et revint à son banc. Toutes ces questions étaient si vastes, si difficiles; seule la candeur d'un petit garçon pouvait oser avec ferveur s'y mesurer. Le curé ne se sentait pas à la hauteur, et il en était accablé. Remouald continuait de regarder les croix, comme un alpiniste parvenu à la cime contemple l'étendue du monde.

Le curé se tourna brusquement vers lui.

— Mais où as-tu été pêcher que l'âme dormait? L'âme ne dort jamais, Remouald, ce n'est qu'une illusion. Parfois, quand tu te réveilles le matin, dis-moi, n'as-tu pas l'impression que tu viens d'interrompre une pensée importante, mais que justement tu ne t'en rappelles rien?... Tu crois dormir, Remouald, tu crois dormir de toute ton âme, alors que ton âme se ressource en Dieu et, qui sait? entend des choses, parle un langage que nous ne sommes pas encore prêts à entendre. Et Dieu, par Sa Bonté, nous le fait oublier. L'oubli est une fée, mon petit Remouald, une grâce que Dieu nous accorde tous les matins. On n'en retient que des bribes que nous prenons pour des rêves. Mais, non — il faut l'affirmer envers et contre tout —, notre âme ne dort jamais. Cadorette se frappa le genou de conviction. Il n'était pas sûr de comprendre très bien lui-même les paroles qu'il venait de proférer, mais cela le confortait dans l'idée que Quelqu'un les lui avait insufflées. Vingt ans après les avoir dites, alors que Remouald serait devenu ce qu'il allait devenir, et qu'elles auraient acquis un sens inattendu et déchirant, il se les rappellerait encore, et chaque fois qu'il verrait le garçon de trente ans, il se remémorerait ces phrases prononcées alors qu'il n'en avait que douze.

Remouald eut un haussement d'épaules et renifla. Cadorette se rapprocha de lui. Il abandonna sa tête contre l'épaule du curé. Celui-ci lui caressa les cheveux.

— C'est vrai que tu n'as aucune vanité, mon fils. Mais il y a de la lumière en toi, et cette lumière, sans que tu le saches, te torture comme un démon. Et le Diable n'est jamais aussi triomphant que là où on a cessé de croire en son existence — n'oublie jamais ça dans tes prières. Tu es comme un enfant avec un superbe cerf-volant, qu'il aime envoyer toujours plus haut, et qui veut toujours plus de corde, car il aime courir en sentant que le ciel l'entraîne : il courra jusqu'à ce que son cerf-volant pique du nez, déchiré par l'éclair, les vents, la hauteur.

Remouald Bilboquain fut parcouru d'un frisson.

— Pardonnez-moi, monsieur le curé, pardonnez-moi.

— Dieu seul pardonne, Remouald. Remets-t'en à Lui.

Le vent chassait la neige, et à la lueur de la lune on aurait dit de la poussière de vitre, qui brillait parfois comme du diamant. Le curé savourait cet instant de réconciliation. Le ciel reposait contre la terre, comme une joue sur une épaule, et il sentait contre la sienne le poids chaud d'une tête d'enfant. Remouald s'était mis silencieusement à pleurer. Ses cheveux avaient l'odeur des raisins secs. Le curé lui releva son capuchon et, le pressant davantage contre lui, posa la main sur son front.

— Oui, laisse-toi aller, mon fils, on ne perd jamais son temps quand on pleure.

Une respiration bruyante dans les buissons, et une masse grisâtre traversa le ciel en direction de la chapelle : un vitrail vola en éclats. Cadorette bondit sur ses jambes.

— Hé ho ! Espèce de vandale !

Il poursuivit une ombre jusqu'à l'autre coin de la rue, s'engagea à sa suite dans la ruelle, mais il dut abandonner, à bout de souffle. Le curé revint dans la cour. L'enfant paraissait affolé.

— Voyons, Remouald, mais qu'est-ce qui te prend ?

— Assez de mensonges, monsieur le curé. Assez de contes de fées !

Le curé essaya de le retenir, mais le garçon se dégagea. Parvenu à l'entrée de la cour, il se retourna. Cadorette ne lui avait jamais connu un tel regard. De l'âme qui vous sautait au visage comme un chat.

— Vous parlez de mon intelligence, monsieur le curé, mais qu'est-ce que vous en savez ? Qu'est-ce que vous en savez ? *Les gens ignorent comme c'est terrible d'être intelligent.*

— Remouald ! cria le curé. Remouald !

L'enfant n'était déjà plus qu'une silhouette courant dans la neige et la nuit.

Le curé soupira.

Il se rendit à la chapelle pour constater les dégâts. C'était le quatrième vitrail qu'on fracassait en trois semaines. Les rayons de la lune dansaient dans les éclats de verre. Cadorette prit la direction du presbytère. Le chemin lui parut bien long jusqu'à sa chambre. Il s'agenouilla devant l'image de la Vierge. Après quelques marmonnements, il se rendit compte que sa prière ne montait pas bien haut, trop distrait qu'il était par le souvenir de Remouald. Pourquoi diable avait-il raconté cette histoire de damné?...

«La prochaine fois, j'insisterai pour qu'il se confesse», se promit-il au moment d'entrer sous les couvertures.

Il était loin de se douter que la prochaine fois qu'il verrait Remouald, celui-ci serait à peine capable de se rappeler son propre nom.

* * *

Séraphon avait fini par employer les grands moyens. Le trou laissé par l'ancienne cheminée avait été recouvert d'un papier goudronné camouflé sous les bardeaux du toit. Il fallut peu de temps à Séraphon pour retrouver l'endroit, et à l'aide d'un canif il avait percé la couche de carton, de sorte que pendant quelques semaines il put voir sans crainte d'être vu tout ce qui se passait dans la cabane de son apprenti — bien que, devant le coroner, il jurât ses grands dieux qu'il n'en avait jamais rien su, et que d'ailleurs, le soir de l'Immaculée Conception, il ne se trouvait même pas chez lui...

Ce soir-là, en effet, il se trouvait sur les routes en train de réclamer le loyer à des locataires récalcitrants. Vingt personnes l'avaient vu, lui avaient parlé, il avait un alibi en béton. Il s'était réfugié ensuite chez la fille de feu son grand-oncle, hagard et tremblant comme un lapin. C'est de là que le lendemain, 9 décembre, il apprit qu'on avait mis le feu au clos de bois. Le drame avait eu lieu le matin même. On racontait que les imprécations de l'incendiaire s'étaient fait entendre jusqu'à l'église. Il hurlait qu'il ferait disparaître cet endroit maudit de la surface de la terre. Des poutres s'étaient effondrées, il était mort au milieu des flammes. On identifia le corps. Il s'agissait de Joachim Bilboquain, le père de Remouald.

Quant à ce dernier, on disait qu'il ne comprenait plus les choses les plus élémentaires, que son intelligence avait été foudroyée. La famille Costade l'avait charitablement hébergé, puis on l'avait placé au collège d'orphelins, à Saint-Aldor.

Wilson fit des aveux complets à l'aumônier du pénitencier, qui n'était autre que le curé Cadorette. Il raconta tout sans la moindre émotion, avec un détachement de médecin légiste. Malgré l'insistance du prêtre, l'apprenti refusa les secours de la religion. Il demanda pourtant à porter un cilice. Après quoi, il n'avait prononcé qu'une parole.

«Mais, maintenant, je n'entends plus la voix...»

Il avait dit cela au gardien qui lui amenait son cilice. C'est à l'aide de cette ceinture qu'il se pendit. Il avait écrit avec l'ongle de son annulaire le mot «Enfer» sur l'un des murs de sa cellule.

Quelques jours après le drame, Séraphon se promenait parmi les ruines toutes puantes encore, désemparé, les yeux pleins d'eau, le cœur serré de pitié pour lui-même. Son pied buta contre quelque chose. Il se pencha, regarda, et pensa s'évanouir. La chose lui paraissait si précieuse, si miraculeuse, qu'il hésita avant d'y poser la main. De retour chez lui, il s'empressa de la cacher dans une armoire. S'ensuivit une fièvre qui le cloua au lit durant trois jours. Il confondait le sommeil et la veille, se réveillait en sursaut en poussant des hurlements. Il avait le sentiment que des loups se promenaient dans sa chambre, des loups ou des rats, et qu'ils allaient lui sauter dessus, le déchirer, le dévorer.

Enfin, un matin, il décida qu'il était temps de recommencer à vivre. Avec un naturel qui le surprit et l'enchanta, sa pensée se délesta du souvenir des derniers mois, et il se retrouva comme il avait toujours été, à l'aise dans ses bottines et bien content d'exister. C'était Noël, il lui restait un plein hangar de bois; l'incendie lui fournissait le prétexte pour hausser les prix...

«Après tout, dans la vie, lança-t-il à une petite fille qui jouait à la marelle sous sa fenêtre, il n'y a pas que des mauvais moments!»

Durant les vingt années qui suivraient, pas une seule fois il n'oserait décadenasser l'armoire.

***

Célia était alors une jeune femme de vingt-six ans qui en paraissait à peine seize. Les gens qui la voyaient avec Remouald croyaient souvent qu'elle était sa sœur aînée. La ressemblance de leurs visages était du reste frappante, la douceur du regard surtout. Elle était convaincue que

219

Remouald avait été touché à la naissance par le doigt de Dieu. Six mois auparavant, il avait commencé à lui apprendre l'alphabet. Être capable de lire des mots la faisait rire d'étonnement.

Il avait été décidé qu'on lui cacherait la vérité. «Moins elle en saura, mieux cela vaudra pour elle», avait décrété le Dr Rocheleau. Cadorette avait protesté. Mais ses supérieurs lui donnèrent l'ordre d'obéir au médecin.

Pour la fête de l'Immaculée Conception, Célia était allée en visite chez des parents à la Réserve. À son retour, le curé Cadorette, deux religieuses et le Dr Rocheleau l'attendaient dans sa cuisine. Célia avait un sourire crispé. Où était donc sa petite famille?

Cadorette la considérait avec une expression de pitié profonde. Une des deux religieuses posa doucement les mains sur ses épaules et se pencha vers elle.

— Il faut être courageuse, madame.

Célia la repoussa.

— Dites-moi ce qui est arrivé! Où il est, Remouald? Remouald!

Les quatre visiteurs gardaient le silence.

Elle se précipita dans la chambre de son fils. La commode avait été vidée, le bahut, les tiroirs... Elle en ressortit la mine épouvantée.

Elle se mit à courir d'une pièce à l'autre. Le Dr Rocheleau eut un mouvement du menton à l'adresse des religieuses. Elles la saisirent par les bras et l'immobilisèrent sur une chaise. Le médecin prépara une seringue. Célia se débattait. Le curé se leva, les épaules lourdes, et quitta les lieux...

Depuis lors, des religieuses occupèrent en permanence son

domicile, se relayant à son chevet, l'attachant à son lit au besoin, parce qu'elle avait des moments de crise. On la calmait avec des injections. Le médicament la laissait dans un état de stupeur. Elle murmurait des noms, avec un drôle de sourire. Les religieuses se retiraient, les larmes aux yeux.

Ce traitement dura environ une année. Les économies de la famille ayant été épuisées, on avait trouvé pour Célia une chambrette au couvent. Elle ne communiquait plus vraiment avec personne. Le médecin jugea que le temps était venu de couper la médication. La condition de la jeune femme empira. Elle passait ses journées à trembler, à vociférer : elle sauta comme une furie à la figure du Dr Rocheleau quand il lui rendit visite. Puis elle s'apaisa, et demeura une longue semaine dans un état voisin de la léthargie. Le médecin posa son diagnostic final : «Elle ne s'en sortira jamais.» Il se disait désolé de n'avoir pu faire mieux.

Et pourtant, contre toute attente, son état s'améliora. Elle avait recommencé à se nourrir sans qu'on soit obligé de se battre avec elle. On put enfin l'affecter à de petites tâches. Elle se mit à épousseter, à faire du rangement, puis parut assez calme pour que l'on songe à la laisser sortir du couvent. On la fit engager comme femme de ménage, et on lui dénicha un logement minuscule sous des combles.

Célia partait chaque matin munie de ses seaux et de ses torchons. La vie privée de ses clients la laissait indifférente, ce que ceux-ci, chez une femme de ménage, auraient tenu pour une bénédiction, si son zèle de zombi n'avait fini par créer des situations désagréables. Célia n'avait aucune considération pour l'intimité des gens et ne les traitait guère mieux que des meubles. Un jour, elle surgit avec sa moppe dans la salle à manger des marguilliers; elle obligea le notaire interloqué à soulever les pattes pendant qu'elle lavait le parquet sous la table. Or, Me Robidoux était en train de déjeuner avec l'évêque !

Les gens finirent par dire aux nonnes que la charité a ses limites. Essayait-on de la congédier qu'elle revenait deux jours plus tard comme si de rien n'était, et prête à en venir aux mains si on l'empêchait d'entrer dans la maison. On dut à diverses reprises avoir recours à la police. Célia en fut réduite à effectuer de menus travaux de couture. Elle commença à boire. Chaque soir d'abord, puis chaque matin... Elle paraissait maintenant deux fois son âge.

Séraphon se présenta un jour chez elle pour recouvrer le loyer qu'elle n'avait pas payé depuis des mois. Apparemment, elle ne savait pas qui il était. N'ayant pas un sou vaillant, elle s'engagea à lui tricoter des chaussons, des tuques, des couvertures. Séraphon regardait autour de lui. Il y avait peu de meubles, peu d'objets, mais tout était soigneusement rangé, même les bouteilles vides. Aux murs pendaient des étoffes et des dentelles. Des pelotes piquées d'aiguilles s'alignaient sur la table parmi des flots de garnitures et de tissus. Cette atmosphère douillette le troubla.

Il passa le reste de la soirée chez lui à se bercer pensivement. Il se faisait vieux, ses bras se fatiguaient vite, et son commerce était plutôt exigeant maintenant qu'il ne pouvait plus se permettre de payer un employé. Il songeait rêveusement à Remouald... En outre, et sans qu'aucune intention charnelle vînt l'émoustiller — il avait toujours été d'une parfaite apathie à cet égard —, il n'en ressentait pas moins le besoin, nouveau chez lui, de se faire dorloter, servir ses repas, raccommoder ses vieux manteaux et ses chaussettes. Le lendemain, il se rendit chez le curé.

Cadorette recevait régulièrement de Saint-Aldor des nouvelles de Remouald. Il répondit à Séraphon que le garçon se portait moins mal. Séraphon eut un sourire de soulagement.

— Tant mieux, monsieur le curé, tant mieux. Vous comprenez, j'ai beau n'avoir été responsable de rien, ça me serait tellement bon si, dans la mesure de mes faibles moyens, je pouvais réparer un peu du mal qui a été fait dans mon clos, et ramener un fils dans le giron de sa mère... Les affaires ne marchent pas trop bien, mais enfin, on aurait de quoi vivre. Et puis, toutes ces années de travail, ce serait bien triste que personne n'en profite quand je partirai. J'ai fait si peu de bien dans ma vie, monsieur le curé.

Cadorette fit une moue dubitative.

— Cette pensée t'honore, mon Séraphon (celui-ci eut un geste de modestie). Enfin, j'en parlerai avec le Dr Rocheleau et j'écrirai ensuite à Saint-Aldor pour savoir ce qu'ils en pensent là-bas. Dès que j'aurai la réponse, je t'aviserai.

— Dieu vous bénisse, monsieur le curé. Vous ne pouvez pas savoir comme cela me rendrait heureux de faire le bien.

— N'en mets pas trop, Séraphon. On s'en reparle bientôt. Allez.

Célia se présenta chez Séraphon un bon matin : elle avait fini de lui tricoter des chaussons. Il l'invita à passer dans la cuisine. Il se confia à Célia. Il lui parla de lui-même, de sa solitude, de sa vieille mère qui lui manquait tant, du besoin qu'a tout être de partager ses peines et ses joies. Célia contemplait d'un air morne le plancher. Séraphon était résolu à jouer son va-tout. Il dit soudain qu'il lui rendrait son fils si elle acceptait de l'épouser.

Célia se dressa. Elle lui demanda de répéter. Le ton de sa voix était menaçant. Il répéta. Elle fit quelques pas de pantin vers la table, ses mains tremblaient, elle se retourna.

— Vous dites que... Remouald... ?

— Oui ! dit Séraphon, oui !

Et il donna du poing sur la table.

Les yeux de Célia devinrent énormes, ses paupières battirent, elle eut un geste vague pour se retenir, puis tomba à la renverse. Séraphon embrassa triomphalement ses chaussons.

Deux semaines plus tard, le curé bénissait leur mariage.

* * *

Séraphon sortit du sommeil en suffoquant, un visage penché sur lui.

— Vous voulez-tu une bonne 'tite tasse de thé ? lui demanda la Racicot.

Séraphon Tremblay regardait autour de lui comme s'il avait du mal à croire qu'il était couché dans sa chambre. Il se mit à respirer plus librement. Depuis une semaine, il ne pouvait s'endormir sans que des rêves le ramènent vingt ans en arrière. La veuve arrivait avec le bol de thé. Il lui fallut endurer les éclaboussures brûlantes, ses gifles placides; il accueillit tout sans une larme. Il se sentait égaré, comme s'il n'était plus qu'une chose parmi les choses. Quand elle s'approcha de la porte, il la rappela.

— Restez, fit-il d'une voix implorante. Restez avec moi jusqu'à ce que Remouald revienne de la banque. Je vous en supplie. Sinon, Elle va revenir. Quand je suis seul, Elle revient toujours.

La veuve faisait de gros efforts pour comprendre et fronçait les sourcils d'un air buté. Elle parut en conclure que le vieil homme venait de lui faire une blague, et elle passa le seuil avec un rire niais.

Depuis une semaine, Séraphon était sujet à des apparitions. Il avait beau savoir que sa tête lui jouait des tours, que ce n'étaient que des hallucinations, il n'en voyait pas moins ce qu'il voyait. Sitôt seul, il L'entendait marcher depuis l'autre bout de la maison. Il savait que c'était Elle. Elle prenait chaque fois un nouveau masque, celui de son grand-oncle, celui d'une petite fille, celui de sa chienne coolie quand il avait huit ans, comme si Elle voulait lui faire comprendre que de toute sa vie, derrière tous ces visages, il n'avait jamais rencontré que celui de sa mort. Détourner la tête, fermer les yeux ne changeait rien : au contraire, il La sentait alors se blottir contre lui, et son étreinte était glacée, oppressante.

Il entendit les pas qui venaient de la cuisine. Il vit l'ombre s'accroître lentement sur le mur. Elle apparut enfin. Séraphon gémit. Elle avait pris cette fois l'apparence d'un petit garçon. Ses cheveux étaient de la couleur du bois coupé, et il avait dans les mains une feuille de papier qu'il tenait devant lui, à hauteur de poitrine, comme un enfant de chœur qui porte un cierge. Il s'approcha du lit. Sur le papier était écrit un message :

À bientôt, de l'autre côté des mensonges.

Séraphon éclata en sanglots. Le message était signé Wilson.

CHAPITRE X

Clémentine Clément s'était enfermée à double tour dans la salle de bains des professeurs parce qu'elle éprouvait un urgent besoin de parler à quelqu'un. Elle n'était plus capable de supporter les allusions des autres institutrices. Toute la journée, on avait glissé çà et là des remarques à propos de la sévérité excessive de «certains» et de «certaines». À l'enterrement du petit Eugène, la veille, elles l'avaient ostensiblement évitée (pourtant, au bord de la fosse, c'est à Clémentine, et non à elles, que Mme Guillubart avait adressé son douloureux sourire). Clémentine Clément détestait à ce point ces vieilles dindes à besicles, ces chipies sans poitrine ni menton, qu'elle jugeait nécessaire de s'en confesser.

Elle s'aspergea la figure d'eau froide et, en se redressant, rencontra dans le miroir Clémentine et demie.

— Je n'en peux plus, chuchota Clémentine. Il faut que je parle à quelqu'un.

Clémentine et demie écoutait. Le frère Gandon la haïssait, voilà qui était clair, elle le dégoûtait physiquement. «Je sais, je sais, c'est un homme empêché : est-ce une raison pour chercher constamment à m'humilier?» Elles se regardèrent un instant sans rien dire. Pour la centième fois en trois jours,

Mlle Clément essayait de se surprendre en train de ressembler à une autruche. Cette ressemblance était peut-être évidente, mais il fallait être un autre pour la saisir, il fallait voir agir Clémentine, la voir marcher, de dos peut-être. Est-ce ainsi qu'elle apparaissait au capitaine des pompiers ? Clémentine secoua la tête. Depuis une semaine qu'ils se connaissaient, le capitaine était venu chez elle à trois reprises. Clémentine ne savait quoi en penser. Il demeurait assis devant la table, raide comme un cric, les mains posées l'une sur l'autre. Elle s'efforçait de lui faire la conversation, mais il répondait par monosyllabes. Parfois, subitement, il se lançait dans des phrases longues, entortillées, où il était question de salaire, d'économies, de placements à intérêts modérés mais stables, valeurs, disait-il, qui seraient appréciées à l'âge de la retraite. Clémentine tâchait de réprimer des bâillements. Il s'essayait à un terne compliment sur la tenue de son intérieur. Il disait aussi : «Vous... Vous n'êtes pas comme les autres.»

— Et pourquoi je ne suis pas comme les autres ? Pourquoi je ne serais pas comme une autre ? Est-ce que j'ai trois yeux, deux nez, quatre bouches ? Ai-je un bras qui me sort du crâne ?

Clémentine pencha le front et soupira. Elle pensait à ce qui était arrivé samedi soir. Atterrée par la mort d'Eugène, elle pleurait, et cela semblait terroriser le capitaine. Il rentrait la tête dans les épaules comme si on le menaçait avec un bâton. Clémentine avait crié : «Si vous étiez un homme, vous me prendriez dans vos bras!»

— Je voulais dire me prendre dans ses bras pour me consoler, me consoler seulement. Comme papa quand j'étais une petite fille... Et je marchais vers lui en répétant : Si vous étiez un homme...

Il s'était levé, il avait essayé de la prendre, il avait approché les mains. Mais son visage s'était décomposé dans une grimace de souffrance et, après l'avoir bousculée, il s'était précipité vers la sortie pour cacher ses larmes.

— C'est le Bal des Empêchés, dit Clémentine et demie.

Depuis, elle était sans nouvelles de lui. Comme on était déjà mardi, autant se faire à l'idée qu'ils ne se reverraient jamais.

— C'est idiot de se parler à soi-même dans une glace.

Clémentine marqua une pause.

— Oui, j'aurais aimé seulement qu'il me console comme papa quand j'étais une petite fille... J'étais si petite que je disais encore : papa est belle, papa est grande, papa est la plus gentille... ça faisait rire ma mère... Et puis j'ai dit : papa est mort... je ne me trompais plus sur le genre des mots... Comme il fait froid ici, tout à coup... Est-ce que j'aurais appelé mon fils Eugène s'il avait vécu ?... Eugène comme mon père ?... Ou l'aurais-je appelé mon enfant... mon Amour... ma Vie... ?

Son débit s'était ralenti, effrité, les mots tombaient un par un, comme des gouttes de sang. Elle se mit à scruter son image. Quelqu'un frappa à la porte.

— Mlle Clément, vous êtes là ?

Clémentine entrouvrit le haut de sa robe. Son regard se contemplait, s'approfondissait, se multipliait dans celui de Clémentine et demie. Elle glissa sa main à l'intérieur de sa robe. Elle sentit qu'elle s'inclinait vers l'avant, que son image l'attirait par une puissance irrésistible. Elle écarta les lèvres et les posa sur les lèvres froides de son reflet. Sa salive avait une saveur acide. Elle eut un rire étrange, rengorgé, qui la fit trembler d'épouvante.

— Mlle Clément? Répondez! Est-ce que tout va bien?

Elle se redressa brusquement, se rendit compte de ce qu'elle était en train de faire... Clémentine et demie la regardait avec effarement, comme on regarde une folle. «Je vais finir comme ma mère! C'est ça!» L'idée lui traversa la tête comme un cri. Elle sortit en trombe de la salle de bains.

— Y a-t-il quelque chose qui ne va pas? demanda Gandon.

Les autres institutrices étaient parties.

— Ce n'est rien, dit-elle, je voulais me mettre un peu d'eau froide sur les tempes, c'est tout.

Le directeur lui trouvait un drôle d'air, elle était pâle comme un linge, avec des taches violettes sous les yeux. Un ange passa, longuement, en traînant les pieds. Gandon dit enfin :

— Je voulais vous parler... Je crois qu'il faut que nous nous parlions.

Il avait dit cela sur un ton d'une extrême gravité, et cette solennité le gênait après coup. Clémentine acheva de reboutonner le col de sa robe. Elle avait envie de s'enfoncer sous terre. Elle se tapota mollement les joues. Être en présence de quelqu'un qui vous trouve laide...

— Allons dans mon bureau si vous le voulez bien, dit Gandon.

Elle demeurait immobile, les yeux rivés sur le plancher. Le frère Gandon commençait à s'inquiéter vraiment.

— Qu'y a-t-il, Mlle Clément?

Clémentine gardait le silence. Gandon attendait, crispé.

— J'ai honte, dit-elle enfin.

— Honte? Mais de quoi?

— Honte de marcher devant vous.

Le directeur sentit son cœur dégringoler de sa poitrine.

— Oh, mon amie...

Il avait avancé la main. Clémentine se renfrogna délicatement.

— Je vous suis, dit-elle, et elle se mit en route.

Ce fut lui qui la suivit. Il ne voulait pas qu'elle voie son visage. Cela ne lui était pas arrivé depuis l'époque de ses dix-huit ans. Son père venait de mourir et il avait obtenu du collège un congé de quatre jours. Au moment de quitter sa mère, et sans soupçonner qu'il ne la reverrait pas non plus, elle lui avait dit d'une voix quasi absente : «Tu sais, ton père n'a jamais compris pourquoi tu le méprisais d'être rien qu'un pauvre travailleur sans instruction...» Dieu! la nuit qu'il avait passée.

Gandon n'avait pas pleuré depuis, il s'était cru à l'abri désormais, plus solide que la vie. Pourtant il sentait qu'en cet instant un regard de l'institutrice, un seul, et il s'effondrerait. Un homme en larmes, il estimait trop Mlle Clément pour lui infliger cela.

Clémentine avançait, le front baissé. Ils croisèrent le concierge qui leur dit en blaguant qu'ils ressemblaient à deux prisonniers marchant vers le peloton d'exécution. Ils n'eurent pas même un sourire, et disparurent à l'autre extrémité du corridor.

«Pfff! Tortionnaires d'enfants», maugréa le concierge.

* * *

Il y avait une odeur étouffante de pipe, et de lourdes nappes bleues flottaient dans la pièce. Clémentine en déduisit

231

qu'il avait beaucoup fumé, donc beaucoup réfléchi, et se méfia.

Il l'invita à s'asseoir et gagna lui-même son siège derrière son bureau. Elle évitait de le regarder en face, et fixait les yeux sur le verre de whisky à moitié entamé.

— Vous en voulez ? dit-il.

— Je vous demande pardon ?

— Du whisky.

Elle fit non.

Puis, haussant les épaules, elle dit oui, pourquoi pas.

Gandon n'avait pas l'habitude d'offrir de son whisky. Il trouva dans ce geste une consolation, le plaisir de partager quelque chose avec quelqu'un. Il lui en versa une quantité généreuse. Jusqu'ici, les relations entre Mlle Clément et la boisson s'étaient limitées à un doigt de porto qu'elle s'offrait quand elle venait de terminer la lecture d'un roman. Elle entendait ainsi communier en esprit avec l'auteur. Il lui semblait qu'un écrivain devait faire cela quand il avait achevé de rédiger une œuvre : s'offrir un doigt de porto. N'avoir jamais rencontré d'écrivains était un des regrets de sa vie. Et à mesure qu'elle vieillissait, de tels regrets s'accumulaient, et peu à peu, sa vie elle-même prenait un goût de regrets et de temps gâché.

Elle n'avait jamais bu de whisky non plus. Il ne serait pas dit qu'elle mourrait sans avoir essayé ça ! Elle en prit une bonne gorgée, et trouva cela abominable. Elle sentit descendre en elle un serpent de feu; cela lui fit l'effet d'un coup de poing dans l'estomac. Mais elle put enfin regarder le directeur en face.

Le frère Gandon aussi prit une lampée, car la route devant lui était longue, et abrupte. Il buvait depuis le milieu de l'après-midi, ce qui ne lui arrivait jamais. Clémentine lui trouvait un air moins résolu qu'à l'ordinaire. Il avait la joue pendante, la mine vague, du flou dans le regard.

— Je vous écoute, dit-elle.

Elle était prête à tout entendre.

Gandon hésitait encore. Il espérait un contretemps de dernière minute, une visite impromptue, un coup de téléphone, qui lui aurait fourni le prétexte de remettre au lendemain cette pénible explication.

— Vous me torturez, fit-elle.

Le directeur plongea.

— Il m'est très désagréable de vous dire ce que je vais vous dire, veuillez me croire. Mais il y a des rumeurs qui courent sur votre compte. Et sur le mien, par ricochet. Vous devez vous douter de ce que c'est. On dit que vous avez persécuté le petit Guillubart. C'est faux, bien entendu, mais on le dit. Et que vous continuez à harceler Rocheleau et Bradette de vos soupçons.

Clémentine ne s'était pas attendue à cela. Quelque chose se fissura en elle. Ses certitudes commencèrent à craquer. Après tout, si cette rumeur était vraie? était vraie *en partie*? Ce jour-là, Eugène Guillubart n'avait pas vu Clémentine venir. Il avait à peine eu le temps de dissimuler les dessins dans son cartable. Elle avait affiché un sourire de triomphe. En cet instant précis, avait-elle aimé sa peur? *L'angoisse dans le regard de l'enfant lui avait-elle procuré du plaisir?* Elle ne le savait pas elle-même, elle ne se comprenait plus. L'image de Mme Guillubart lui souriant au bord de la fosse s'imposa à son esprit, cruellement. Elle avala une gorgée de whisky.

Gandon voyait toutes ces ombres passer sur son visage.

— Je vous connais depuis plusieurs années, mademoiselle, et je vous considère comme une personne d'une exceptionnelle qualité, dont l'amitié compte énormément pour moi. Je... Je sais que vos intentions sont louables, toujours, quoi que vous fassiez. Mais vos comportements, depuis quelque temps, ne sont peut-être pas les plus appropriés. Vous vous nuisez à vous-même, comme on dit. Et, en tant qu'ami, car je suis votre ami, j'en éprouve du chagrin, et je voudrais vous éviter des embarras inutiles. Je vous le dis sincèrement.

Elle prit une expression de reproche boudeur.

— Qu'est-ce que ça veut dire, ça, «je vous le dis sincèrement»? C'est comme si je vous disais : Croyez-moi sur parole, je ne suis pas menteuse, car si je l'étais, je serais la première à me dénoncer!

— Ne me compliquez pas la tâche en jouant sur les mots.

Le poids dont elle ne savait plus s'il était celui de la justice ou de l'injustice lui faisait plier l'échine. Elle comprit qu'elle fléchirait, qu'elle finirait par se laisser écraser.

Clémentine se cramponna à cette part d'elle-même qui refusait de céder, la petite fille qui se rebellait et disait non.

— M'accuser de harceler ces enfants. Moi qui veux les protéger, les sauver du péril!

— Je sais, Mlle Clément, je sais. Mais ce péril dont vous parlez... comment dirais-je... existe-t-il ailleurs que... que...?

Il cherchait l'expression juste.

— Ailleurs que dans ma tête? Allez, dites-le!

— ... ailleurs que dans vos légitimes suppositions. Car la situation, j'en conviens, justifiait cette inquiétude. Mais tout porte à croire que nos soupçons étaient heureusement sans fondement.

Il avait subtilement insisté sur le «nos».

— Heureusement sans fondement, répéta-t-elle, sarcastique.

Gandon la considéra curieusement.

— Auriez-vous préféré que ces soupçons soient fondés, Mlle Clément?

Elle ne trouva rien à répondre. Elle sortit son mouchoir et s'épongea les tempes.

— Pourtant, reprit-elle, cette lettre anonyme que la police a reçue? Et ce que j'ai moi-même vu? Cet employé de la banque? Ce serait tout de même un hasard un peu fort!

— S'il fallait juger les gens sur les apparences, vous... nous serions les premiers dans l'eau bouillante.

L'institutrice baissa le front. Gandon poursuivit.

— Et puis, cet employé, il porte un nom : Remouald Tremblay. Je l'ai appris du curé Cadorette. J'ai du reste été le rencontrer aujourd'hui.

— !!!

— Je veux dire le curé Cadorette. Le pauvre, lui si combatif, si vaillant, son attaque l'a jeté dans la stupeur. Le voir ainsi, dans un fauteuil roulant, vieux d'un seul coup, je vous jure...

— Vous ne m'expliquez toujours pas ces troublantes «coïncidences» — Clémentine dessina, du bout des ongles, les guillemets.

Le frère Gandon se versa une rasade de whisky. Une fois de plus, elle l'étonna en approchant son verre.

— Une larme encore.

— Soyez prudente, quand même.

— J'ai l'habitude, fit-elle sans broncher.

Le directeur commença à bourrer sa pipe. «On connaît mal les êtres», songeait-il avec mélancolie. Sur la pochette d'allumettes étaient inscrits les mots : «Davies Hotel, Thamesville, Ontario». Comment cela avait-il pu aboutir dans ses mains ? Rien ne voyageait davantage, et plus capricieusement, qu'une pochette d'allumettes.

Un flot de fumée surgit de ses lèvres.

— Expliquer ces coïncidences, je ne crois pas que ce soit très difficile. Quelqu'un aura eu vent de vos soupçons et en aura profité pour envoyer une lettre de dénonciation à la police. Quel crédit accorder, d'ailleurs, aux accusations d'un individu qui n'a même pas le courage de les signer ? Ils en reçoivent à la dizaine, des ordures comme celle-là. Et puis, que l'on sache, le nom de Tremblay n'a pas été mentionné.

— Mais qui aurait pu avoir vent de mes soupçons, je vous le demande ? Je n'en ai parlé à personne d'autre qu'à vous.

— Il y avait bien le capitaine des pompiers. Et puis les autres institutrices.

Clémentine baissa les yeux : c'est vrai, elle en avait parlé aux autres institutrices. Et elle l'avait aussitôt regretté. De vieilles commères, voilà ce qu'elles étaient !

Elle avala la dernière goutte et contempla maussadement le fond de son verre. La boisson laissait une saveur de rouille sur sa langue. Tout la trahissait. Tout le monde aussi, y compris le frère Gandon. Elle s'empara avec désinvolture de la bouteille et se servit. Des taches roses apparaissaient sur ses joues.

— Je ne sais plus quoi penser, dit Clémentine.

Elle eut une montée de sueur. Dieu qu'il faisait chaud dans cette pièce !

Le frère Gandon n'avait dit que le tiers de ce qu'il avait à dire, et encore : c'était le tiers le plus facile. Il passa les doigts dans sa tignasse, qui resta en broussaille, l'air d'un homme qui sort du lit. Il reprit du whisky pour se donner du courage.

— Hier, mademoiselle. Heureusement que la banque allait fermer et qu'il ne restait avec lui que le gérant, M. Judith. Sinon, vous vous imaginez le scandale que ç'aurait été devant les clients, ou devant les autres employés? M. Judith est un homme compréhensif, j'ai pu arranger les choses avec lui ce matin. Mais enfin.

— Vous n'avez pas le droit de me rappeler cela. Vous n'avez pas le droit. Je ne me possédais plus. Pas le droit... pas le droit...

Elle s'était mise à sangloter, avec ces reniflements si désagréables à Gandon.

— Mais quelle idée vous a prise, mon amie, d'aller ainsi invectiver ce pauvre Tremblay, alors que vous n'aviez pas l'ombre d'une preuve?

— Je revenais de l'enterrement d'Eugène. J'étais... Je me suis précipitée chez les Guillubart, mais je ne me suis pas sentie capable d'affronter sa mère. J'ai rebroussé chemin devant la porte. Je me disais : C'est à cause de moi qu'il est mort. Puis — je ne sais plus pourquoi, je ne m'appartenais plus, je vous l'ai dit — j'ai pensé : Il n'y a pas que moi qui l'ai tué! J'ai couru vers la banque, je voulais dénoncer cet homme, ce... ce pauvre Tremblay comme vous dites! Ce pauvre Tremblay que j'ai surpris encore la semaine dernière avec une petite fille pleine d'ecchymoses sur le visage, est-ce que je l'invente, ça aussi?

— C'était la nièce de M. Judith, c'est lui-même qui me l'a dit, elle s'était blessée en tombant.

237

Clémentine abattit son poing sur le bureau.

— Je ne le crois pas! Ce Judith doit être son complice! Ou alors...!

— Essayons de rester calme. C'est ça, votre défaut : vous perdez trop facilement votre sang-froid. Vous êtes en train de vous rendre malade. Pouvez-vous vous imaginer l'air que vous aviez, hier, alors que vous hurliez en frappant la vitrine de la banque? Et un de vos pieds qui était nu, comme ça, dans la neige. Vous souvenez-vous de cela? *Vous aviez oublié de mettre une botte!*... Ce détail, qu'elle ignorait, la sidéra. Gandon poursuivit à contrecœur.

— Il y a aussi ce que vous avez fait dimanche, et je ne peux pas fermer les yeux là-dessus. Le père de Rocheleau m'a envoyé une lettre, et l'oncle de Bradette m'a téléphoné pour m'engueuler, si vous me passez l'expression. Ce sont là des démarches dont je devrai tenir compte, et je serai forcé de les mentionner à la prochaine réunion des commissaires d'école.

— Quinze ans d'enseignement et d'amour... quinze ans... quinze ans!...

Elle répétait ces mots avec incrédulité. Gandon avait l'impression de travailler à froid dans de la chair vive.

— Je m'excuse, mademoiselle, mais je suis obligé de vous demander votre version des événements.

Le directeur attendit.

— Qu'y a-t-il de si drôle? demanda-t-il enfin avec une pointe d'humeur.

Clémentine était prise d'un fou rire grotesque. Elle tressautait sur sa chaise comme emportée sur un chemin cahoteux. Les secondes passaient. Le frère Gandon se leva de son fauteuil. Il allait appeler un médecin.

— Il m'a botté le derrière, finit-elle par dire.

Gandon n'était pas sûr d'avoir bien entendu.

— Quelqu'un vous a...?

Elle fit oui.

— Mais qui donc?

Elle ne pouvait pas répondre, martyrisée par le rire. Il lui prit des mains le verre de whisky.

— Remettez-vous, je vous en prie. Qui a osé vous faire une chose pareille?

Elle parvint à se calmer et récupéra son verre avec une jovialité cynique.

— L'oncle de Bradette. Il m'a envoyé son pied au derrière. Vous voyez ça d'ici? Une boiteuse avec une fesse en compote!... Je marchais comme une locomotive. Tchou-tchou, pff. Tchou-tchou, pff.

Le directeur n'en croyait pas ses oreilles. Frapper une femme! et de cette façon-là, et Mlle Clément par-dessus le marché!

— Mais c'est... c'est inadmissible!

L'institutrice haussa les épaules avec une bonne humeur détachée. But de nouveau. Se tapota doucement le ventre.

— J'étais allée d'abord chez le Dr Rocheleau pour lui faire part de mes craintes. Il m'écoutait avec un sourire angélique. Et puis il m'a répondu simplement que c'était impossible, que je connaissais mal son fils, que son fils ne pouvait pas avoir fait des choses pareilles. Il m'a parlé d'un séraphin qui veille toujours sur son enfant, a raconté je ne sais trop quoi sur une épingle, il m'a dit que la mère du petit est plus vivante que

239

vous et moi... Il m'a laissé l'impression d'avoir une araignée dans le plafond.

— À en juger par sa lettre, effectivement, il m'a l'air un peu bizarre.

Croyant avoir plus de chances d'être écoutée par l'oncle de Bradette, elle s'était rendue chez lui. Elle n'avait pas achevé sa première phrase que celui-ci s'était mis à l'injurier. Il s'était levé de sa chaise et l'avait poursuivie en butant contre les meubles, jusqu'à la porte.

— Et là, en guise de salut, il m'a mis le pied aux fesses. Voilà.

Gandon en avait les larmes aux yeux. Il porta le verre à ses lèvres d'une main que l'indignation faisait trembler, quand Clémentine s'exclama, claironnante :

— Il m'a dit que je couchais avec vous !

— Qu'est-ce que vous dites ?

— L'oncle de Bradette. Il a dit que je couchais avec vous ! Et quand je suis allée acheter mon pain hier midi, j'ai entendu la femme du boulanger raconter la même chose dans mon dos !...

Le frère Gandon se demanda s'il ne rêvait pas. Il contourna son bureau et s'écrasa sur son siège.

— On ne dit pas ça. C'est impossible. On ne dit pas une chose pareille.

— Eh bien oui, tout le monde le dit ! Depuis des mois ! Ils sont toujours ensemble, qu'ils disent. N'est-ce pas louche ? Mais c'est qu'ils forniquent ensemble sept fois par semaine !

— Taisez-vous ! Mais taisez-vous donc !

Clémentine ricanait dans son verre : c'était bon de mentir.

— Ils disent que j'ai votre odeur sur la peau ! Ils disent

qu'on est comme des bêtes! Ils disent que... que je vous fais des suçons!

Elle ne savait pas trop ce que ce mot signifiait; mais elle trouvait qu'il sonnait bien, et juste. Il s'était levé, le bras en l'air, prêt à frapper. Elle éclata d'un rire horrible, ivre de défi. Ce rire le brisa.

— Vous êtes soûle. Et vous êtes en train de perdre la tête.

Elle se dressa avec une telle brusquerie que sa chaise se renversa. Sa toque était retombée, des mèches lui zébraient la joue, ses lèvres étaient gonflées de sang. Le directeur était terrifié. Il recevait ses postillons en pleine figure, ils pénétraient dans sa bouche entrouverte comme des gouttes de vinaigre. Il était terrifié parce qu'elle était terriblement belle.

— Frappez-moi, allez! Tapez sur l'autruche si vous croyez que ça va empêcher les gens de parler! Mais ils vont continuer de dire que nous sommes amants! Ils vont continuer de dire que je vous aime depuis cinq ans, depuis le premier jour où j'ai vu ce visage que je hais, que je me réveille la nuit pour haïr! Comme je hais l'odeur de votre pipe, de ce whisky abominable, de votre corps malpropre que je retrouve quand vous n'êtes pas dans votre bureau et que je m'enfouis la figure dans le manteau qui est là, dans cette armoire! Et vous savez ce qu'ils disent encore, les gens? *Ils disent que vous venez chez moi, que nous avons un code, que vous pouvez monter par derrière si j'allume la lampe de la cuisine!... Ils disent...!* Ils disent que vous êtes mon lion superbe et généreux!... Et ils disent plus aussi, ils placotent, les gens, si vous saviez! Ils disent qu'on se soûle ensemble, et que je danse pour vous, pour vous seulement, pour vous provoquer — tenez, comme ça!

Elle gagna le centre de la pièce en manquant culbuter sur

241

la chaise renversée. Elle la repoussa. Ses bras se mirent à onduler au-dessus de sa tête, elle exécuta quelques pas en bougeant le bassin à la manière dont elle s'imaginait que dansaient les Mauresques, d'après ce qu'elle avait lu. Puis elle perdit l'équilibre, s'écroula du côté de sa jambe faible. Elle marcha à quatre pattes jusqu'à lui. Elle agrippa sa soutane à la hauteur des hanches.

— Ils disent que je t'aime, mon amour. Et que je serai bientôt vieille. Et que j'étais belle et que je deviens laide... Entends-tu ce qu'ils disent ? Que je suis en train de mourir d'amour pour toi ?... Et je m'en fous, moi, du capitaine des pompiers, puisque tout le monde dit que c'est toi que j'aime, tu m'entends ? Réponds, mon amour, réponds !

Elle sanglotait en martelant du front le ventre du directeur.

Jusque-là, Gandon n'avait vu que des éclairs, entendu que des sifflements. Il comprit soudain ce qui se passait. Elle grimpait sur lui. Elle le renversa sur son bureau.

Il essaya de se dégager, mais elle était forte. Ses lèvres se promenaient dans son cou, sur ses joues, elle lui mordillait les oreilles en murmurant Gaston, Gaston... Un dégoût profond s'empara de lui. Il la repoussa de toute la puissance de ses bras. Elle revola au fond de la pièce et se cogna la tête au mur.

Gandon s'était dressé, fouetté de l'intérieur, les muscles prêts au combat. «Qu'elle se lève donc !» Il avait une envie frénétique de se battre avec elle. Oui, qu'ils se sautent dessus ! qu'ils se griffent ! qu'ils roulent sur le plancher, se frappent la figure, s'emprisonnent l'un l'autre, qu'ils en finissent une fois pour toutes ! puis demeurent étendus par terre, déchirés, haletants, chacun dans son coin comme un chien qui lèche ses blessures...

Mais son sang s'apaisa, son souffle, et la situation lui apparut dans toute son horreur. Il se saisit le crâne à deux mains.

Les pas résonnaient dans l'école vide. Il les écoutait se rapprocher, au même rythme que son cœur. Il entendit frapper, une fois, deux fois. Il ne réagissait pas. La porte s'ouvrit. Il reconnut Remouald Tremblay. Puis, derrière lui, le concierge.

— Je m'excuse, monsieur le directeur, mais il y a ce monsieur qui veut vous voir. Moi, je suis venu pour ramasser la corbeille à papier, mais...

Le concierge s'interrompit en apercevant l'institutrice. Remouald la considérait avec étonnement. Le haut de sa robe bâillait, elle était affalée contre le mur, le sein à l'air. Elle paraissait ne rien voir alentour. Elle épongeait avec sa manche un peu de sang qui coulait de sa bouche.

Le directeur aurait dû avoir le geste simple de marcher vers elle et de l'aider à se relever. Et c'est bien là ce qu'il désirait faire. Mais il était pétrifié.

— Désolé de vous avoir dérangés, dit le concierge avec un sourire désagréable.

Gandon entendit s'éloigner les pas des deux hommes.

* * *

Il y eut un long silence. Gandon ne parvenait pas à se détacher de la pensée stupide qu'il devrait lui-même vider la corbeille à papier. Il dit :

243

— Cinq ans d'amitié pour en arriver là...

— J'aurais cru que vous étiez un homme. Mais vous n'êtes pas un homme. Vous n'avez pas de cœur. Vous n'avez même pas de corps.

Elle avait dit cela d'une voix très douce. Gandon empoigna la bouteille avec l'envie d'y boire au goulot, mais il la prit soudain en haine, et la redéposa sur le guéridon. Il s'approcha de Clémentine, qui refusa son aide. Elle claudiqua jusqu'à son verre. L'alcool mit le feu à sa langue meurtrie, elle grimaça.

— Je vous en conjure, ne buvez plus. Et puis... là... votre robe...

Clémentine reboutonna son col. Ils se tenaient debout près du pupitre. Par moments, leurs épaules se touchaient, et leur fatigue était telle qu'ils étaient portés à s'appuyer l'un contre l'autre. Comment se quittait-on après une soirée pareille ? Gandon ne pouvait plus réfléchir, il n'y avait plus que de la brume dans sa tête.

Clémentine conservait ce calme malsain, tout en violences rentrées, de quelqu'un qui ne tient plus à rien et est prêt à en faire la preuve. Gandon la regardait. Ses cheveux défaits, sa tenue débraillée, tout ce qui tantôt l'auréolait d'une beauté inconvenante et sauvage, maintenant que sa fureur s'était éteinte, lui donnait la triste allure d'une aliénée. Le directeur se détourna.

Elle replaça une de ses mèches d'un geste lent et machinal. Elle parlait d'une voix lasse, avec une sorte d'indifférence rêveuse.

— Vous m'en voulez ? dit-elle.

Gaston Gandon hésita.

— Oui. Je vous en veux.

Elle acquiesça doucement.

— J'imagine que c'est normal. De toute façon, je n'ai pas peur de vous. Pourquoi aurais-je peur d'un petit garçon qui se cache derrière une robe ?

— Cessez de m'insulter. Je vous le demande gentiment.

Elle l'ignora, comme si elle s'adressait à Clémentine et demie.

— Pourquoi êtes-vous devenu directeur d'école ? Pour demeurer à l'intérieur de ce petit monde, le seul que vous avez connu, avec ses récollections, ses réfectoires, ses équipes de hockey et ses petits matins à la chapelle, ses livres aussi. Vous avez fui la vie, parce que les seuls problèmes auxquels vous pouviez faire face étaient des problèmes de petit garçon. Vous *êtes* un petit garçon. Vous avez des habitudes, des loisirs, des enthousiasmes de petit garçon. La vraie vie, avec ses souffrances, ses plaisirs, ses réalités, vous la refusez. Vous préférez réfléchir à des questions de théologie, ou partir en randonnée sac au dos avec vos petits camarades en chantant *Val-de-riz Val-de-rats*. Je me demande d'ailleurs si vous n'êtes pas attiré par eux. Pour la même raison que vous vous cachez derrière une robe. Par peur des femmes, peur de la vie...

Gandon mettait son point d'honneur à garder son sang-froid.

— Je vous en avertis encore calmement. Si vous continuez... je vais vous haïr.

— Vous ? Haïr ? Mais avez-vous seulement la force pour ça ? Aimer le printemps, sa grand-mère, les petits oiseaux, à la bonne heure ! Mais haïr, savez-vous seulement ce que c'est ? ce que cela demande de caractère, de lucidité, de courage ?... C'est facile d'aimer tout le monde quand on marche les yeux rivés sur des idéaux de scout, en faisant la B.A. quotidienne, sans voir dans quoi on pose le pied, sans voir le mal, la souffrance, l'enfer qu'est l'existence pour ceux qui nous entourent.

— Une nuit, je me trouvais dans un hôpital avec un médecin de mes amis. Je n'ai aucune raison de le faire, mais je vais vous dire quand même son nom : il s'appelait Daniel Langevin. Langevin, comme cette école. Nous trinquions dans son bureau. J'ai alors demandé à voir les enfants dormir. On était déjà un peu ivres, sinon il aurait refusé, et du reste je n'aurais pas osé. Mais nous y sommes allés. Dans une chambre, il y avait un enfant qui dormait à l'écart des autres. Il ressemblait à un ange. Ce n'est pas une image facile, mademoiselle : j'ai connu assez d'enfants dans ma vie pour ne pas les confondre avec des anges. Mais celui-ci en était vraiment un. Blond, frisé, du genre qu'on voit dans le rôle de saint Jean-Baptiste les jours de défilé. Mon ami a soulevé la couverture. Sur toute la surface du dos, le petit avait des protubérances mauves grosses comme des balles de golf. Daniel m'a soufflé à l'oreille : «Il a quatre ans.» Il n'avait plus que quelques semaines de souffrance à vivre.

Clémentine fit celle qui n'est pas impressionnée.

— Pourquoi me racontez-vous ça ?

— Pour vous montrer que moi aussi, j'ai des yeux pour voir. *Des yeux d'homme.*

Elle eut un sourire las, qui sembla moins s'adresser à lui qu'aux tableaux accrochés aux murs. Elle avait croisé les bras sur sa poitrine, dans une sorte d'étreinte pour se tenir au chaud.

— Vos peintures sont moches, elles aussi. Maladroites,

puériles, comme les femmes qu'elles représentent.

— Je ne me fais pas d'illusion sur elles.

Elle haussa les épaules.

— Les hommes et les femmes ne sont pas faits pour s'entendre.

— Sortez, dit-il avec une fermeté tranquille.

Clémentine saisit mante, sac à main, chapeau, du même geste raide qu'elle avait pour attraper les légumes au marché, puis replaça négligemment sa toque. Elle gagna la porte d'un pas nonchalant. Elle se tourna une dernière fois vers Gandon — un rictus, une allusion des yeux, calculés pour le tourmenter toute la nuit. Puis, délirante de dignité, elle claudiqua dans l'ombre vers ce qui restait de sa vie.

Gandon demeura au milieu de la pièce, le mépris d'une femme planté en plein cœur.

Alors sa fureur, ses inquiétudes, sa détresse, tout cela lui remonta aux tempes d'un seul coup. Il courut jusqu'à la salle du concierge : la lampe était éteinte, la porte verrouillée, l'homme parti. Gandon savait qu'il avait l'habitude de terminer ses journées à la taverne. Ses compagnons de cuite, en rentrant ce soir, en auraient une bien bonne à raconter à leurs épouses! Le directeur revint à son bureau, transpirant, haletant, ne sachant plus où donner de la tête.

Il ouvrit l'armoire pour y prendre son manteau. Il y vit la gouache qu'il avait exécutée pour elle et dont il avait voulu lui faire cadeau. C'était un portrait de Clémentine, sur lequel il avait peiné toute la journée de dimanche. Il se retint pour ne pas donner un coup de pied dedans.

— Je ne lui pardonnerai jamais. Jamais!

Il sentit au fond de sa poche une présence poisseuse. Il en sortit un long boudin acheté le matin même et aussitôt oublié. Il y mordit. Il n'aimait pas le boudin cru, mais il était d'humeur à poser des actes incohérents, comme s'il disait à Dieu : «Vous avez voulu que je déteste le boudin cru, hein? Eh bien, j'en mange quand même!» Quand il se pencha pour enfiler ses bottes, il s'aperçut que, tantôt, il avait éjaculé.

Il se dirigea en maugréant vers la sortie de l'école, d'humeur à tuer. Remouald surgit de l'ombre. Il avait au bout du nez une goutte qui tournait au glaçon.

— Qu'est-ce que vous me voulez?

— Vous parler, dit Remouald — et il avait l'air si piteux que la colère de Gandon chut d'un cran.

— Qu'avez-vous à me dire?

— Je ne sais pas.

Le directeur le considéra avec ironie. Remouald se moucha dans sa manche. Il eut son sourire de bourrique gavée de son. Était-il soûl ou quoi? Il attendait sans rien dire.

— Vous êtes venu au monde comme ça ou vous avez suivi un entraînement?... Qu'est-ce que vous me voulez à la fin?

— Vous dire, dit Remouald.

— Oui, mais me dire quoi?

— Que je suis guéri.

— Vous m'en voyez ravi. Guéri de quoi?

— Depuis des années. Dites-le à votre amie l'institutrice. Pour qu'elle cesse de penser ce qu'hier elle a voulu me dire en cognant contre la vitre de la banque.

— Et qu'est-ce qu'elle a voulu vous dire au juste?

— Je ne sais pas.

248

— Mes félicitations, vraiment.

— Elle n'a pas eu le temps de me le dire. Et vous aussi, ne pensez pas comme ça, même si vous êtes venu parler avec M. Judith ce matin.

— Ce n'est pas très clair ce que vous dites, vous en rendez-vous compte ?

Gandon commençait à douter de la santé mentale de son interlocuteur. Remouald se tordait les mains et piétinait la neige pour se réchauffer.

— J'avais aussi un secret à vous dire, pour l'institutrice votre amie.

— Ah bon. Et ?

— Je ne sais plus.

Gandon ne s'étonnait plus de rien. Il prit cela avec sérénité. L'autre ajouta :

— Je veux dire que je ne sais plus si je veux vous le dire.

— Vous êtes sympathique, vous savez. Vous devriez vous présenter aux prochaines élections.

Le frère se mit en route. Remouald lui emboîta le pas. Il marchait un peu en retrait, se battant les biceps pour lutter contre le froid.

— Je vais venir vous le dire cette semaine, ce secret, parce que ce soir je suis empêché. Je suis empêché par le fait que je ne veux pas le dire. Mais maintenant je voudrais vous dire autre chose encore.

Le frère s'immobilisa, très impatienté. Remouald stoppa à son tour pour maintenir la distance.

— Mon écharpe de laine, dit-il.

— Quoi, votre écharpe de laine ?

— Vous l'avez autour du cou.

— Quoi?

Remouald répéta. Gandon dénoua l'écharpe et l'examina à la lueur de la lune. En effet, ce n'était pas la sienne.

— Ce matin, à la banque. Sans vous en rendre compte, vous êtes parti avec mon écharpe, mon frère.

Et il sortit de sa poche le foulard du directeur.

— Ma foi, c'est trop vrai. Je m'en excuse. Mais vous auriez pu mettre la mienne en attendant! Voyez comme vous avez froid.

— Ce n'était pas la mienne, dit Remouald avec son sourire.

Il fit une courbette et s'en fut. Gandon remit son foulard. Quelque chose était resté dans les replis du tissu. Il regarda : une patte de lapin. Elle lui échappa des mains.

Il la chercha, par acquit de conscience, mais ne put la trouver au milieu de toute cette neige. «Tant pis», se dit-il. Ses soucis l'avaient repris tout entier. Le concierge. Les chuchoteries. Mlle Clément.

«Comment trouverai-je la force de la revoir demain?»

Le directeur accéléra le pas. Il appelait désespérément en lui l'image du Christ sur la Croix. Être incapable de pardonner à quelqu'un lui créait une angoisse infinie.

Mais le lendemain, Clémentine ne se présenta pas à l'école. Ni le surlendemain, d'ailleurs. Ni même le lendemain du surlendemain.

CHAPITRE XI

Il l'avait cherchée partout.

Sous le lit, sous les meubles, dans toutes les poches que ses vêtements pouvaient avoir, dans ses bottines, dans la boîte à pain, dans les endroits mêmes où il était impossible qu'elle se trouve... Il essaya de se rappeler la dernière fois qu'il l'avait touchée. La veille, certainement. Mais où ? L'avait-il toujours en entrant dans le bureau du directeur ? Il se rappelait l'avoir pressée dans sa paume au moment où il avait aperçu l'institutrice. Mais quand il avait attendu le directeur dehors, l'avait-il encore ?... Il consulta l'horloge. Il n'était pas sept heures du matin. Il partit sans avaler de thé, sans même avertir Séraphon qui dormait encore.

Il avait neigé une partie de la nuit, et il fallait s'arracher les yeux pour dénicher une patte de lapin. La tête lui tournait à cause de l'alcool absorbé la veille. Il avançait, plié en deux, scrutant le sol. Il parvint ainsi à l'école Langevin. Il se redressa, et ce simple effort accéléra le rythme de son cœur; des étoiles dansèrent un instant devant ses yeux.

La cour d'école lui apparut comme un immense désert décourageant de blancheur. «Petite patte, petite patte», murmurait-il. Il déplaçait un peu de neige du bout de sa bottine.

Il remarqua une silhouette à l'autre extrémité de la cour. Il la suivit des yeux. Une femme de petite taille, tout en poitrine et en fesses. Elle s'immobilisa soudain et se pencha. Apercevant alors Remouald qui se précipitait sur elle, elle pressa le pas. Elle serrait son pain sous son aisselle et sa sacoche qui ne contenait pas vingt sous. Mais le jeune homme la rattrapa et lui bloqua l'issue de la cour.

— Vous avez trouvé quelque chose ?

Remouald attendait, le regard intense. La femme recula.

— Dites-moi ce que vous avez ramassé, et en échange...

Il fouilla dans ses poches.

— Et en échange, je vous donne des allumettes.

«Un fou !» pensa la femme au désespoir.

— Vous voulez savoir dans combien d'années bissextiles l'Immaculée Conception tombera un vendredi ? Dites-moi ce que vous venez de ramasser, et je vous calcule ce que vous voulez.

La femme était à bout de voix :

— Je ne veux pas que vous me calculiez quoi que ce soit !

Elle avait peur qu'il se mette à la découper en petits chiffres avec un couteau.

— Ou bien des timbres, j'en ai chez moi, je peux vous en donner, des images du monde... S'il vous plaît. Madame.

La femme ne disait rien. Remouald avait épuisé ses ressources en négociation. Son visage se rembrunit, et il sortit les mains de ses poches.

— Rendez-moi ma patte de lapin.

La femme recula de nouveau.

— Votre patte de lapin ?

Il marcha vers elle et lui donna un coup de poing sur l'épaule.

— Ma patte de lapin, répéta-t-il, et il tendait la main.

La femme sortit la patte de lapin de son manteau et la jeta par terre. Elle s'enfuit en courant, les mains sur le chignon, en oubliant son pain. Remouald tomba à genoux. Il souffla sur la patte recouverte de neige, posa ses lèvres dessus. «Ma pauvre petite, tu te rends compte? C'est la première nuit que nous ne dormons pas ensemble.»

Sitôt franchie la porte de chez elle, la femme courut jusqu'à la cuisine.

— Armand! Armand!...

Armand avait une casquette de plomb et luttait avec ses paupières pour les tenir ouvertes. Il avait une cigarette qui fumait dans le cendrier de sa chambre, une autre dans celui de la cuisine, une dernière entre ses doigts, qui semblaient avoir trempé dans une solution d'iode.

Sa femme lui raconta par le menu ce qui venait de lui arriver au retour de la boulangerie. Elle mimait la scène avec des gestes amples, la poitrine houleuse, et se prêtait des attitudes héroïques. Elle imitait Remouald en roulant de gros yeux menaçants, élevait les bras au-dessus de sa tête, comme si elle venait d'affronter l'Abominable Homme des Neiges.

Son mari écoutait comme écoute un mari, en se disant que cet ennuyeux récit finirait comme les autres par finir. Puis, soudain, son œil s'alluma, et il montra de l'intérêt pour l'histoire. Encouragée par ce succès inattendu, la femme en rajouta. Quand elle en eut assez de répéter les mêmes choses, elle se tut et, croisant les mains sur son buste, attendit sa réaction.

253

Armand prit tout son temps. Un sourire indéfinissable flottait sur ses lèvres. Il se dirigea vers le lavabo et, mine de rien, laissa tomber :

— Ton fou, je crois savoir qui c'est.

Ce qui laissa sa femme bouche bée. Il savoura cette première victoire. Mais il en avait de bien meilleures encore à raconter à sa vieille, ce matin ! Il aspergea d'eau sa figure, s'épongea, revint en s'étirant, gémissant d'aise...

Armand était concierge à l'école Langevin.

***

Sarah avait cette manie de petite fille de tirer ses bas de laine le plus haut possible au-dessus de ses genoux, et à tout bout de champ il fallait interrompre la marche pour qu'elle s'adonne à ce rite. Parfois un détail mobilisait son attention, la forme d'un nuage, un moineau qui picore un vieux soulier. Remouald commençait à comprendre le langage de ses yeux, et bien souvent c'était plus clair pour lui que si elle lui avait parlé avec des mots. Les yeux de Sarah, comme ceux des chouettes, donnaient à voir ce qu'ils voyaient.

Pour le reste, elle ne s'intéressait à peu près à rien. Ni aux animaux qu'ils croisaient — les écureuils, les chevaux, les chiens, même petits — ni aux jouets dans les vitrines. Les jeux des enfants, qui se rassemblaient dans les ruelles en fin d'après-midi, la laissaient indifférente. Ils n'allaient jamais nulle part et suivaient le tracé capricieux des avenues. Sarah ne tenait plus la main de Remouald. Elle marchait en frappant dans ses mitaines une cadence distraite et lente, pour le plaisir de joindre et de disjoindre les mains, d'unir et de séparer, pour rythmer le temps qui passe.

Pourquoi alors ce soudain intérêt pour les Cornes Bleues ? Elle avait traversé en courant la rue Sainte-Catherine et s'était jetée sur la vitrine de la boucherie. Elle cachait ses yeux de la lumière du soleil pour mieux voir à l'intérieur. Remouald la rejoignit. Elle voulait entrer, tirait à deux mains sur sa manche. Remouald finit par céder.

Viandes tuméfiées, aplaties sur les étals, en quartiers ou en tranches, protégées par des vitres, comme un musée des plaies et blessures; et Sarah s'arrêtait devant chacune, cérémonieuse, comme on visite une exposition. La volaille étêtée, avec ses airs de cantatrice, rosette et déplumée, poitrine bombée, était retenue à des crochets le long du mur. Le boucher était en train de découper des côtelettes. On entendait le caquet des poules de l'autre côté de la cloison, le raclement des griffes sur la grille des cages. Les jambons et les saucisses pendaient au plafond. Remouald releva son cache-nez. Une fade odeur de grain, de bran de scie et de sang, dès son entrée, l'avait saisi à la gorge.

Le boucher s'approcha en essuyant ses mains à son tablier. Plutôt court de jambes, des épaules massives, un menton large. Remouald se demandait à qui il ressemblait. Il ignorait qu'il s'agissait de Siméon Cadorette, le plus jeune frère du curé.

— Qu'est-ce que je peux faire pour vous ?

— Sarah voulait entrer.

Siméon considéra la petite. Il avait un curieux rire d'asthmatique, un sifflement des bronches qui faisait le bruit d'une planche qu'on scie.

— Tu as faim, c'est ça ?

255

— Elle sort de table, monsieur le boucher.

Sarah se contentait de sourire.

— Qu'est-ce qu'il y a ? Le chat t'a mangé la langue ?...

Tandis que Remouald expliquait au boucher qu'elle était muette, Sarah se glissa le long du comptoir et se dirigea vers l'arrière-boutique. Elle sautillait en claquant des mains. Remouald voulut la retenir.

— Mais non, laissez-la. Ce sont les animaux dans les cages qui l'intéressent sans doute.

Ils lui emboîtèrent le pas.

Les poulets s'égosillaient en fuyant vers la cour — un coq se tassait contre le mur, l'ergot en l'air. Des plumes volaient de toutes parts comme si on avait éventré des oreillers. Sarah s'approcha des cages; les lapins à plat ventre, le museau entre les pattes, les yeux rougis par l'insomnie, semblaient résignés à terminer leur existence dans une assiette, recouverts de moutarde, une pomme de terre entre les dents. Sarah grattait les grillages en leur faisant des grimaces. Elle se mit à frapper du poing dans les cages.

— Hé, petite, mais que fais-tu ?

Sarah tira de toutes ses forces sur l'un des clapiers, et il tomba par terre. Elle se rua vers les autres, les enfonçant avec son épaule. Les échafaudages s'effondrèrent. Elle se mit à courir après les poules en leur donnant des coups de pied au derrière, et en saisit une par les pattes qu'elle secoua comme une cloche.

Le boucher, en pestant, essayait de redresser les cages. Des lapins parvenaient à s'échapper. Remouald, qui voulait l'aider, ne réussit dans son affolement qu'à écraser un museau : une étoile de sang apparut sous son talon. Il faillit tourner de l'œil.

Sarah se faufila dans la boutique et attrapa une tranche de veau. Elle grimpa sur le comptoir et, à l'aide de celle-ci, s'appliqua à fouetter les jambons.

— Tu n'es pas gentille, Sarah! Allez! descends de là, veux-tu?

Le boucher revint dans la boutique, furibond.

— Mais qu'est-ce que c'est que cette calamité!

Il s'approcha pour la débarquer lui-même de son perchoir : Sarah se suspendit à un jambon et l'entoura de ses cuisses. Elle se balançait au-dessus de leurs têtes en tirant la langue.

— Faites quelque chose ou j'appelle la police!

Remouald se tourna vers la fillette :

— Si tu descends, je t'achète des bonbons!

Ses yeux espiègles répondaient :

«Je n'aime pas les bonbons.»

Remouald fut saisi d'une inspiration. Il s'entendit dire, comme si un autre parlait à sa place :

— Je t'emmène au cinéma, tiens! Si tu descends, je t'emmène au cinéma!

Siméon avait empoigné son téléphone; il s'apprêtait à composer le numéro de la police. Sarah faisait des moues, hautaines et capricieuses, bercée par l'oscillation tranquille du jambon.

«Va pour le cinéma», fit-elle enfin.

Elle se laissa doucement tomber entre les bras de Remouald.

Remouald ôta son chapeau et s'essuya le front avec sa manche.

Le boucher contemplait Sarah avec stupéfaction. Elle s'approcha de lui et déposa gentiment la tranche de veau au creux de sa main. Son regard disait merci. Elle revint vers

257

Remouald et colla sa joue contre sa cuisse. Elle souriait à Siméon.

La voix de Remouald était toute petite :

— Bon, eh bien, je vous remercie, monsieur le boucher.

— Hé! fit Siméon. Ne faites pas l'idiot. Cette tranche de veau, qui va me la payer?

— Eh bien, celui qui va l'acheter, répondit Remouald, déconcerté par l'évidence de la question.

— Ah, parce que vous croyez que je vais pouvoir la vendre?

Remouald, en effet, n'y voyait aucun problème.

— Mais regardez-moi ça! Votre fille me l'a toute déchirée!

— Ce n'est pas ma fille.

— M'en fous. Payez-moi cette tranche de veau!

Remouald lui remit quelques sous, convaincu de se faire rouler comme d'habitude, mais discuter avec un marchand était au-dessus de ses forces. Siméon enveloppa négligemment la pièce de viande dans du papier ciré et la jeta contre la poitrine de Remouald. Sarah s'en empara.

Le boucher se tapota la tempe de l'index.

— C'est parce qu'elle n'aime pas beaucoup la viande, je pense, dit Remouald.

Siméon jura et retourna dans son arrière-boutique. Sarah et Remouald sortirent de la boucherie.

Dès qu'elle l'avait eu en main, Sarah avait mis le ticket dans sa bouche et l'avait avalé. Le placeur n'avait pas voulu entendre les explications de Remouald, quoiqu'il ait vu faire la fillette. «Il me faut un billet, un point c'est tout.» Ils pénétrèrent dans une salle presque vide, après être repassés à la caisse. Remould n'avait jamais beaucoup aimé le cinéma. Il avait l'impression d'une existence découpée en morceaux, avec des accélérations, des raccourcis inquiétants, des visages gigantesques qui grimaçaient toujours et des personnages d'épouvante qui surgissaient soudain un couteau à la main. Il trouvait étrange que les gens gaspillent leur argent à se procurer ainsi des angoisses. Quant à lui, il préférait fermer les yeux et n'écouter que le piano. Il finit par s'endormir.

* * *

Un appel retentit, et Remould ouvrit les yeux. La madone de l'icône était penchée sur lui et souriait.

— Qui êtes-vous?

Il avait murmuré comme un enfant qui rêve.

— Vous devez partir, monsieur, le spectacle est terminé.

Sarah aussi s'était assoupie, blottie contre Remould. La pianiste parlait à voix basse pour ne pas la réveiller trop brusquement. Elle répéta qu'ils devaient sortir.

— Oui, dit Remould, qui ne bougeait pas.

Sarah se réveilla avec des gestes boudeurs de petit chat, la même odeur aussi. Remould la prit dans ses bras. La pianiste quitta la salle. Remould s'empressa derrière elle.

— Mlle Vilbroquais, dit le placeur, nous venons de recevoir quelque chose pour vous.

Le placeur disparut derrière une porte et revint avec une liasse de lettres malpropres, racornies, qui paraissaient avoir

259

passé par beaucoup de mains.

— C'est arrivé de New York. La personne qui vous écrit savait seulement que vous étiez pianiste en salle. Alors les lettres ont fait le tour des cinémas. Mais c'est bien votre nom, regardez.

Justine Vilbroquais paraissait fort étonnée. Elle ouvrit une des enveloppes. Remouald se tenait derrière elle. Quand elle penchait le front, elle ressemblait encore plus à son image sur l'icône. Elle courut tout de suite à la dernière page de la lettre.

puisque je sais, mon amour, que nous nous retrouverons après ces vingt années d'insomnie, ces vingt années qu'il aura fallu pour que tu puisses me pardonner, et ce jour-là, où que nous fussions, ce sera comme si nous nous retrouvions enfin, après ces mille labyrinthes inutiles, dans la maison de mon enfance (tu n'as pas pu oublier : j'avais neuf ans, je t'envoyais des cartes de souhaits que je signais : Maison des Serments, 1909, rue Moreau — cela fait cinquante ans !), la maison de notre enfance, quand je n'étais qu'à toi, quand tu n'étais qu'à moi, quand le ciel était à sa place ! je te donnerai rendez-vous devant elle, bientôt — j'avais pensé au 22 décembre, ton anniversaire ! —, et tu y seras, n'est-ce pas ? Je serai laid parce que je serai vieux, et tu seras laide aussi peut-être, mais ce sera moi, ce sera nous deux : si tu ne viens pas, je ne sais pas ce que je ferai — je me pendrai, qui sait ? (c'est ça que tu veux ?) m'égorgerai — après avoir brûlé cette maudite maison... Car ma vie n'aura eu aucun sens s'il n'y a pas cette réconciliation dernière avec toi. Elle n'aura eu aucun sens si notre amour s'avérait n'avoir été qu'un mensonge. Entends-tu bien ce que je dis ? Je n'en peux plus de me souvenir.

Mais je sais que tu viendras. N'oublie pas : le 22 décembre.

Éternellement,

ton Rogatien

De sa main gantée, Justine froissa rêveusement la feuille et la réduisit en boule. Remouald, qui avait blêmi, continuait à regarder par-dessus son épaule. Elle s'en aperçut et enfouit la liasse de lettres dans la poche de son manteau.

Elle franchit le guichet, l'air préoccupé. Remouald la suivit des yeux jusqu'à ce qu'elle eût traversé la rue, puis disparu derrière le mur du jardin. Il restait debout près de la porte.

— Excusez-moi si j'insiste, dit le placeur, mais nous allons fermer.

Sarah s'était transformée en poupée de son. Remouald essayait de lui faire enfiler son manteau, mais elle ne faisait pas le moindre effort pour l'aider. Elle tenait ses paupières paresseusement closes et chancelait sur ses jambes. Il saisit une de ses mitaines, la rejeta immédiatement avec dégoût.

— Ne jetez pas vos déchets par terre, fit le placeur.

Remouald ramassa la mitaine et la secoua dans la rue pour en faire tomber la tranche de veau que Sarah y avait enfouie.

Il revint sur ses pas, tremblant encore. Sarah s'était affalée sur le plancher, et il la prit dans ses bras. L'horloge indiquait quatre heures. Il était temps de ramener sa nièce à M. Judith...

La pianiste avait emprunté la rue d'Orléans, en direction du nord, et ils s'y engagèrent à leur tour. Remouald pressait le pas car il entendait derrière lui les sabots d'un cheval. Sarah se faisait de plus en plus lourde.

— Tu crois que tu pourrais marcher?

Elle fit oui, et il la déposa sur ses pieds. Le cavalier les avait dépassés et leur bloquait la route. En moins d'une semaine, c'était la quatrième fois qu'il faisait ainsi sentir sa présence, puis s'éloignait sans un mot. Remouald rebroussa chemin, mais le cavalier l'interpella d'une voix éraillée.

— Hé, le vicieux! Tu sais que je pourrais t'écraser comme une merde, si je voulais? Hein?

Remouald avait pris dans la sienne la main de Sarah. Sarah avançait en regardant le cheval derrière elle.

— Si jamais, à la police, on apprend que c'est vrai, les histoires sur les petits gars, eh bien, mon salaud, je te conseille de pas tomber entre mes griffes... Hé! regarde-moi au moins quand je te parle!

Remouald se retourna. Du haut de sa monture, le capitaine des pompiers lui souriait de toutes ses dents. Et il pointait l'index vers lui, le pouce relevé, comme on pointe un revolver.

* * *

Remouald était assis et attendait que M. Judith en ait fini avec son dernier client. Accroupie en canard, Sarah s'amusait à écarter les doigts de Remouald, à les lui tordre, à lui chatouiller la paume avec le bout de sa mèche.

M. Judith sortit de son bureau précédé de Charles Hudon, un des propriétaires de la filature. Petit homme sec et d'une susceptibilité pointue, il avait la réputation de faire la conversation avec les chiens et les chevaux, en leur donnant des titres extravagants, mais il n'en était pas moins le frère de ses frères et le fils de son père. Il était tarabusté par la présence d'une mouche imaginaire tournant au-dessus de son nez, ce qui occasionnait des arrêts brusques quand il marchait, et M. Judith, qui lui collait aux semelles, tout en salamalecs, devait prendre garde de ne pas lui foncer dans le dos.

— Et à demain, n'est-ce pas, avec vos frères... Et mes hommages à Mme Hudon!

L'homme d'affaires lui fit un adieu bref — peut-être pour éloigner la mouche — et M. Judith revint, le petit doigt planté dans l'oreille. Il aperçut alors Remouald et, s'immobilisant, il écarta les bras, l'air profondément désolé.

— Si vous voulez passer dans mon bureau, très cher ami, j'ai quelque chose de bien pénible à vous dire.

Remouald le suivit.

Le gérant ne prit pas place derrière son bureau. De sa rencontre avec un propriétaire d'usine, il lui restait un bémol d'humilité, et il s'installa directement en face de son employé, visages à nu, comme on se parle d'homme à homme.

— J'ai appris cet après-midi la pire des nouvelles. Ah, mon petit Remouald, quand ça se met à mal aller...!

Remouald se défendit.

— Je n'ai rien fait. Je lui ai simplement dit de me donner mon écharpe et je lui ai donné la sienne.

M. Judith, qui s'apprêtait à débonder son cœur, suspendit son élan, et tenta de mettre une tête et une queue à ce qu'il venait d'entendre. Il finit par demander :

— Mais qu'est-ce que c'est que cette histoire d'écharpe?

— Le directeur de l'école. Et la demoiselle institutrice.

Judith eut un geste agacé.

— Toute cette affaire est du passé, ça n'a rien à voir avec ça, mon ami. Mais avec Sarah.

— Ah bon.

— Sa mère.

— ?

— Elle est à l'agonie.

Il laissa passer le temps de silence nécessaire. Remouald Tremblay se montra égal à lui-même.

— Voulez-vous dire qu'elle va mourir ?

«Non, je veux dire qu'elle joue du banjo», pensa le gérant.

— Les médecins craignent qu'elle ne passe pas la semaine.

Remouald essaya d'avoir de la peine pour Sarah. Mais un soupçon désagréable, dont il n'était pas maître, l'en empêchait. Depuis une semaine qu'on lui en parlait, il s'en rendait compte à présent, il n'arrivait pas à croire à l'existence de la mère de Sarah.

Il n'écoutait plus ce que le gérant, intarissable, débitait. Soudain, Judith joignit les doigts dans une attitude implorante :

— Mon Dieu, faites qu'elle ne meure pas avant d'avoir revu son enfant !

Puis, s'étant ainsi adressé à son Créateur, M. Judith redescendit posément sur terre, comme on descend un escalier.

— Sarah va partir ? demanda Remouald.

— Il le faudrait, en tout cas. Et c'est là qu'est mon problème. Vous pensez bien, Remouald, que je me ferais un devoir d'y aller moi-même, si je n'avais pas demain une réunion de la plus haute importance avec des gens comme

MM. Hudon, le juge Lacroix, M. Costade... (Il posa la main sur le genou de Remouald.) Alors, c'est vous qui irez.

— Irez où ?

«Les points sur les *i*, un par un», pensa Judith avec un soupir.

— Irez avec Sarah rendre visite à sa mère mourante.

— Où ?

— Au sanatorium.

— Où ça ?

— À Saint-Aldor.

— Où ?

— Au sanatorium de Saint-Aldor... Voyez-vous, rencontrer sa mère sera une épreuve pour Sarah : elle aura besoin à ses côtés de quelqu'un qu'elle affectionne. Mais qu'avez-vous, Remouald, vous tremblez ? Est-ce si terrible ce que je vous demande là ?

— Vous... Vous demandez des choses qui ne sont pas possibles.

— Écoutez, nous n'allons pas recommencer comme la semaine dernière ! Je ne vois que vous, Remouald. Une mère est à l'article de la mort, et vous allez la priver de la présence de son enfant ? Voulez-vous bien me dire ce qui vous torture à ce point ? Ma foi, on dirait que vous allez vous évanouir.

Le gérant se leva, sortit de son bureau et revint avec un verre d'eau.

Remouald but une gorgée, sans y prendre garde, par un réflexe d'obéissance. Il s'étouffa, repoussa le verre.

— Je ne peux pas, je ne veux pas, je ne sors jamais de la paroisse, je ne connais rien de l'extérieur, je vais me perdre !

Il serrait ses bras contre son ventre comme s'il avait des

265

crampes d'estomac. Le gérant perdit patience.

— Cessez de pleurnicher, calvaire! J'ai déjà tout planifié. On va vous expliquer le chemin, en sortant du train, c'est simple comme bonjour. Non, mais!... ça commence à un peu faire, hein!

Judith prit une profonde inspiration, comme son médecin lui avait enseigné à le faire, et compta mentalement jusqu'à dix, lentement, consciencieusement. Quand il rouvrit les paupières, il se sentait plus conciliant. Vertu des nombres.

— Vous manquez de confiance en vous-même, Remouald. Vous ne sortez jamais de la paroisse Nativité, dites-vous? Eh bien, tant mieux! Cette expérience vous enrichira.

Remouald s'était ramassé sur lui-même, les jambes en torsade, et se rongeait l'ongle du pouce.

— Alors, c'est oui?

— ...

— C'est ça ou la porte! Vous irez travailler à la MacDonald Tobacco comme tout le monde. Ou à la filature, s'il reste encore de la place, ce dont je doute. M. Hudon vient de m'apprendre que son frère licenciera une trentaine d'ouvriers après les Fêtes. Il ne tient pas à leur dire ça tout de suite, car ce n'est pas un mauvais homme, et il ne veut pas leur gâcher la Noël. Mais enfin. À vous de choisir!

Le corps de Remouald se relâcha soudain, se dénoua, comme un boa qui meurt. Sa figure était devenue livide.

— Quand voulez-vous que je parte?

Il aurait demandé sur le même ton : «À quelle heure est-ce qu'on me pend?»

— Ce soir même, dit M. Judith en attrapant son manteau.

266

Le temps de se rendre chez vous, si vous voulez, et ensuite on file à la gare. S'il n'y a pas de pépin, vous devriez être à Saint-Aldor demain avant l'aube.

Remouald essaya une dernière objection.

— Je ne peux pas laisser papa seul le soir à la maison. Il a toujours peur maintenant. Et puis sa soupe...

— Eh bien, demandez à un voisin de lui porter ses repas, à votre papa. Vous serez de retour demain en fin de soirée. Il n'en mourra quand même pas.

M. Judith enfilait son manteau. Il interrompit son geste, le bras en l'air à demi introduit dans sa manche.

— Mais quoi! dépêchez-vous. Il n'y a pas une minute à perdre.

Remouald se leva avec lenteur, et comme à reculons. Il serrait humblement son chapeau contre son ventre. Sarah fut habillée à la va-vite, le gérant l'emporta sous son bras, le manteau de la petite était boutonné de travers. Dans la voiture du gérant (Remouald n'était jamais monté en automobile), on établit les plans. Ils feraient une escale chez Séraphon, on lui expliquerait la situation, puis sans délai on se rendrait à la gare de marchandises.

— Le problème, dit Judith qui essayait de doubler un camion, est que le prochain train de voyageurs pour Saint-Aldor ne part que demain matin. Celui des marchandises, dans une demi-heure. Le chef de gare est un ami à moi, tout est arrangé. D'accord, ce ne sera pas le grand luxe, mais enfin vous êtes jeunes. Regardez sur la banquette arrière, poursuivit le gérant, il y a mon manteau de castor, amenez-le avec vous, si jamais la petite avait froid. Autre chose, la mère de Sarah s'appelle Tétreault, vous vous souviendrez? Julie Tétreault.

Ils arrivèrent devant la maison de Séraphon. Remould ne savait pas comment ouvrir la portière et le gérant dut l'ouvrir pour lui. Remould monta chez lui à toutes jambes.

Sarah se tenait très droite aux côtés de M. Judith. Il l'observait du coin de l'œil. Il avait l'impression de n'être rien pour elle. Jamais elle ne lui manifestait le moindre signe de gratitude, d'affection. Elle n'en avait que pour ce Remould!... Les enfants avaient beau le laisser indifférent, l'agacer même, et ne lui arracher que des sourires officiels devant les clients, le seul fait qu'on puisse lui préférer son commis le faisait grincer des dents. Effrontée en plus de ça, et hypocrite : elle faisait pipi au lit, des grimaces dans le dos de sa femme, et avant-hier, il l'avait surprise en train de jouer avec des allumettes : on eût dit qu'elle cherchait à mettre le feu aux rideaux du salon!... En trente années de mariage heureux, malgré des imprudences occasionnelles, une fois même dans la cuisine tandis que vingt invités les attendaient au salon, M. et Mme Judith avaient soigneusement évité que leur naisse un enfant. Et une semaine passée avec Sarah ne leur avait pas fait regretter cette décision !

Mais qu'allait-il en faire maintenant ? Il en avait discuté au téléphone avec sa femme, à qui il avait lu le télégramme reçu : *Julie Tétreault mourante. Désire voir Sarah pour derniers adieux. Communiquer dispositions à prendre S.V.P. Signé : Sanatorium de Saint-Aldor.* Il lui restait des scrupules. «On est si bien dans les orphelinats», lui avait dit son épouse.

Les minutes passaient et Remould ne redescendait toujours pas. M. Judith klaxonna.

Remould surgit de l'escalier, écarlate, et plongea la tête

par la vitre entrouverte.

— Il ne veut pas ! Il ne veut pas que je le quitte ! Il hurle !

M. Judith sortit de son automobile et aperçut Séraphon. La figure aplatie contre la fenêtre de sa chambre, le vieil homme sanglotait.

— Dites-lui que je vais l'emmener chez moi !

— Il ne voudra pas ! Il ne voudra pas !

Sarah s'était mise à pleurer. Elle hurlait à se gonfler les veines du cou, mais aucun son ne sortait de sa bouche.

— Si votre père ne veut pas coucher chez moi, eh bien ! amenez-le à Saint-Aldor avec vous !

Remould avait l'air épouvanté. M. Judith agita un index menaçant.

— Vous n'avez pas le choix, Remould ! Le train part dans treize minutes. Amenez le vieux avec vous !

Remould sautillait sur place en se tordant les mains. Enfin, il bondit vers l'étage.

Le gérant regagna son siège et dit à Sarah :

— Arrête de gigoter ou je t'en flanque une !

Sarah répondit en lui tirant la langue. Le gérant lui tordit l'oreille, avec un ricanement vengeur, puis se remit à tapoter d'impatience son volant.

Sarah avait enlevé son béret dans un geste d'exaspération, et en respirant le parfum de ses cheveux, Judith éprouva soudain une curieuse sensation de chaleur. Il considéra la petite. Une idée tentante, saugrenue, fulgurante, venait de lui traverser l'esprit. Il se raffermit sur son siège. Il regarda autour de lui, par la portière, par le rétroviseur, s'assurant qu'il n'y avait personne. Puis longuement, méticuleusement, avec une avidité scientifique, il pinça le sein de Sarah. La grimace douloureuse de la petite, son silence, lui procuraient une émotion étrange, un peu inquiétante, qui battait jusqu'au bout de ses doigts. Il la relâcha brusquement, et se mit à gratter sa barbe d'un air songeur. De jolies petites jambes, avec ça. «Après tout, si je l'adoptais?...» Cette idée, qui l'amusa d'abord, qu'il ne pouvait pas prendre au sérieux, tout à coup l'effraya, et il sortit la tête par la portière.

— Ça vient ou quoi? beugla-t-il.

Remouald apparut, la chaise roulante entre les bras, et Séraphon à l'intérieur. La chaise fut installée sur la banquette arrière, et Remouald s'asseyant à ses côtés, il prit Séraphon sur ses cuisses. Il y avait une odeur nouvelle dans la voiture. Sarah avait replié les jambes, les avait entourées de ses bras, elle avait posé le front sur ses genoux. On l'entendait renifler doucement. L'automobile démarra en trombe.

Ils traversèrent l'ancien terrain du clos de bois. M. Judith voyait par le rétroviseur la figure hagarde de Séraphon.

— Pourquoi vous ne venez pas chez moi, M. Tremblay?

Le vieux n'avait pas l'air de comprendre qu'on s'adressait à lui.

Remouald répéta la question. Séraphon eut un gémissement.

— Comme vous voudrez, dit Judith.

On les attendait. Séraphon, Remouald et Sarah furent embarqués dans un wagon qui contenait des ballots de feutre provenant de la filature — ils pouvaient toujours s'y étendre si l'envie leur prenait de dormir. On fit boire du lait à Sarah qui n'avait rien mangé depuis midi. Le gérant remercia le chef de gare. Ce dernier pensait à ses arrérages d'hypothèque : «Y a pas de quoi, voyons, y a pas de quoi», disait-il.

Agenouillés à l'intérieur du wagon, Remouald regardait Sarah, Sarah regardait Remouald, et ils se souriaient. Un cheminot referma la porte coulissante sur eux.

— Il fait noir, geignit Séraphon.

— Comme dans la vie, dit Remouald.

Les premières secousses du train se firent sentir.

* * *

Passé le seuil de sa maison, M. Judith oublia les soucis de la journée. La réunion du conseil du lendemain n'était pas sans le turlupiner, mais la perspective de passer une soirée sans la petite, seul avec sa femme, le gonflait d'aise. Il se pencha dans le vestibule pour enlever ses bottes. Une ombre s'approcha de lui, à pas de loup, et lui empoigna l'entrejambes.

— Coucou !

— Grrr... petite crapule ! Tu ne sais pas ce que tu risques à faire des choses pareilles.

Judith posa les lèvres sur la nuque de son épouse en imitant un gros ours gourmand. Elle se dégagea coquettement de son étreinte et s'éloigna vers la cuisine. Son corps se moulait dans une courte robe de satin bleu. Judith eut un jappement de convoitise.

— Tu as le même cul qu'il y a trente-cinq ans ! claironnat-il. Reviens vite que je voie ça de plus près !

Il entendit son rire cristallin se perdre dans le couloir.

Il pénétra dans le salon, l'humeur fredonnante. Il prit un cigare, en cracha le bout, et l'alluma. D'une pichenette, il jeta l'allumette dans le foyer qui crépitait. Il s'assit dans son sofa de cuir, les jambes étendues, se sentant jeune. Il tirait des bouffées de son cigare et se tordait le lobe de l'oreille, comme s'il actionnait une soupape : la fumée ressortait en anneaux de sa bouche : un gag qu'il avait vu faire au music-hall. Puis il se mit à rêver à des choses agréables, qu'il inventait selon sa fantaisie : l'archevêque qui, à l'occasion d'une réception, rit très fort à un de ses mots d'esprit; le ministre des Finances qui le reconnaît au restaurant et l'invite à sa table; monsieur le maire qui le décore de l'Ordre de la Ville, pour avoir sauvé des orphelins d'un incendie... — quand la cloche d'entrée se fit entendre. Judith joignit les sourcils, contrarié.

Sa femme alla ouvrir. Il perçut un cri de surprise, puis des rires, des éclats de voix enjoués et confus. Qui cela pouvait-il être ? Son épouse entra dans le salon. Pâle comme une morte, les narines dilatées, tremblante de partout, l'air qu'elle n'avait d'habitude qu'au lit, juste avant son plaisir.

— Qu'y a-t-il donc, Simone ?

Elle ne pouvait pas parler. Elle leva mollement le bras et désigna le vestibule. Les visiteurs apparurent, sourire aux lèvres.

— On s'excuse de cette visite-surprise, après tant d'années, mais comme on passait dans le coin... Tenez, mon oncle. Je crois que vous n'avez jamais rencontré mon mari, Alphonse Tétreault. Et ici, cette petite poison, c'est ma fille Sarah. Allez, Sarah, sois gentille. Le chat t'a-t-il mangé la langue ? Dis bonjour à mon oncle et à ma tante !...

La petite fille, que Judith et sa femme n'avaient jamais vue, se cachait dans les jupes de sa mère. Elle émit un bonjour timide.

Mme Judith demeurait interdite au milieu de la pièce. Elle

finit par dire d'une voix blanche :

— Mais ces lettres, Julie... ce télégramme...

— Les lettres, ma tante ? Quelles lettres ?

— Mais enfin, Julie, comment se fait-il... ?

Simone entendit derrière elle un bruit sourd.

Tonton Judith venait de tomber sans connaissance.

CHAPITRE XII

Dans la noirceur et le froid, l'humidité, le roulis, le vent coulait par les interstices de la paroi et ronflait comme un geôlier repu de vin. Il y avait de brusques secousses, les balles de feutre déboulaient de leurs étagères et leur rebondissaient sur le crâne, dans une pluie de poussière. Lancinante, et forcenée, et monotone, et entêtée, la plainte des roues sur les rails. Ils étaient bercés par le lent ballottement du wagon, et un léger coup de vague, toutes les cinq secondes, à la jonction des rails, les soulevait comme une nausée.

Peu d'escales, et à chaque escale se demander si c'est la bonne. Les mains de Sarah cherchaient la sienne. Elles l'étreignaient, la relâchaient, la perdaient. La cherchaient encore, comme un malade qui perd la mémoire. Et Séraphon recouvert de la fourrure du gérant, qui avait des plaintes intermittentes de chien qui rêve.

Cela dura un nombre incalculable d'heures. Vaincue par le roulis, Sarah finit par rendre le lait que lui avait fait avaler le chef de gare. Une odeur surette, blanchâtre, de vomi de bébé. Remouald essuya sa main maculée sur sa culotte. Séraphon dormait. Il dégageait un parfum de rognon. Remouald cala Sarah contre lui. Aucun d'eux ne savait où il aboutirait, ce qui l'attendait là-bas, ce qu'il allait y faire. On les avait expédiés au loin : ils l'acceptaient sans poser de questions. Il était fatal que tôt ou tard ils se retrouvent ainsi tous les trois, songeait Remouald.

Hurlement de ferraille : le train s'immobilisa de nouveau. Ils attendirent, comme les fois précédentes. Souhaitant d'un même mouvement être parvenus à destination, et que celle-ci soit encore plus loin, encore plus creux, à l'autre bout de la terre. La porte du wagon s'ouvrit. Une giclée de neige fine pénétra en coup de vent, dure comme du sel d'étoile. Remouald se frotta les yeux. Il dénoua de son cou les bras de Sarah, avec un respect infini — elle s'était endormie en l'embrassant de tout son corps —, puis fourbu, courbaturé, débarqua du train.

Une nuit claire l'attendait, somptueuse, brodée dans des tissus princiers, sans regarder à la dépense. Remouald prit quelques instants pour absorber le choc. Gonflée et rutilante, tout en reflets verts et bleus : un ventre de mouche prêt à pondre. Il songea au ciel que l'on voyait sur son vitrail préféré à l'église, et qu'il trouvait beau jusqu'à la douleur : les Rois mages marchant vers Bethléem. De part et d'autre de la plaine, se dressaient les bois, plus obscurs et denses à gauche, et à droite, plus loin, clairsemés et se perdant dans la montagne. Entre les deux, la neige s'étendait à perte de vue. Nulle part autour on ne distinguait d'habitation.

Le cheminot expliqua sa route à Remouald. C'était tout droit, par le champ, à environ une heure de marche. Ils n'avaient qu'à longer toujours la lisière du bois à gauche. Ils arriveraient au sommet d'une colline, verraient une vaste maison avec des fenêtres en ogives, qui ressemblait à un couvent :

le sanatorium. On ne pouvait pas se tromper. Remould faisait mine d'écouter mais n'entendait pas. Le paysage lui rentrait par les yeux, par la bouche, remplissait ses oreilles comme un bourdonnement.

Il fit sortir Sarah aux paupières encore lourdes. Le cheminot l'aida à faire descendre Séraphon. Enveloppé dans la fourrure de castor, le vieil homme regardait autour de lui sans comprendre. Remould déchargea aussi la chaise à roues.

— Ça n'ira pas, dit le cheminot.

— Quoi donc?

— Votre mère. Vous ne pouvez pas la trimbaler comme ça dans une chaise roulante. (L'homme cracha sa chique de tabac.) Par moments, vous allez marcher avec de la neige jusqu'aux genoux. Vous ne pourrez pas y faire avancer cette chaise. Vous comprenez ce que je dis?

Remould ne répondit pas. Il observait la lune. Tremblotante, pleine de rides lumineuses, elle semblait oubliée là au milieu des montagnes, abandonnée comme une pantoufle de verre.

On n'entendait que le halètement du train.

— Attendez-moi un instant, dit le cheminot, j'ai une idée.

Il s'éloigna en direction de la locomotive. Remould dit à Sarah :

— Tu crois que tu pourras marcher?

— Où sommes-nous? fit Séraphon.

Cette parole angoissée était la première qu'il prononçait depuis leur départ.

Sarah rassura Remould.

— Tu n'as pas froid, sûr?

277

Elle fit non.

— Où sommes-nous ? répéta Séraphon.

— En enfer, répondit Remouald.

Son père se tortilla sur son siège comme un asticot.

Le cheminot rapportait sur ses épaules un objet aux formes acérées. Une luge.

— Avec ça, ça ira beaucoup mieux.

Il marqua une pause.

— Au fait, c'est votre mère que vous menez au sana ou la petite fille ?

— Des pyjamas d'enfants, répondit Remouald, imprimés de partitions.

Il regardait le ciel.

Le cheminot fit une moue délicate, genre mettons que je n'ai rien dit.

— En tout cas, tenez, voici la corde. Vous n'aurez qu'à tirer la luge avec.

Remouald médita longuement, puis demanda :

— Et la chaise roulante ? On en fait quoi ?

— Je peux la laisser au village où vous passerez la prendre un autre jour.

— Il n'y aura pas d'autre jour.

— Je peux la ramener à Montréal si vous voulez. Je la rendrai à votre ami le chef de gare.

— Vous lui direz de la remettre au curé Cadorette.

L'homme promit.

Ils couchèrent Séraphon sur le traîneau. Le retinrent par des courroies. Le vieil homme avait des mines de bête traquée : où allait-on l'emmener ? qui étaient ces gens-là ? où était donc

Remouald?... Sarah attendait en jouant tristement dans la neige.

Ils étaient prêts maintenant.

— Je vous conseille de ne pas vous attarder en chemin. Profitez de votre chance. La nuit est brillante, le temps est encore assez doux. Mais faites vite avant que ça se couvre. Sinon, vous ne verriez plus rien.

Remouald regarda les nuages, immobiles encore, roulant sur eux-mêmes, l'air de tirer sur le mors en se cabrant d'impatience.

— Adieu, dit Remouald.

— Attendez encore un instant.

L'homme s'en fut vers l'avant du train. Il revint avec un paquet, qu'il déballa.

— Tenez. Une lampe à huile. Et puis, voici des allumettes. Ça peut toujours servir.

Remouald céda à Sarah quelques-unes des allumettes. Ne sachant que faire de la lampe, il finit par la caler entre les cuisses de son père.

— Adieu, monsieur.

— Je vous souhaite bonne chance. Et n'oubliez pas : toujours en ligne droite! Comme si vous suiviez une balle de fusil. Fiez-vous à la forêt!

Ils ne l'écoutaient plus. L'homme retourna à sa locomotive, en emportant la chaise à roues. Avant de rembarquer, il leur jeta un dernier coup d'œil. Penché sous l'effort, Remouald tirait la luge. Auprès de lui, Sarah avançait inégalement, en zigzag, par petits sauts, comme un moineau dans la neige qui a froid aux pattes.

Le cheminot se réchauffait les mains près du poêle ronflant. Il observait avec inquiétude les nuages à l'horizon. «Pourvu que le vent ne se lève pas», songea-t-il.

Il y eut trois coups de sifflet, plainte de bête, cri des rails, et dans un moutonnement de vapeur, jaillissant de tous les angles de la locomotive, le train se remit en marche.

Le vent fit courir sur la forêt un vaste frisson de jument.

***

Remouald ahanait en traînant la luge, et s'interrompait parfois pour lever les yeux vers les nuages. Il n'avait pas vu la campagne depuis quinze ans, et tout explosait de grandeur, de profondeur, comme si la nuit prenait ses aises, échappée des couloirs étriqués de la ville. Il regardait autour de lui, ébloui, abasourdi par tant d'espace. La campagne semblait accrochée au firmament par la cime des arbres. Il y avait du ciel d'un bout à l'autre de la terre. Il n'y avait plus de place pour la souffrance, plus de place pour personne, les grands êtres élémentaires dans leur simplicité, leur indifférence, occupaient tout l'espace, reprenaient possession de l'univers. Remouald était une poussière de vie égarée dans l'infini.

Il s'efforçait de marcher en longeant la forêt. Il faisait plus froid à chaque minute, plus sombre aussi. Ils avaient de la neige jusqu'aux mollets, parfois même jusqu'aux genoux. Des traînées de neige traversaient le ciel, étincelantes, diamantines, et c'étaient de grands rêves anonymes, des rêves que, cette nuit, personne n'allait faire, des rêves évadés de prison, qui passaient, majestueux, mystérieux, au-dessus de leurs têtes.

Sarah progressait n'importe comment, de-ci de-là, s'arrêtant pour faire de grands signes, l'air de donner des ordres aux nuages. Remouald lui demanda de rester près de lui; les nuages semblaient sévères comme des juges, ils avaient la couleur de la cendre, et il avait peur pour Sarah. Mais la petite n'en faisait qu'à sa tête, qui allait dans tous les sens. Il la voyait sauter à pieds joints, comme si elle défiait le ciel et cherchait à bondir jusqu'à lui. Elle se précipitait dans la noirceur, excitée et ricaneuse, jouant à cache-cache avec des compagnons qui n'existaient que pour elle.

Bientôt, Remouald ne sentit plus ni froid ni fatigue. Sa persévérance était devenue euphorie. Son corps s'était transfiguré en quelque chose d'infiniment libre, et lui-même n'était plus qu'une volonté enivrée. Il avançait à l'aveuglette, emporté par quelque aventure grandiose et folle, dont il n'avait qu'une idée vague, et où chacun de ses pas, perçant la croûte de la neige, l'enfonçait jusqu'aux genoux dans les étoiles.

— Où m'amenez-vous? demanda Séraphon.

— Nulle part. En haut, devant.

Séraphon reconnut la voix.

— C'est toi, Remouald? Ah, mon petit. Mais qu'est-ce qui nous arrive? Où sommes-nous? J'ai peur.

Séraphon attendit une réponse en vain.

— Il y a tant de choses que j'aimerais te dire, Remouald. Tant de choses... Se parler une bonne fois, mon petit, mon fils... Tu sais à quoi je pensais l'autre jour? Je pensais à l'armoire dans la cuisine... celle avec le cadenas... Tu n'as jamais su... Ta mère non plus... Il faut pourtant que je te dise...

Sa voix était devenue si faible que Remouald l'entendait à peine.

— Il n'y a rien à dire, papa. Il n'y a plus rien à dire depuis vingt ans. J'ai rendez-vous, c'est tout ce que je sais. Rendez-vous dans la maison des serments, la maison de mon enfance.

Le vent soulevait la neige et la lui jetait à la figure. Séraphon sanglotait en demandant pardon. Remouald dit :

— Les étoiles ont perdu la course, papa. Nous parviendrons au ciel avant elles.

Il avait envie de rire comme un enfant.

— Nous y voilà donc ? fit Séraphon. C'est donc ici ?...

La demi-heure de silence qui suivit dura une éternité.

* * *

Les nuages, qui avaient envahi le ciel, semblaient couchés sur la terre comme le corps d'un homme sur celui d'un enfant. On ne voyait plus à deux pas devant soi. Sarah frottait ses allumettes et les piquait dans la neige. Elles scintillaient un instant, puis s'éteignaient. Remouald s'immobilisa. Il avait perdu de vue la petite. La luge, continuant sur son erre, lui heurta doucement les mollets.

— Sarah ! Je ne vois plus où tu es ! Allume une allumette ! Sarah !...

Son appel se répercuta à tous les étages de la montagne, fouilla la nuit, revint les mains vides... Remouald ramassa la corde et repartit. Il n'apercevait aucune trace de pas dans la neige. Il lui semblait que la luge ne pesait plus rien.

Soudain, sa tête donna contre un arbre, et il perdit l'équilibre. Il comprit que sa route avait dévié et il regarda autour de lui. L'obscurité était complète. Il n'entendait plus que le bruit de sa propre respiration.

La neige s'était mise à tomber. Il la sentait sans la voir, qui couvrait sa figure, ses épaules, pénétrait dans son col. Il appela de nouveau. Il vit une brève lueur parmi les arbres.

— Je suis ici ! cria-t-il.

Il fut saisi d'une quinte de toux.

Il se rappela la lampe à huile et la chercha à tâtons. Elle fut difficile à allumer. À la clarté qui s'ouvrit, la figure de Séraphon apparut. Son chapeau de poil était tombé contre sa joue; l'œil gauche à moitié fermé, l'autre lorgnant le vide, il avait du frimas aux lèvres et dans les narines. Sa peau était couleur de pierre, avec des nuances bleutées. Remouald se redressa et éleva la lampe au-dessus de sa tête.

— Regarde, Sarah ! Je suis ici ! Reviens !

Il y eut encore une lueur, venue des profondeurs de la forêt. Elle s'éteignit presque aussitôt.

— Tiens-toi bien, papa, ça va être un peu plus dur à présent.

Remouald reprit la corde de la luge et pénétra dans la forêt.

Les lueurs réapparurent, dispersées, capricieuses. Il en surgissait derrière lui qui l'obligeaient à rebrousser chemin. Elles embrasaient la cime des arbres comme des feux Saint-Elme. Il dévala des fossés, trébucha, sa figure et ses doigts s'écorchèrent aux épines des sapins, il persévéra. La luge faillit verser à plusieurs reprises. Ils débouchèrent sur une clairière.

Au centre du taillis était une cabane en ruine, une cabane de bûcherons. Le sol était de terre, le toit crevé en maints endroits, elle n'abritait que de la branche cordée en bottes. Il tira la luge jusqu'à la cabane. Il avait marché si longtemps qu'il ignorait où il pouvait se trouver. «Sarah va revenir, se disait-il, elle va voir notre lumière.» La neige avait cessé de tomber. Il était confiant. C'est ici qu'il devait aboutir. Depuis vingt ans, c'est ici qu'il avait rendez-vous.

Le crâne de Séraphon avait traîné dans la neige et la boue des feuilles mortes : il était couché à moitié hors de la luge. Remouald le remboîta, l'emmitoufla dans la fourrure qui bâillait jusqu'au nombril, puis lui rendit la lampe.

— Tu as froid?

Il s'était assis un peu plus loin, le dos appuyé à une bûche. Il demanda encore :

— Tu as froid?

Le corps de Séraphon épousait la forme de la luge. Il avait le cou brisé et son menton reposait sur sa poitrine. Remouald songea à une tête coupée déposée sur une table à côté d'une lampe.

— Tu voulais qu'on se parle, hein? Eh bien, moi aussi je pourrais te dire des choses, mon Séraphon.

— ...

— Sarah s'est peut-être perdue, nous sommes perdus nous aussi, mais ça n'a plus aucune importance. Tu m'entends, Séraphon?

De longs instants suivirent sans une parole. À travers les planches inégales du toit, les étoiles remuaient leur lumière. Remouald sentait de moins en moins ses membres, que le froid gagnait doucement. C'était bon d'être dans ce taillis, dans cette cabane, à l'abri des grands espaces, du temps aussi peut-être. Rien ne pesait plus, les pensées flottaient en lui, un peu de lui-même était dans chacune d'elles. Il n'éprouvait plus qu'une irrésistible envie de dormir.

Il se tourna vers Séraphon. La lampe s'était inclinée et de l'huile en coulait. Une flamme naissait en cercle dans la fourrure du vieillard.

— Je savais que tu étais au courant de ce qui se passait dans la cabane quand je mangeais avec Wilson. Parce que, d'où j'étais assis, à cause du miroir, j'apercevais ton visage dans la charpente. Et ce soir-là — je veux dire le soir de l'Immaculée Conception —, mon Dieu que tu as déguerpi. Voilà. C'est tout ce que je voulais te dire. Mon Dieu que tu as déguerpi!... Mais je ne t'en veux pas, Séraphon. Je ne t'en veux plus.

Remould ferma ses paupières. Oui, Sarah allait revenir. *Quoi qu'il arrive, désormais, il le savait, Sarah finirait toujours par revenir.* Il avait l'impression d'entendre son pas, là-bas, dans les branchages. Il y eut un bruit de verre éclaté. Remould tourna la tête vers son père. Tout le corps de Séraphon s'enflamma d'un seul souffle.

Remould referma les yeux.

Il ne savait plus très bien où il était. Des images lui revenaient, le Grill aux Alouettes, l'incendie, des images aussi précises que des photographies. Le barman avait installé l'icône de la Vierge derrière le comptoir. Un client, qui l'avait acquise dans l'après-midi, l'avait apportée. Chacun venait faire une génuflexion bouffonne devant elle. La farce était inoffensive. Mais les ivrognes la répétaient inlassablement, de plus en plus grotesquement, rivalisant de pitrerie, et des sentiments qui lui avaient été jusqu'alors étrangers avaient pris forme en Remould : de l'agacement, de l'exaspération, une sourde envie d'en finir une fois pour toutes avec la sottise. Il avait proposé d'acheter l'icône. Le peu d'argent qu'il avait en poche, il l'avait posé sur la table. Il tremblait. On lui avait ri au nez : on pouvait en obtenir le triple chez le brocanteur! Remould était sorti sous les moqueries — désespéré, révolté, définitivement brouillé avec la vie, étreint par la sensation que l'univers n'avait fait jusqu'à ce jour que le bafouer. Dans l'escalier, il avait croisé un homme très petit, trapu, la figure tout en mâchoires et en museau. Il avait demandé à Remould s'il avait des allumettes. Remould avait pourtant vu les bidons d'essence.

— De toute façon, je n'étais pas sur terre pour sauver personne, murmura-t-il, et il serra plus fort les paupières.

La cabane commençait à prendre feu, les flammes crépitaient dans les branches sèches. Cela ressemblait au chant des oiseaux le matin, tendre et paisible. Il éprouvait ce début de vertige qu'il avait, enfant, au moment où le manège se mettait en marche, la main de sa mère qu'il essayait jusqu'au dernier moment de retenir — ce moment où il s'abandonnait enfin au mouvement —, et le monde entier qui commençait à tourner; il finissait par ne plus savoir où s'arrêtait son corps; il avait l'impression de quitter la terre, de tomber en plein ciel, emporté dans un tourbillon de nuages et de bleu — et ce rire qui chantait à ses oreilles, le rire de Célia.

Les flammes se rapprochaient. C'était le début du supplice, il le savait. Mais le début de celui-ci était la fin d'un autre qui durait depuis vingt ans. Vingt ans d'un supplice avare, mesquin, où chaque seconde appelait comme une libération le grand supplice définitif. Vingt ans de condamnation à vivre dans l'espérance d'une expiation. Et cette grâce qu'il avait désespéré de mériter jamais, voilà que, contre toute attente, elle lui était donnée. Il accueillait le châtiment avec reconnaissance. La chaleur gagnait ses pieds, ses genoux, elle montait à ses cuisses : son corps allait souffrir. Mais il n'avait rien à craindre de cette souffrance-là. Il était prêt pour la réconciliation, prêt comme un voyageur sur le quai, valise à la main, qui attend depuis vingt ans. Les flammes dressaient leurs tours jusqu'à la hauteur du Pardon. Jamais il n'aurait cru que le ciel pût s'élever si haut.

Tous les instants de sa vie se rassemblaient autour de lui, tout ce qu'il avait vécu dans la confusion, chaque événement et chaque crise, tout prenait soudain sa place exacte, comme des notes sur une portée. Remouald rouvrit les yeux. Le firmament lui-même n'était plus qu'une partition. Ce n'était rien encore : il reconnut soudain l'endroit où il se trouvait. Il n'était plus dans la cabane de bûcherons. Il était dans la chapelle votive qu'il avait construite près du mur de l'usine. Et cette petite chapelle était devenue vaste comme le monde !... Il n'aurait pas cru cela possible, c'était inespéré. Il avait pris des planches, un marteau, des clous, et, seul, au fond d'une cour, avec ses propres mains, et le désir de témoigner en silence de tout ce qu'il avait souffert, il avait construit un palais qui se rendait jusqu'aux étoiles.

— Merci, murmura-t-il.

Et au centre de ce monde, de cette cathédrale que les flammes élevaient, resplendissait le visage de la Vierge aux Partitions. Il la voyait. Elle riait comme rit une jeune fille à qui on présente l'enfant qu'elle vient de mettre au monde, tout étonnée de la joie d'aimer. Et Remouald s'abandonna à ce rire. *Il se retrouvait enfin en cet instant d'avant le temps, cet instant qui avait précédé le début du temps pour lui, où Remouald n'était rien, où personne n'était encore personne.* Ce temps d'avant le temps où il était couché dans un berceau, et où sa mère se penchait vers lui en riant. Toute une vie ne parvenait pas à effacer ce rire, à effacer le souvenir qu'il avait été l'objet de cette joie, il le comprenait enfin. Il comprenait que ce rire était la Mémoire même, et que le crime qu'il expiait, c'était, avant tout autre, celui d'avoir voulu oublier. Tout était clair à présent, comme au premier matin. Il avait essayé d'oublier ce rire. Maintenant, il se souvenait de tout, même du pire, même de l'atroce, avec une sorte de bonheur. L'horreur qui l'avait glacé durant vingt ans avait fondu, et pour la première fois, il respirait sans sentir une main mauvaise, sa propre main, lui comprimer le cœur. La Vierge veillait sur l'incendie, elle redressait les flammes par petites touches indulgentes, comme on retouche un bouquet. Joachim son père avait coutume, chaque soir, quand Remouald rentrait de l'école, de lui laver les mains, et après le repas, ils dansaient la gigue, et sa mère qui riait, assise dans la chaise à bascule près du fourneau, marquait le rythme en battant des mains.

Les flammes glissaient sur la peau de Remouald, le caressaient. Il ouvrait les yeux à demi, les refermait, les ouvrait de nouveau, comme un enfant heureux qui s'endort dans les bras de quelqu'un qu'il aime. Il se sentait entre deux mondes : un monde qui n'existait déjà plus et un monde qui n'existait pas encore, qui même peut-être n'existerait jamais. Mais quel présent ? quel avenir ? Ces mots n'avaient plus de signification. Son pantalon commençait à se couvrir de feu, et la manche de son manteau. Il trouva la force de fouiller dans ses poches. Il voulait jeter ce qui s'y trouvait, s'en débarrasser, quoi que cela fût. Il voulait mourir comme un mendiant de légende, dépossédé de tout, le manteau constellé d'étoiles. Pardonné. Il sortit un billet de loterie qu'il ne reconnut pas. Cela lui parut une formidable énigme, un Chiffre qui concernait peut-être le Secret même de l'univers... Il l'abandonna au feu, à l'herbe roussie, résigné à ce que le mystère lui échappe — qui donc au moment de s'éteindre pouvait prétendre avoir tout compris?... Remouald serrait dans son poing la patte de lapin quand il s'endormit. Et son sourire rayonnait d'intelligence.

CHAPITRE XIII

(Le début du document ne concerne pas cette histoire.)

*A*lors, *figure-toi que, l'après-midi même, je m'étais rendu à l'hôtel de ville. Je ne m'y rends jamais sans mettre de gants (les poignées sont toujours graisseuses), et je me donne un air candide au possible, Aladin pénétrant dans un palais des* Mille et Une Nuits. *Un de ces jours, si Celui Qui N'Existe Pas m'en laisse le loisir, je ferai un éloge des corridors : leurs dimensions humaines; l'impression qu'ils donnent de toujours mener Quelque Part, qu'il existe des lieux où il vaut la peine d'aller. Et puis les escaliers, qui les prolongent en cou de girafe. Quant aux portes, il faut les ouvrir au hasard pour en apprécier la pleine saveur. Derrière elles, des êtres verdâtres à crâne de têtard, conservés dans le formol protocolaire, m'indiquent le chemin — toujours le bon, jamais le même — d'un retroussement de babines. Certains, à mon approche, s'enfoncent davantage, en rampant à reculons, dans la pénombre humide où dorment les cocons en gestation et les archives : je les dérange en train de pondre leurs œufs. Nouveaux corridors (les mêmes peut-être), un escalier. Porte* qui s'ouvre sur un vestibule qui s'ouvre sur un autre vestibule, qui donne enfin sur des W.C. — je n'invente pas. Repli vers le corridor central. Moiteurs et énervements. Je reviens sur mes pas. Et au moment où je m'effondre sur un banc sans doute réservé à cet effet, le front suant, ployant sous le poids de la déréliction — soudain l'étoile de Bethléem! un écriteau, des flèches —, LA porte, enfin.

J'entre. Je longe des pupitres où une humanité de galère, scribe d'un langage sacré, les mains mouchetées de rose par une anémie rituelle, rêve à des exceptions improbables, obsédantes, infinitésimales, et scrute le sens caché des choses (on y déplie les trombones, on les replie, mystérieusement), enchaînée aux chaises par le mollet, l'œil glaireux, picorant des taches d'encre et déglutissant de la confiture de papier qui coupe l'appétit et endommage le foie. J'en remarque un qui suce méditativement le bout de son crayon, il le tient des deux mains comme une flûte (à tout instant je m'attends à voir surgir d'entre les piles de dossiers, ensorcelée, la tête obtuse d'un python). J'arrive enfin, ébloui, tremblant, prêt à tomber en transe, au saint des saints, le trône des pupitres en direction duquel tous les autres sont tournés comme des tapis de prière. Là siège la Reine des Grenouilles.

Figure vénérable en bras de chemise, replète, arborant papillon et montre de gousset, démodés déjà il y a trente ans (mais le temps s'arrête ici, transi); replète, dis-je, rebondie, couvrant une surface de douze pieds carrés, quatre en hauteur, trois en largeur; débonnaire et cynique (débonnaire en déplorant les conséquences injustes d'un règlement; cynique en l'appliquant quand même); le crâne comme une fesse, lampe merveilleuse qu'il faut frotter pour en faire surgir le bon génie de la Fonction publique — la Reine lit dans les pensées. *Elle interrompt mon explication d'un geste auguste, indulgente comme avec un enfant, devant mon embarras à parler son langage délicat, aux chinoiseries raffinées, où une virgule peut faire trembler des royaumes. Elle est au courant déjà, elle sait tout, je m'incline; elle se lève et disparaît derrière une étagère. J'attends. Je laisse errer mon regard. J'admire ces abeilles butinant au-dessus de leur ration de paperasses, le cerveau mijotant, concoctant un miel qu'elles dégorgeront dans des tiroirs. Je sursaute. Une tête s'élève, un fonctionnaire qui vient d'être visité par l'idée d'une Réforme : vache endormie qui se dresse brusquement sur ses pattes, les yeux fixes.*

Albert Cousinet — c'est le nom de la Reine — revient. Ses doigts courts et boudinés font glisser vers moi, sur la surface de son buvard étoilé d'encre — geste d'une familière négligence —, les formulaires sur lesquels, afin d'obtenir mon dû, j'appose, comme deux coups de burin, ma signature. On me remet une copie conforme. La Reine range les documents dans une chemise d'une malpropreté sacerdotale. Elle a la mansuétude de me dire au revoir. Je me lève. Et par cette magie qui rayonne des Mânes supérieurs, détenteurs de secrets fabuleux, la porte derrière elle donne directement sur la sortie, rue Notre-Dame.

Les deux corps me seraient donc livrés le samedi même.

Il n'est d'authentique capitaine que celui qui sait tout faire sur son navire, le matelotage, la timonerie, qui connaît la vergue et les cordages aussi bien que le sextant — aussi j'aime à charger une dépouille sur mon épaule, comme à l'époque où j'étais le moussaillon de mon père. Soucy m'aida, et nous les descendîmes dans la cave. *Nous les sortîmes de leurs sacs de jute avec des précautions professionnelles. Les corps dégageaient une odeur étouffante. Soucy tira des étagères les bouteilles d'ammoniac et me tendit un masque. Je refusai de la main, et demandai à rester seul.*

Comment décrire ces chairs gondolées, momifiées par les flammes, et comme couvertes d'une couche de goudron? Il ne m'en arrive pas de pareilles tous les jours. Des protubérances inédites, des galbes inattendus, des cavités nouvelles, élégantes, inexplicables — on se demande où le feu va chercher tout ça. Les parties du corps, poumons, foie, tripes et corne, ne brûlent pas toutes également. Des lambeaux de peau, pas très invitants, frisent comme des guirlandes en s'enroulant autour de l'os; sinon, desséchée, la chair pendouille, fragile comme de la feuille morte, et qu'il faut couper avec des ciseaux. Je me gratte le bout du nez pensivement.

L'un des deux, le plus jeune, le plus grand, s'est rigidifié dans une curieuse posture. Il est assis, les jambes écartées, les genoux un peu repliés, les bras ouverts comme s'il recevait une gerbe de fleurs — son poing gauche est fermé; la tête renversée, le cou gonflé, l'air d'une oie que l'on gave, il regarde le ciel. On ne sait plus si sa bouche est ouverte ou close. Ses traits considérablement altérés ont conservé malgré tout une manière d'expression... j'allais dire de ravissement; mais de calme enfin, et (tu vas rire) de piété. Quand on songe à ce que durent être ses derniers moments, une telle expression a de quoi laisser rêveur. Ce n'est peut-être, après tout, que l'effet du défigurement.

Quant à son père, il me fait penser à ces peintures récentes que tu me décrivais, et dont New York, milliardaire scandalisée, est censée raffoler : il faut l'observer un certain temps pour découvrir où se trouve le crâne, où se trouvent les mains, où se trouvent les pieds. Puis on se prend au jeu, on cherche les oreilles, le nez, les deux trous du regard (j'ai triché : je me suis servi de mes doigts). Ce cadavre ne ressemble plus à rien, à vrai dire. Une bûche peut-être, un tronc d'arbre calciné. Je ne pourrais certes en faire grand-chose, si grand soit mon art. Le morceau a cuit comme un jambon, emmitouflé dans sa fourrure. On ne sait d'ailleurs pourquoi il est ficelé ainsi, à la manière d'un saucisson. Il ne devait pas en savoir davantage lui-même au moment de mourir. Bref, Dieu ait son âme. Il doit tout de même en rester un petit quelque chose.

Je m'approche et me penche vers le fils, plus intéressant. J'évalue le type de travail que nous aurons à effectuer sur lui, non pour le rendre présentable, car il est entendu qu'on ne le montrera à personne, mais il faut au moins le redresser pour le faire tenir dans un cercueil. Nous avons là du pain sur la planche. Je lui pince le bout du nez, par cette familiarité affectueuse et taquine qui me caractérise; je lui dis d'une voix rassurante : «Tout est rien qui finit rien.» Le nez me reste entre l'index et le pouce... (ça m'apprendra). Je regarde son poing fermé. Saisissant un tournevis, j'ouvre comme on ouvre une huître : les os cèdent, friables, et à l'intérieur, quasiment intacte, je découvre une patte de lapin. «Bien mal acquis ne profite jamais», et je suis, comme tu sais, un Honnête Homme. Mais les porte-bonheur portent malheur si on les dédaigne, c'est comme les femmes. Je glisse la patte de lapin dans ma poche.

À ce moment-là, je suis loin de me douter que ces deux cadavres vont du jour au lendemain devenir les célébrités du quartier. Pendant qu'ils reposent côte à côte sur ma table, refermés sur eux-mêmes, liés par une complicité énigmatique, comme deux scories crachées par un même volcan, tous les journaux de la ville déjà en parlent. On les a découverts près du village de Saint-Aldor. Ils s'étaient égarés dans les bois, présume-t-on, puis, on ne sait pourquoi, l'épuisement sans doute, ils ont brûlé dans une cabane, ignorant selon toute vraisemblance que celle-ci se trouvait à quelques pieds seulement de la plaine (je me suis dit que tu goûterais l'ironie de la chose). Une neige fraîche a empêché l'incendie de gagner le reste de la forêt, comme quoi Dieu est bon. C'est le curé, qu'on dit à l'agonie, qui a insisté, paraît-il, pour qu'on les ramène dans la paroisse.

Or, le clou de toute cette affaire, c'est qu'ils étaient accompagnés d'une petite fille dont on n'a retrouvé aucune trace. Les recherches acharnées, qui ont mobilisé toute la population du coin, se sont jusqu'ici avérées infructueuses. Disparue, quoi! Volatilisée!

On avait cru jusque-là qu'il s'agissait de la nièce de M. Judith, la mauviette cocue d'origine lyonnaise dont je t'ai déjà parlé et qui nous tient lieu de gérant de banque. Eh bien, non, figure-toi. La vraie nièce de M. Judith, qui s'appelle effectivement Sarah, s'est présentée chez lui entre-temps, accompagnée de son père, que Judith croyait mort, et de sa mère, que Judith croyait à l'agonie dans un sanatorium. Tout cela ne doit pas être très clair tel que je te l'écris, mais enfin, c'est comme ça, que veux-tu. M. Judith s'est depuis retiré à la campagne, mis au repos forcé, et son psychiatre interdit aux *journalistes de lui parler. J'ai su que sa femme ne le quittait pas un seul instant, moins pour le réconforter, j'imagine, que pour s'accrocher elle-même à quelque chose, car l'état de son époux lui inspire des craintes, et quand elle a peur — je la connais assez, je veux dire dans tous les sens du terme —, elle n'a que son mari auprès de qui se réfugier. J'ai fait livrer des fleurs, avec mes souhaits de prompt rétablissement.*

Il n'en fallait pas plus pour enflammer les imaginations. Tu connais les gens d'Hochelaga. Les esprits frappeurs constituent une spécialité du quartier. On se mit à rôder en bandes autour de la maison des victimes. Tout un chacun avait son histoire à raconter. Les voisins disaient entendre à travers les murs des coups répétés, apercevoir des billes lumineuses autour de leurs fenêtres, qui en crevant dégageaient des odeurs pestilentielles. Les rumeurs les plus fraîches affirment que le vieil homme était mort depuis des lustres, et que son fils, ventriloque, a vécu des années avec la dépouille du vieux. Tu vois le genre? On continue de raconter n'importe quoi. Les enfants harcèlent leurs parents pour qu'ils les amènent voir la Maison Hantée.

Plus audacieux qu'un autre, le fils du cordonnier a pu pénétrer dans la maison, s'attendant à y trouver je ne sais quoi, un manuel des sortilèges peut-être, les Saintes Espèces de la Magie. La police a dû poster un agent devant la porte. Le garçon, cependant, assure avoir aperçu à l'intérieur une armoire cadenassée — que pouvait-elle bien contenir? Des journalistes se sont emparés de l'affaire, qui est devenue l'affaire de l'Armoire cadenassée. La police refuse de commenter; elle ouvrira l'armoire en temps et lieux.

Tout cela pour te prouver comme le monde est petit, car,

vois-tu, ces deux individus habitaient la maison de ton enfance, le 1909, rue Moreau.

J'ai passé la nuit à t'écrire tout cela, cher Rogatien, l'aube se lève, et les deux cadavres sont prêts, ils sont de part et d'autre de ces feuillets que tu lis; ils partiront dans quelques heures pour l'église. Quant à moi, je vais aller dormir un peu, pour reprendre des forces, car j'anticipe une journée excitante. On sent ça dans l'air depuis hier, une atmosphère d'orage électrique qui fait vibrer le quartier comme une plaque de tôle. C'est que, ce mardi soir, 8 décembre, fête de l'Immaculée Conception, dans le préau entre le poste de police et la caserne des pompiers, on exécutera l'incendiaire du Grill aux Alouettes. Cela risque de chauffer. Il y a eu échauffourée jeudi dernier à la filature Hudon. Un groupe d'ouvriers qui s'opposent à l'exécution capitale s'est trouvé face à un autre, réclamant vengeance et regroupé autour du frère de ce Blanchot (tu sais, celui à qui j'avais vendu ton icône, et qui a péri dans l'incendie?). Les coups ont fusé, du matériel a été endommagé. La police a dû intervenir.

De toute façon, le grand gagnant, comme toujours, ce sera moi, car l'incendiaire, ce soir, c'est ici qu'il aboutira, sur cette table où j'achève d'écrire ces lignes. J'ai d'ailleurs tout fait refaire à neuf dans cette salle, rien que du moderne, tu devrais voir ça. Ce sera en quelque sorte une inauguration. Pendre la crémaillère avec un pendu!... Allez, je te laisse.

[Écrit quelques heures plus tard, avant d'aller sur les lieux

de l'exécution.] Je joins ici le journal du quartier, que tu m'as demandé (j'imagine que c'est pour ton roman), il sort tout chaud des presses. Tu liras ce placard en première page : ON CHERCHE ENCORE LE GAGNANT DE LA LOTERIE DU PETIT MAURICE. Cela s'explique ainsi : on avait organisé une loterie pour l'orphelin d'un pompier; le numéro gagnant a été tiré vendredi dernier, mais son détenteur ne s'est toujours pas manifesté; on lui laisse une dernière chance, jusqu'à demain. Voilà, maintenant tu sais tout.

Mais j'allais oublier le plus important. Justine Vilbroquais — ta «sœur», comme tu dis — est venue me voir tantôt au bureau! On ne s'était pas parlé depuis des siècles. Sans prendre le temps de me saluer, elle m'a lancé : «Veux-tu bien me dire ce qui lui prend, à ce vieux fou, de m'écrire après vingt-cinq ans?» (Ainsi donc, cher Rogatien, quand je t'ai fait part de son retour dans le quartier, ça n'est pas tombé dans l'oreille d'un sourd.) Elle n'est plus jeune, c'est entendu, mais son regard est toujours tel que tu as su le rendre sur l'icône, aussi bleu, aussi saisissant. Elle me paraissait nerveuse, un peu gênée par son accoutrement, et cela se conçoit : à force d'avoir été reprisée, sa jupe est sillonnée comme une carte des chemins de fer; elle porte autour du cou un renard lépreux, raidi comme une chaussette de trois jours. Je songeai à sa jeunesse, à ses rêves de carrière, tu te rappelles? Tournées, ovations, bouquets apportés sur la scène par des petites filles, déchirantes ruptures avec des princes russes dans chaque capitale d'Europe... Je lui ai demandé ce qui avait pu la ramener dans la paroisse, après tant d'années. Elle fit faire un quart de tour à son renard, comme pour se revisser la tête. Elle a perdu son mari dernièrement, et puis son fils. Rien ne l'avait poussée à revenir, sinon le dépit. On tourne, on tourne, Rogatien, on s'étourdit vers les périphéries, puis, attiré, sucé par le fond, on finit par retomber dans le même trou, on n'est qu'une bille dans un entonnoir. Ce n'est pas à un morphino-mane comme toi que je l'apprendrai.

Mais ce n'est pas pour mes beaux yeux qu'elle est venue me rendre visite. Elle avait un message pour toi. Il paraît que tu lui avais donné rendez-vous?... C'est aussi bien d'oublier ça, mon vieux. Quant aux lettres que tu lui as écrites, elle m'a dit de te dire qu'elle les avait jetées dans un égout.

Ne t'en fais pas trop, Rogatien. Nous avons tous dans un recoin de nos vies une personne qui, sans dire un mot, et en public, nous giflerait, et devant qui, quand même, nous bais-serions les yeux de honte. C'est comme ça pour tout le monde.

R. Costade
Petit Commerçant

P.-S. Ton roman, à propos, l'achèves-tu? Je crois avoir compris, en relisant ta dernière lettre, que cette chère Vilbroquais en serait un des personnages. Il me semble qu'avec ton «serment» en exergue, ça ferait un joli titre, non, L'annonce faite à Justine!

Termine-le donc pour le 22 décembre, le jour de son anniversaire; ça lui ferait tellement plaisir, j'en suis sûr.

* * *

Clémentine Clément, qui avait mal au cœur depuis le matin, et n'avait pu avaler qu'un peu de bouillon à midi, fut de nouveau saisie d'un étourdissement. Elle dut s'appuyer de la main au prie-Dieu.

Les élèves de l'école Langevin occupaient les bancs à gauche de la nef. On avait réservé ceux de droite aux fillettes de l'école Marie-Reine-des-Cœurs. Ses consœurs de travail, Mlle Robillard, Mme Désilets, allumaient des lampions, tandis que Mlles Baril et Pichette, agenouillées derrière elles, récitaient leur chapelet. Tout cela pour le repos de l'âme de Guillubart, Clémentine le savait, mais elle ne voulait pas en allumer, elle, des lampions, pour le repos de l'âme de Guillubart. Son idée était maintenant faite sur ce genre de simagrées, et ses collègues pouvaient bien penser ce qu'elles voulaient, elle s'était bien juré qu'on ne l'y reprendrait plus.

Le nouveau vicaire, dans le déambulatoire, déambulait, montrant des signes de nervosité. On l'avait affecté à la paroisse par suite de l'attaque du curé Cadorette. C'était un petit prêtre d'ordination récente, facile à faire rougir au sujet des femmes, animé jusqu'au tremblement du désir de bien faire et n'ayant pas encore acquis cet aplomb autoritaire qui fait quatre-vingt-dix pour cent du curé. Clémentine le considérait sans aménité. Il avait conservé ses yeux rougis de séminariste scrupuleux, tourmenté par des rêves, pour qui tout est épreuve, et qui ne comprend pas toujours ce que Son Sauveur attend au juste de lui. Il portait un épi de barbe par crainte de ne pas ressembler à ce qu'il était, collé sous la lèvre comme une cédille. Il faisait les cent pas, la tête basse, en tripotant son crucifix. Ces déplacements agaçaient l'institutrice. Elle l'eût volontiers accroché par la chasuble et obligé à s'asseoir avec une taloche derrière la tête. Elle détourna les yeux du prêtre et, d'un geste discret, se caressa le ventre.

Les petites saintes tardaient à montrer le bout de leurs ailes. Leur retard s'expliquait, comme chaque année, par l'abondance et la minutie des préparatifs qu'exigeait la fête de l'Immaculée Conception, bouquets de papiers, auréoles en carton, cierges et confettis, selon la manière dont les bonnes sœurs et les institutrices imaginaient les allégresses du paradis. Une Vierge en plâtre attendait leurs offrandes, la tête couronnée de chandelles. Les garçons commençaient à perdre patience. Ils se poussaient du coude, étouffaient des fous rires. Trop lasse pour réagir, Clémentine les laissait faire.

Quant à Bradette, il ne tenait pas en place. Il s'était montré arrogant, il avait enchaîné les pitreries; plus d'une fois, depuis le matin, Clémentine s'était retenue de le gifler. Elle s'inquiétait aussi pour Rocheleau. Il paraissait si anxieux aujourd'hui, abattu, plus fragile que de coutume, au bord des larmes. Il s'était sauvé de l'école durant la récréation et n'était pas reparu depuis.

Bradette se leva soudain et marcha d'un pas désinvolte vers la statue de la Vierge. Mlle Clément écarquilla les yeux. Il avait tiré une cigarette de sa poche et s'apprêtait à l'allumer à un cierge. Les institutrices tournèrent vers Mlle Clément des visages effarés. Clémentine bondit, pour autant qu'elle le pût, et arracha la cigarette des mains de l'enfant.

— Occupez-vous de vos élèves tout de même, chuchota une de ses consœurs d'un ton pointu.

Rouge d'humiliation, Mlle Clément traversa la nef en tirant l'écolier par le bras. Elle gagna les bancs en retrait derrière le croisillon et y poussa Bradette sans ménagement. Elle prit place près de lui, décidée à lui infliger une correction à la première incartade. Le gamin affichait un air de supériorité tranquille.

On avait installé un lutrin près du bénitier. On y avait posé la reproduction d'une maternité célèbre. Clémentine ignorait quel en était le peintre. Mais le visage de la Vierge lui fit une impression profonde. Ce qu'on enseignait aux élèves, et qu'elle avait appris comme les autres, sur la simplicité du Christ enfant, son obéissance filiale, son admirable docilité face aux humbles exigences des jours, portant le panier d'outils de Joseph, aidant sa mère à pétrir le pain, tout cela semblait contredit par ce tableau, par le regard en biais, presque déprimé, que Marie portait sur son fils, et qui semblait dire, avec une vérité d'expression saisissante : « Mais qu'est-ce qu'il s'apprête encore à me faire endurer, celui-là ? » La Vierge serrait les lèvres, comme si les doigts de Dieu les lui avaient cousues, tandis que Jésus, imbu de lui-même, bébé déjà prêt à donner des leçons de vie au monde entier, n'avait pas d'oreilles pour l'entendre.

Clémentine Clément ferma les yeux. Pauvre Marie. On ne cessait de lui faire fête depuis des siècles, de l'honorer des noms les plus considérables, elle demeurait la grande oubliée des Évangiles. L'Annonciation, les pleurs au pied de la Croix : une poignée de sable, rien. Malgré le caractère surnaturel de sa fécondation, la main du Père, que l'on sache, ne lui avait pas épargné les douleurs de l'enfantement, bien charnelles celles-là. Avait-elle pressenti la fin horrible qui serait celle de son fils ? Les clous qui transperceraient les os, l'humiliation dernière ?... Ce devait être gai d'accoucher en sachant tout cela, dans une étable par-dessus le marché. Qui sait ce qu'elle avait pu lui dire tandis qu'elle lui offrait le sein, quand elle était si près de lui que Dieu lui-même ne pouvait entendre ce qu'elle disait ? Elle le suppliait peut-être. De ne point se mêler des affaires du monde, de ne pas lancer ses filets au-delà des humbles limites que la vie lui avait imparties en le faisant naître fils de charpentier. Mais il lui suffisait d'un regard, de ces yeux où perçait une intelligence effrayante, pour obtenir d'elle le silence. Elle esquissait un sourire, d'une tristesse infinie. Lui continuait paisiblement, les paupières closes, à téter la gourde de chair.

Mais peut-être ne savait-elle pas, justement. C'eût été un mauvais calcul de la part de Dieu. Marie croyait avec simplicité ce qu'elle avait entendu dans son rêve, qu'un destin hors du commun appelait son fils, et elle se rassurait à l'aide de pensées douces, le serrant plus fort contre sa poitrine, se répétant qu'il serait grand prince un jour, couvert d'étoffes et de pierres précieuses, qu'il conduirait son peuple comme Moïse.

Et il vieillit, il grandit, il devint un adolescent d'une beauté admirable. Sa grâce aurait suffi à le rendre célèbre dans toute la Galilée. Clémentine se plaisait à imaginer le bel homme qu'il avait dû être. Marie aurait voulu savoir ce qui se passait dans sa tête. Sur Yahvé, les prophètes, tout ça, elle se posait tant de questions, qui la jetaient dans un trouble émerveillé. Elle n'osait interroger les doctes. Elle avait toujours su tenir son rang. Mais maintenant que son fils lui-même allait devenir rabbi?... En préparant ses galettes, elle essayait en douce d'engager la conversation. Étendu sur le ventre, le nez dans des notes griffonnées, il répondait par des ronchonnements impatients. Marie n'insistait pas. Elle se disait que ces grandes choses n'étaient pas pour elle sans doute. Elle évitait de faire du bruit pour le laisser dormir, après ses nuits de visions, de songes et de veille. Cela la retardait dans ses travaux, qu'importe. Elle s'approchait en mesurant ses pas, silencieuse, et se penchait sur lui, endormi, pour respirer, les yeux clos, à genoux, l'épais parfum de ses cheveux blonds.

Quand il partit sur les routes, elle laissa passer quelques heures, puis partit à son tour, à sa suite. Il était si magnifique que les femmes se retournaient sur son passage. Au marché, à l'occasion, elle succombait à la tentation de chuchoter aux commerçantes : «Vous savez, c'est mon fils...» Puis rougissait de tant de vanité. Il allait, elle continuait à le suivre, toujours en retrait, ramassant pieusement sa houppe, qu'il avait oubliée. Sans doute était-il heureux qu'elle le suive ainsi, une bonne partie de son spectacle s'adressait à elle seule, peut-être. Il n'en laissait rien voir. Quand il la croisait au milieu des foules qu'il prêchait, il n'avait qu'un regard indifférent pour elle, et ne lui adressait jamais la parole. Il faisait plus de cas d'une prostituée rencontrée un jour, et qui maintenant, elle aussi, le suivait. Parfois elles s'échangeaient un pâle sourire. La nuit, quand tous dormaient, lui autant que ses disciples, Marie veillait. Elle se rendait bien compte qu'elle avait été trompée. Elle n'avait certes pas mis au monde quelqu'un d'ordinaire, on ne lui avait pas menti là-dessus. Il avait des dons pour la magie. Mais elle voyait la tournure que prenaient les événements. Elle s'inquiétait du mal qu'elle entendait dire de lui sur son chemin, de la réprobation dont il était l'objet de la part des prêtres, qui devaient tout de même savoir de quoi ils parlaient, et qui se réunissaient en de sombres conciliabules. Toutes les paroles de Jésus heurtaient la religion dans laquelle elle avait été élevée, à laquelle elle avait cru toute sa vie.

Sans travail, toujours à se promener avec ses copains, n'en faisant qu'à sa tête, proférant sur un ton irrité des sentences d'une prétention inouïe, il ne s'était repenti qu'à la vingt-troisième heure. Reconnaissant enfin les chagrins infligés à Marie, au moment où elle pleurait au pied de sa croix, il avait eu la prière la plus touchante, la plus humble, et qui semblait l'aveu de sa défaite; il avait demandé à son disciple de la considérer désormais comme sa propre mère... Mais elle, au bout du compte, au bout de tant de sacrifices, de complaisances et de consentements silencieux, jamais payés de retour, qu'obtenait-elle ? On déposait entre ses bras un cadavre martyrisé, flasque comme une grenouille dénervée, un vulgaire criminel, mort en comprenant que tout n'avait été que mensonge, qu'au moment ultime celui qu'il avait cru son Père l'avait abandonné. La pluie tombait. La robe couverte de boue, Marie sanglotait sur la poitrine de ce fils unique qui s'était sacrifié pour une pelletée de nuages.

Les apôtres avaient récupéré tout cela, avaient monté une histoire abracadabrante : des pêcheurs qui se vantent à la taverne en somme. Un instant, Clémentine envisagea d'écrire pour soi-même une Vie de Jésus, l'Évangile revu par une femme. Elle se laissa bercer par cette idée, douce comme une vengeance. De telles pensées, il y a quelques jours à peine, l'auraient fait suffoquer de terreur. Mais maintenant... (Clémentine se caressait le ventre. Se souriait intérieurement.) Mais maintenant elle était *libre*.

Clémentine se rendit compte qu'elle prêtait à Marie ses propres traits — elle rouvrit les yeux. Elle sentait une masse froide sur sa cuisse. Bradette avait posé la main sur son genou. Il avait les yeux fixes et haletait. Clémentine crut qu'il s'apprêtait à vomir. Elle approcha la main de sa joue... Elle fut glacée d'horreur. Bradette était en train d'opérer, en la tenant par la cuisse, cette action que d'ordinaire les petits garçons n'opèrent que dans leur lit, sous les couvertures, dans une totale obscurité. Clémentine lui aplatit sa main dans la figure. Bradette se jeta sur elle et tenta de lui mordre un sein. Elle lui fit faire la culbute, les deux roulèrent dans l'allée. Bradette se redressa. Il riait d'un rire affreux. Il se mit à crier :

— Je t'ai eue, pauvre vache! Je t'ai eue! Je t'ai eue!

Les institutrices accoururent. Clémentine demeurait par terre, épouvantée, paralysée de dégoût. Bradette regarda autour de lui. L'allée était bloquée d'un côté par Mlle Baril et de l'autre par Mme Désilets. Mlle Pichette marchait vers lui avec circonspection, d'un pas latéral d'écrevisse. Déjà se rapprochaient des élèves pour leur prêter main-forte. Bradette enjamba Clémentine et se mit à courir par-dessus les bancs, en prenant appui sur les dossiers, agile comme un singe, dont il imitait d'ailleurs les cris, en proie à une exaltation démente. Il s'immobilisa soudain.

— C'est moi, le Père! Je suis le Père! hurla-t-il en se percutant la poitrine des deux poings.

Son pied glissa du dossier et il s'affala par terre. Abasourdi, il eut du mal à se relever. Mlle Robillard crut pouvoir le retenir. Il lui envoya un coup de poing dans le bas-ventre. L'institutrice se plia en deux. Bradette repartit vers la sortie. Le nouveau vicaire l'y attendait, la soutane relevée jusqu'aux genoux, dans une posture de catcheur. Bradette lui fila entre les jambes, le prêtre tomba sur le derrière. Les portes de l'église s'ouvrirent toutes grandes, et les fillettes de l'école Marie-Reine apparurent, les omoplates piquées de petites ailes en papier. Bradette se jeta dans le tas. Les auréoles volèrent, les morceaux de jupes, il arracha les ailes à une

307

demi-douzaine d'entre elles et crêpa des chignons. Les bonnes sœurs intervinrent avec affolement. Elles le cherchèrent au milieu des robes blanches en pagaïe, des fillettes qui se débattaient, des cris de terreur et de surprise. Bradette n'était plus là, Bradette s'était enfui.

Le vicaire commençait à se demander dans quelle paroisse de fous on l'avait plongé. Le séminaire ne l'avait pas préparé à de telles éventualités. Les fillettes trépignaient, braillaient à tue-tête. Il déclara aux religieuses qu'il annulait la cérémonie. Il se déchasubla sur-le-champ. Puis, le poil hérissé, se dirigea vers Clémentine.

L'institutrice s'était rassise sur son banc. Les mains croisées, les coudes appuyés sur les genoux. Elle regardait par terre.

— Vous vous êtes fait mal ? demanda-t-il.

Elle ne répondit pas. Le jeune homme se dandinait dans sa soutane. «Les mains d'un prêtre ne peuvent se quitter un instant sans s'étreindre de nouveau sur son ventre», songea-t-elle déprimée. Il avait de belles mains fines et osseuses, comme celles du frère Gandon. Clémentine avait l'impression de les reconnaître, et en dépit de ses efforts, avec une spontanéité qui la révolta contre elle-même, des larmes vinrent lui piquer les yeux. Le vicaire explosa :

— Mais qu'avez-vous donc fait à cet enfant ?

Clémentine haussa les épaules. Elle n'avait d'attention que pour ses quatre consœurs rassemblées près des fonts baptismaux.

— Veuillez m'excuser, mon père.

Elle se leva, l'écartant négligemment, et marcha droit vers elles. Le prêtre sentit la sueur se répandre dans son cou. Il essaya d'emboîter le pas à Clémentine, mais trébucha misérablement.

Clémentine agrippa Mlle Robillard et lui fit faire volte-face. Les autres reculèrent.

— Moi, dit-elle, quand j'ai quelque chose à dire à quelqu'un, je le lui dis en pleine face.

Elle attendit, les bras croisés.

— Allons bon, vous n'avez plus rien à dire? Le chat vous a mangé la langue? Mais ne vous gênez pas pour moi! Je sais très bien ce que vous dites dans mon dos. Que le petit Bradette, c'est moi qui l'ai rendu fou! Que je l'ai rendu fou comme j'ai rendu Guillubart malade, à force de les persécuter! C'est ça que vous étiez en train de vous dire, n'est-ce pas, avouez-le donc. Et que Rocheleau a fui à mon approche ce matin parce qu'il avait peur que je le morde! Et que c'est moi qui ai jeté Guillubart dans la tombe!

Mlle Pichette rencontra furtivement le regard des autres institutrices, puis posa une main délicate sur l'avant-bras de Clémentine, dans un geste de femme qui comprend une autre femme.

— Mais voyons, chère Clémentine, susurra-t-elle. Pourquoi vous imaginez-vous des choses pareilles?

Clémentine se dégagea sèchement.

— Ah, vous, surtout, ne me touchez pas! *Je ne partage pas les mœurs de vos petites camarades de la rue Darling.* Quant à vous autres, vous m'en avez toujours voulu, vous m'avez toujours enviée, parce que j'étais jeune, et que j'étais belle, et que les yeux des hommes se tournaient vers moi, même ceux des prêtres, ceux de mes élèves, ceux de Gaston Gandon!...

Clémentine se tut brusquement, atterrée. Depuis des semaines, ses collègues n'attendaient que ça. Qu'elle s'emporte enfin, qu'elle craque, qu'elle avoue. Mlle Robillard avait un sourire rusé et triomphant. Clémentine décida qu'elle se moquait de tout cela.

— Dites sur moi ce que vous voulez, faites-moi jeter hors de l'école tant qu'à y être, je m'en fiche. Des vieilles filles comme vous ne peuvent plus rien contre moi. Vous m'entendez? *Plus rien.* Ah, mes pauvres! si vous saviez ce qui m'arrive! si vous saviez!...

Elle éclata d'un rire voluptueux, un peu forcé, puis se retira sans un adieu. La porte de l'église se referma en faisant résonner les dalles.

— Ma foi du bon Dieu, fit Mlle Robillard, il ne lui manque que la parole!

On la trouva bien bonne, celle-là, et les institutrices épongèrent leurs larmes d'hilarité avec de vieux kleenex. L'occasion était trop belle. Elles décidèrent d'aller ensemble grignoter des petits fours. Seule Mlle Pichette préféra rentrer chez elle.

— De ce pas! gloussait Mlle Robillard, allons-y de ce pas! — elle imitait une femme qui boite.

Il y avait là une faute de goût, qui jeta un froid. Elles partirent à la recherche du petit vicaire.

Elles le trouvèrent dans la sacristie, anéanti sur sa chaise, la cédille tremblotante. L'élève Carmel se tenait près de lui.

Le prêtre finit par se ressaisir quelque peu.

— Mais vous ne comprenez donc pas? Ce que le petit

Bradette criait dans l'église, ce qu'il essayait de nous dire. C'est horrible. Il s'en est vanté ce matin auprès de ses camarades. Allez, Carmel, répète ce que tu viens de me dire.

L'élève Carmel baissait le nez, intimidé, comme un coupable. Le vicaire parla à sa place. Sa voix était entrecoupée de sanglots :

— Cette Mlle Clément... Bradette dit qu'elle attend un enfant !... M'entendez-vous ? *Il dit qu'elle est enceinte de lui !*

* * *

À la suite de sa querelle avec le frère Gandon, la semaine précédente, Clémentine avait gardé le lit pendant trois jours. Elle avait résisté durant des années, en bon soldat, contre vents et marées, cramponnée à l'idée que tout *cela* n'était qu'une longue et pénible épreuve pour mériter le Bonheur, mais voilà que ses raisons de vivre, de lutter, venaient d'être touchées en plein cœur, et le cavalier était tombé de sa selle. Rien ne valait plus la peine de rien. Elle entendait rester là où la vie l'avait abandonnée, dans l'amertume et la rage sans objets, et n'y plus bouger, croupir.

Elle ne quittait son lit que poussée par des malaises, des ankyloses, des impatiences dans les membres, des idées dans sa tête. Elle grignotait ce qui lui tombait sous la main, en tournant en rond dans sa cuisine, la robe de chambre détachée, comme si elle cherchait à se punir, à se venger d'elle-même, ou du frère Gandon, de toutes les laideurs enfin qui tapissaient son existence. Elle négligeait l'hygiène, dans un même esprit, dégoûté et revanchard. Elle se sentait comme ce quartier de citron pressé qui traînait sur le comptoir de sa cuisine depuis une semaine.

Le premier soir, on sonna à sa porte. C'était Mlle Robillard qui venait prendre de ses nouvelles. Clémentine avait oublié de prévenir l'école de son absence. Elle ne montra que le bout du nez par l'entrebâillement de la porte. Mlle Robillard tâchait de voir par-dessus son épaule. Clémentine lui dit qu'elle était indisposée et qu'elle ne se présenterait pas en classe de toute la semaine. Mlle Robillard s'en retourna avec un air mystérieux. Clémentine fit une grimace dans son dos.

Elle n'aspirait qu'à dormir, mais n'y parvenait jamais que quelques minutes à la fois. Vingt-quatre heures sur vingt-quatre elle vivait ces avortons de sommeil, se traînait du lit au sofa, piquait des siestes troubles dans la chaise à bascule de la cuisine. Parfois, saisie d'une envie brutale, d'une fureur mauvaise, elle se procurait du plaisir. Elle haletait, elle haletait, elle étouffait un dernier râle dans l'oreiller... Puis ses muscles se relâchaient, elle éclatait en sanglots.

Ou bien elle ruminait, plantée devant la fenêtre du salon. Son regard se perdait parmi les débris du Grill aux Alouettes. Elle composait et recomposait dans sa tête une lettre interminable au frère Gandon, tour à tour repentante, percutante, revendicatrice, suppliante, vindicative, inutile en fin de compte, puisqu'elle mourait toujours avant de toucher le papier. Par moments, jetée vers sa table de travail par un élan de révolte, un reste exacerbé d'orgueil, Clémentine s'armait d'un crayon, tirait du tiroir une pile de feuilles blanches : elle allait se vider le cœur, tout dire, tout raconter, donner des noms! Mais au bout de trois pages, ça n'avait plus ni queue ni tête, elle avait perdu la maîtrise, et la plume lui tombait des mains, elle retournait s'étendre sur le sofa, pacourue de secousses malsaines, comme si elle venait de commettre un meurtre. Une nuit, elle émergea du sommeil hantée par le bruit d'une bouilloire sur le feu. Elle se précipita hors du lit, ne trouva rien sur la cuisinière, puis comprit que cette bouilloire qui ronflait était sa propre tête. Elle se la saisit à deux mains, pour en étouffer la vibration. Les souvenirs les plus lointains, les plus humiliants, les complots indéfinis qu'elle sentait autour d'elle tapis dans l'ombre comme des regards de loups, l'atroce perspective de son avenir, tout cela passait et repassait en elle dans un mouvement qu'elle n'arrivait pas à interrompre, à dominer par une *pensée*. Et elle sentait dans son ventre, au creux de sa poitrine, une présence maléfique pleine de viscosités et de contorsions. Elle parvint à se calmer, par un effort de volonté qui lui fit mal jusque dans les os; puis regarda autour d'elle avec effarement : elle était assise sur le perron de la maison voisine, en robe de chambre, pieds nus et les fesses dans la neige...

Enfin, ce fut vendredi, et les choses changèrent du tout au tout, une sorte de paix l'envahit.

Elle avait tant souffert que maintenant c'était comme ne plus souffrir du tout, comme si souffrir ne voulait plus rien dire. Tout était égal, nivelé. Elle survolait sa vie d'un œil tranquille, comme une catastrophe accomplie, circonscrite dans l'espace et le temps. Elle n'éprouvait aucune pitié pour elle-même, ses propres douleurs ne la touchaient plus, ne lui pesaient plus. Elle était légère comme un trou.

Autour d'elle, ses draps répandaient une odeur délétère, de fièvre et de médicament. Une odeur aussi, montant d'elle-même, de salive sur la peau, qui la dégoûtait quand elle était petite. Sans bouger de son lit, elle regarda par la fenêtre. Il devait être environ deux heures de l'après-midi. On voyait la lueur étale des nuages, d'une blancheur hésitante, et tout ce qui était blanc dans la pièce, les feuilles sur sa table, sa chemise pendue au dossier de la chaise, ses draps, reflétait cette fadeur, lumineuse et grise.

Et elle comprit soudain qu'elle ne souffrirait plus jamais.

Et elle se vit assise devant elle-même, comme si elle était devant quelqu'un d'autre. Elle se vit en même temps debout à la fenêtre. Elle s'entendit tourner en rond dans l'imbécillité de sa cuisine. Elle se vit en train d'écrire en larmoyant à sa table de travail. Du fond de son lit, Clémentine voyait toutes ces figures d'elle-même qui surgissaient une dernière fois avant de disparaître l'une après l'autre dans un néant sans retour. Elle procédait sans émotion aucune à une sorte d'abolition de Clémentines, tel un monarque récupérant son trône et qui révoque un par un les décrets de l'usurpateur vaincu. Clémentine et demie était morte. Elle songea à un vers qu'elle avait lu dans la revue *Le Rubicon des âmes seules* : «Tu réclamais le Soir, il descend, le voici». C'était exactement cela. Son Soir à elle était ce vendredi après-midi. La Grande Délivrance enfin. Rien ne pourrait plus désormais la faire pâtir. Elle se sentait dure, forte comme la méchanceté, indifférente à elle-même, libérée. Elle regarda de nouveau par la fenêtre. Elle reconnut dans la couleur de ce ciel fermé la couleur définitive de son âme.

Elle décida alors de sortir. Sa nouvelle carapace, son

armure toute neuve et qui semblait indestructible, cette puissance encore indéfinie mais qu'elle sentait sourdre en elle-même, elle éprouvait le besoin d'en faire l'essai, comme on disait que les guerriers japonais des temps anciens, impatients d'étrenner une lame nouvelle, tranchaient la tête du premier paysan venu. Cette jubilation dans la férocité, cette souveraine ignorance des scrupules, chatouilla Clémentine d'un frisson pervers, et vers les huit heures, l'humeur conquérante, elle sortit enfin, sur ses lèvres un sourire cynique qui la rangeait dans une classe à part, la haussait à ses yeux jusqu'à la supériorité.

Mais où aller? La destination qu'elle choisit, qui plutôt s'imposa à elle, la confirma dans l'idée qu'elle était devenue une Clémentine d'un tout autre acabit. Elle irait dans le centre-ville. Là où il y avait des *nights*, là où il y avait des Américains venus de Chicago, là où il y avait les grands magasins, où les dames portaient des chapeaux lucifériens, fumaient des cigarettes longues comme des carottes, parlaient anglais et racontaient les nuits folles de New York ou de Paris. Clémentine prit le tramway au coin des rues Sainte-Catherine et Préfontaine.

À la station suivante, ce fut au tour du capitaine des pompiers de monter. Leurs regards se croisèrent. Elle détourna orgueilleusement la tête. Le capitaine gagna un banc au fond du véhicule. Clémentine corrigea son chignon.

Elle descendit à la rue Papineau et se dirigea vers l'Ouest. Elle sentait sa présence derrière elle, son regard posé sur elle : une étrange chaleur la parcourait des reins à la nuque. Elle n'osa pas se retourner. D'ailleurs, elle n'avait pas peur. Comment le capitaine des pompiers, qui s'était conduit de manière si lamentable le soir de la mort de Guillubart, bredouillant, pleurnichant, comment aurait-il pu lui en imposer, en imposer à celle qu'elle était devenue ? Non, il ne lui faisait pas peur. Elle accéléra le pas, et parvint avec soulagement jusqu'aux grandes rues éclairées.

Enseignes lumineuses, foule, agitation de fête : Clémentine était éblouie. Elle n'était jamais venue le soir jusqu'ici. De rapides emplettes le samedi après-midi, une fois tous les deux ans, pour rafraîchir sa garde-robe, puis elle repartait aussi vite.

Mais aujourd'hui, elle y était. Une délicieuse anxiété s'empara d'elle. Tout ici la tirait hors d'elle-même, l'appelait à s'oublier, à s'abandonner à un grand élan anonyme et sauvage de Bonheur. Il suffisait d'être là, de se laisser imprégner. Comme c'était simple. Devenir comme ces personnes, être l'une d'elles. Son seul regret était d'être aussi mal habillée : elle se rendait compte qu'elle avait, sans y songer, mis son manteau le plus élimé, taché de boue, auquel il manquait des boutons : elle avait l'air de la chienne à Jacques. Elle regrettait aussi que son corps ne fût pas, peut-être, d'une propreté irréprochable — et voilà que, avec une violence et une acuité inattendues, sa sempiternelle crainte de sentir mauvais la saisit. Clémentine chavira. Elle se mit à raser les murs. Elle tâchait de surprendre sa propre odeur. Elle regarda ses ongles, ils étaient tout noirs. Elle enfouit les mains dans ses poches. Elle commença à éprouver des vertiges. Depuis quand n'avait-elle pas mangé ? Elle chercha un banc. La foule l'entraînait dans son mouvement. Elle hésita devant la porte d'un club : tout avait l'air si merveilleux à l'intérieur, il y avait des marbres, des tables en verre rutilantes... Elle recula finalement, parce que quelqu'un lui avait paru se moquer de son accoutrement, un bel homme par-dessus le marché.

Clémentine entra dans un grand magasin. Elle emprunta les allées sans rien voir, parvint à y tuer quelques quarts d'heure, et se retrouva enfin dans le rayon de la lingerie féminine où elle rougit comme une imbécile. Elle se précipita à l'extérieur. Elle s'arrêta sous le porche d'un autre magasin, regardant la foule défiler devant elle, pantelante, hébétée, avec le sentiment que sa personne tout entière tombait en morceaux, partait à la dérive. Il fallait entrer quelque part, n'importe où, il fallait entrer et s'asseoir, essayer d'être comme tout le monde. Rentrer chez elle, fuir encore, fuir comme elle avait toujours fui — et elle ne pourrait plus supporter sa figure dans une glace, elle le savait. Clémentine luttait contre l'envie de pleurer. Elle pensa : «Je dois avoir l'air d'une démente, plantée comme ça devant cette porte»; et cette pensée la jeta en avant. Elle reprit sa route. Elle essayait de se donner l'allure d'une habituée du coin, n'avait aucune idée du résultat. Une lueur verte s'échappait des vitrines d'un café. Clémentine prit une grande respiration et pénétra à l'intérieur.

Elle se fit l'effet d'un ramoneur qui entre chez le marquis. Un brouillard épais flottait devant ses yeux. Elle s'assit à la première table libre, qui se trouvait près d'une colonne. Elle commanda une crème de menthe, et la serveuse, maquillée au-delà de tout ce qu'aurait pu imaginer Clémentine, considéra cette dernière comme si elle venait de demander la lune. D'un coup d'œil, Clémentine remarqua que les autres clients ne buvaient que de la bière. On lui dénicha tout de même une bouteille de crème de menthe. La *waitress* déposa devant elle un verre minuscule, pour lequel elle exigea un montant qui faillit faire tomber de sa chaise Mlle Clément. Elle paya en se disant qu'il en était ainsi dans les endroits chic et ne voulant surtout pas paraître ne pas le savoir. La serveuse lui rendit sa monnaie et demeura debout à ses côtés. Elle se grattait l'intérieur de la cuisse. Clémentine voulait comprendre pourquoi elle restait là. Elle lui adressa un sourire suppliant. La *waitress* fit ce commentaire :

— Le service n'est pas compris.

— Mais oui, c'est vrai, où ai-je la tête ! fit Clémentine avec un rire faux.

La serveuse sourit à son tour, de façon désobligeante. Clémentine déposa dans sa main quelques sous de pourboire, qui parurent bien dérisoires à la *waitress*. Elle s'éloigna et Clémentine l'entendit dire à quelqu'un :

— En plus, ça se permet de boire de la crème de menthe.

L'institutrice commença à siroter son verre. Elle n'avait pas le courage de regarder autour, tout le monde devait la montrer du doigt et se moquer d'elle. Que restait-il de cette Clémentine d'acier, bardée de son indifférence supérieure ?... «Tu réclamais le Soir, il est là, Clémentine, le voici.» Une voix intérieure aux inflexions si familières, trop proches de celles de sa mère, débitait sa rengaine entêtante : «Regarde-toi donc telle que tu es, boiteuse, vieille fille, vaniteuse : sauve-toi d'ici ! Cours te cacher, aie au moins ce reste de dignité !» Mais tout son être se révolta, dans un terrible cri du cœur, et elle trouva la force de relever la tête.

Le capitaine était assis droit devant elle, un verre de bière à la main. Son sourire disait : «Je vous ai suivie tout ce temps.»

Ils passèrent la soirée à parler, à boire un peu, à savourer chacun la présence de l'autre, à rire aussi (rire!). Elle ne l'avait jamais connu comme ça. C'était un autre homme, plein d'aplomb, rassurant, attentionné, appréciant l'humour. Le capitaine causait peu à vrai dire, il passait par moments des remarques un peu grosses, mais il savait écouter, il la confortait dans le sentiment de son importance. Une bonne moitié de ce qu'elle lui racontait sur elle-même était d'ailleurs des mensonges, mais elle n'avait pas l'impression ainsi de le tromper en quoi que ce soit; elle embellissait les choses parce que la situation était belle. Elle ne signait pas une déposition devant un juge, elle exécutait un pas de deux. La grâce passait en dansant devant la vérité.

Parfois, s'interrompant, elle lui jetait un regard de biais, qui était un petit coup d'aile, et qui la relançait. Son beau nez d'homme, ses moustaches fournies, son regard où reposait une force un peu lourde, mais qui pesait comme une poignée de bonne terre au creux des mains, tout en lui inspirait Clémentine, qui par contraste se sentait d'une légèreté étourdissante. Elle se découvrit un talent pour la caricature. Elle imita les autres institutrices, leurs tics de vieilles filles, leurs petites bouches pincées, et, ce faisant, goûta ce plaisir féminin de se montrer un peu méchante devant un homme à qui on plaît.

Le capitaine réglait à mesure les consommations, laissant chaque fois un pourboire qui valait le triple de celui que Clémentine avait donné auparavant. Après le quatrième verre, l'humeur de Clémentine s'assombrit, ce qu'elle n'avait pas senti venir — un vent qui tombe. Elle manqua s'abandonner à la confidence à propos de son enfant mort-né. Mais au dernier instant une pudeur l'en dissuada et elle retrouva sa gaîté, presque intacte. Vint le moment de quitter le café —

cette minute où se reboutonnent à regret les manteaux, où sont émises les petites phrases qui font toute la différence, et résonnent le plus longtemps dans les souvenirs, parce qu'elles résument, sans avoir l'air d'y toucher, ce qu'on aurait voulu savoir dire, avoir le courage de dire dans les heures précédentes. Elle lui dit :

— Je sais à qui vous ressemblez. Cela vient de me frapper, là. Avec votre moustache, et ce front, vous ressemblez à Guy de Maupassant. Vrai vrai, je vous assure.

Il ignorait qui c'était, et la simplicité de cet aveu attendrit Mlle Clément.

Ils rentrèrent à pied, empruntant des rues tranquilles où leurs pas résonnaient comme dans un corridor. Clémentine regardait par terre, ou loin devant, ou loin là-haut, habitée par un unique désir, qui était de regarder le visage du capitaine. Seul son profil lui apparaissait par échappées; s'il se tournait vers elle, elle se détournait aussitôt. Il marchait — elle le remarquait — en tenant le côté de la chaussée, comme on doit le faire avec les dames, ce qu'ignorait, semblait-il, le frère Gandon. C'étaient des rues qu'elle connaissait mal, ou qu'elle ne reconnaissait plus tant les choses, en présence du capitaine, semblaient parler un langage différent, plein de murmures et de secrets.

— Tu réclamais le Soir, il est là, le voici, soupira-t-elle.

Elle ajouta après un long silence :

— Les maisons qui dorment ressemblent à des visages qui rêvent.

Le capitaine se racla la gorge.

— Vous... vous êtes une poétesse.

Il avait dit cela sur le ton timide, un rien boudeur, dont on

320

dit : «Vous vous moquez de moi, vous profitez de votre supériorité.» Il ne voyait pas qu'elle rougissait.

— Une poétesse? dit-elle. Oui, peut-être. Le reste du trajet se fit en silence. Ils se retrouvèrent devant sa porte, face à face. Clémentine promenait ses regards sur ce visage massif, avec une sorte d'affolement, comme pour le couvrir de baisers. Les yeux du capitaine luisaient d'un éclat paisible et doux. Des yeux de chien fidèle.

— Je voulais vous dire, capitaine... Cette soirée... pour moi...

Sa bouche aussi était belle, pulpeuse et rouge sous la moustache. Ses cheveux frisés. Des larmes montèrent aux yeux de Clémentine. Elle se mordit le coin de la lèvre, et secoua la tête, ne sachant que dire. Elle passa les doigts dans la tignasse du capitaine. Il se pencha et lui baisa la main. Elle eut un geste faible pour le retenir, impuissant, et redevint seule, frileuse soudain, abandonnée à son tendre bouleversement.

Elle leva les yeux vers la fenêtre de sa chambre. La perspective de retrouver celle-ci emplissait Clémentine de détresse et de dégoût. Un instant, elle songea à se promener jusqu'à l'aube, à le poursuivre même, pourquoi pas? «Ne m'abandonnez pas.» Mais le capitaine sans doute était déjà loin. Clémentine baissa le front. Elle gravit lentement l'escalier. Son bottillon droit n'était pas de la même couleur que son bottillon gauche.

***

Le lendemain, samedi, elle se réveilla d'un sommeil de plusieurs heures, profond, sans rêves, tel qu'elle n'en avait pas connu depuis des semaines. Elle retrouva assez d'appétit pour avaler une tartine et la moitié d'un plat de gruau. Elle fit infuser du thé. Puis constata avec stupéfaction qu'il était passé midi. Eh bien, tant pis. Pas de visite à maman aujourd'hui! Elle décida de faire le grand ménage de sa maison.

Sa tâche terminée, on aurait pu manger par terre, les casseroles rutilaient, des rideaux frais ornaient les fenêtres. Clémentine, d'une irréprochable propreté, depuis les cheveux jusqu'aux ongles d'orteils, se vêtit de sa plus belle robe, et, assise près du piano, une anthologie de Sully Prudhomme à la main, elle attendit le capitaine. Nul rendez-vous n'avait été convenu. Mais elle espérait. Il lui semblait que, depuis hier, le vent commençait à tourner : il ne pouvait plus lui arriver que du bon. Le capitaine ne se présenta pas. Au moment de gagner le lit, Clémentine se sentait coupable, sans savoir de quoi.

Elle dormit un peu moins bien que la veille et se leva désemparée. Elle but une tasse de thé en regardant par la fenêtre. Le matin était terne. Des nappes de brume estompaient les toits : on aurait dit un dessin inachevé, abandonné par ennui. Des images du frère Gandon lui venaient à l'esprit par intermittence, qu'elle chassait. Elle aperçut sur sa table de chevet, appuyé contre le portrait de l'exilé de Guernesey, le dernier numéro du *Rubicon des âmes seules* qu'elle n'avait pas encore ouvert. Elle lut des paragraphes isolés, ici et là, distraitement : tout cela maintenant lui paraissait bien bête. Elle fut pourtant arrêtée par ces mots : «vers libres». Clémentine se mit à lire plus attentivement. Elle eut l'impression de recevoir une gifle.

Passés, vous dressez devant l'élan désespéré
le mur de ouate, le mur de brume, d'autres défaites;
mémoires, vous redites la nuit froide, les soirs de victoire,
les soirs de victoires inutiles et futiles;
mémoires, vous défaites d'un doigt lassé des colliers de
fêtes.

Clémentine se sentit arrachée du sol. Elle relisait ces vers, en proie à la fièvre. À côté de cela, tout à coup, Victor Hugo faisait figure de bruyant gorille ! Elle alla s'étendre sur le sofa du salon, tremblante de partout. Voilà comment il fallait écrire, comment il fallait dire les choses. Elle se redressa, les joues en feu. Elle écrivit d'une traite :

Quand je reviendrai de ces chemins, comme une enfant
enfin Heureuse,
Nous sèmerons dans mon jardin
Les traces de nos yeux, mon amour, et les défaites
mystérieuses
De nos mains.

Elle se relut, osant à peine y croire. Elle poursuivit. Les mots filèrent sous sa plume, dictés, souverains, sans tarir, durant deux pages. À la fin, elle apposa sa signature. La raya. Écrivit à la place : Clémanthine de Kléman. Puis connut un moment d'extase.

Elle s'endormit durant l'après-midi et rêva de faunes, de jardins anglais : des jeunes garçons en robes antiques dansaient autour d'une vasque. Puis une idée la fit tressaillir dans son sommeil. Elle ouvrit les yeux : si elle s'exilait à Paris ? Elle allait écrire, se faire connaître. Là-bas on la comprendrait. Elle se figura qu'elle y était accueillie à bras ouverts par de jeunes poètes enthousiastes, cheveux longs et barbes blondes. Dans un café enfumé de Montmartre, l'air hautain et désabusé, indifférent aux conversations d'alentour, le Prince des Poètes l'aperçoit soudain, apprend d'un jeune peintre qui elle est, et d'un seul mouvement se lève, porte le béret à son cœur et clame devant la bohème médusée : «Je te salue, sœur canadienne!» Clémentine eut un redressement de tête gai et rageur : «Ah, si Gaston Gandon voyait ça!...»

Puis, au crépuscule, de retour de l'église, Clémentine s'effondra, écrasée sous le poids de sa solitude.

Il était trop tard pour partir, c'est à vingt ans qu'on faisait ces choses-là. La feuille où était écrit son poème reposait sur le piano. Elle était toute gondolée, tellement Clémentine l'avait tenue à la main. La brûlerait-elle, dans un geste sublime?... Elle relut ses vers, s'arrêta à la deuxième strophe, dégoûtée d'elle-même. Elle eut une montée de chaleur à l'idée qu'on eût pu lire cela à Paris. Comme on se serait moqué d'elle. «Au Canada, on plante des mains dans son jardin!» Mlle Clément se versa un généreux verre de porto.

À neuf heures moins le quart, le capitaine des pompiers cognait à la vitre de sa cuisine. Il ne pouvait rester. Mais il lui promit de revenir le lendemain, il disposerait alors de toute la soirée. Ici? fit-elle avec un frisson. Il ne lui répondit qu'avec les yeux. Vers minuit, Clémentine relut son poème, ce qu'elle n'avait pas fait depuis près de cinq heures. Elle le considérait avec plus d'indulgence. Il lui semblait qu'il rayonnait d'un sens nouveau, mystérieux, rempli de promesses. Elle le rangea délicatement dans le tiroir du secrétaire.

L'Immaculée Conception tombait un mardi, mais c'est le lundi qui avait été décrété jour de congé. «Cela va arriver, cela va arriver», se répétait Clémentine avec un mélange de panique et d'espérance. Elle se rendait au petit coin avec une fréquence inhabituelle. Elle se lavait les mains à tout bout de champ. Pour tromper son anxiété, elle jugea préférable de faire une promenade. Elle avait mis une élégante robe, ses bottes des grandes occasions, son manteau le plus chic. Elle marcha longtemps, chaque rue en amenant une autre. Elle aboutit à un café. Il faisait froid, elle désirait boire quelque chose de chaud. Assise sur une banquette, elle examinait avec condescendance le décor : elle était une habituée des *night-clubs* du centre-ville. Autour d'elle, on chuchotait. Elle entendit distinctement quelqu'un dire : «C'est elle, c'est l'institutrice...» Clémentine garda la tête haute. Elle sortit. Elle se sentait au-dessus de tout ça.

Elle marchait, et le mouchoir qu'elle avait autour du cou flottait au vent : elle trouvait que cela lui allait à ravir. Elle aurait aimé que le capitaine la vît. Elle faisait d'ailleurs comme s'il était en train de l'épier. Elle se donnait des airs, prenait des poses au coin des rues en attendant son feu. Elle était angoissée cependant, une boule rêche à l'intérieur de l'estomac, contre laquelle elle ne pouvait rien. Elle prit la rue Moreau, étonnée d'y voir autant de monde. Elle s'informa auprès d'un agent de police, assez bel homme au demeurant. Il lui apprit la mort de l'employé de banque et de son père. Clémentine rebroussa chemin et rentra chez elle, bouleversée.

Le capitaine se présenta à sept heures. Il dut frapper à sa fenêtre à trois reprises. Clémentine n'arrivait pas à se lever.

Elle contemplait une tache d'huile sur le plancher avec une fascination crispée. Elle prit de profondes inspirations, puis courut jusqu'à la porte, affolée à l'idée qu'il ait pu battre en retraite. Il était là. Il avait apporté un bouquet d'œillets ainsi qu'une bouteille de vin. Il avait ciré sa moustache. Elle avait préparé le salon à son intention, mais il se dirigea spontanément vers la cuisine. L'atmosphère au début fut celle d'une veillée de mort. «Comme il doit me trouver ennuyeuse», pensait Clémentine en se retenant pour ne pas pleurer. Les secondes, étirées, ne tombaient qu'au compte-gouttes. Elle remarquait avec tristesse qu'il avait perdu son entrain de vendredi : de nouveau il avait l'air d'un petit garçon intimidé par son professeur. Il avait cependant un je ne sais quoi de dur dans le regard. Clémentine penchait le front et se tordait les doigts.

Elle pensa au sifflet des lutins, et cela la mit au martyre. Quand elle était enfant, au moment de prendre le train, c'est l'expression qu'employait sa mère : «As-tu songé à faire siffler les lutins ?» Clémentine avait une envie irrépressible. Les cabinets se trouvaient dans la cuisine, juste derrière la chaise où il était assis. Elle n'était quand même pas pour lui faire entendre cela ! Elle lui proposa d'une voix nerveuse de passer au salon. Le capitaine se leva avec une docilité un peu lasse. Dès qu'il fut installé dans la causeuse, elle se précipita vers la cuisine et gagna les cabinets.

Quand elle revint, infiniment soulagée, il avait rempli son verre, qu'elle but d'un trait. Elle trouva le vin amer.

— Ce dépot au fond de mon verre, fit-elle à la blague, vous ne cherchez pas à me droguer, tout de même ?

— C'est la lie, dit-il.

Elle s'en reversa, lui en redonna aussi, et ce faisant leurs doigts s'effleurèrent. Elle retira si vivement sa main qu'il sursauta.

— Voulez-vous que je vous lise un de mes poèmes? demanda-t-elle avec un empressement que rien ne justifiait — on aurait dit qu'elle criait «Au feu! Au feu!».

Le capitaine la considérait avec consternation. Clémentine rougit et s'en fut chercher son poème.

Elle le lui lut d'une voix mal assurée, et dès le premier vers, elle eut l'impression de débiter des montagnes d'obscénités. Elle se rendit tout de même jusqu'à la dernière ligne, courageusement, puis posa sur le capitaine un regard implorant. Le capitaine ne savait visiblement que dire.

— Vous n'aimez pas, c'est cela.

Il eut un geste vague de protestation.

— C'est... Il faudrait que je le relise, à tête reposée. Un autre jour, bien sûr. C'est... C'est plus compliqué que *Perrette et le Pot au lait*.

Cette référence amusa beaucoup Clémentine. Le capitaine en fut surpris. Mais le rire de l'institutrice améliorait considérablement l'ambiance, et il y joignit le sien.

Alors elle se mit à parler d'abondance. De son projet de voyage à Paris où, disait-elle, elle était déjà en contact avec des poètes et des peintres, contact épistolaire s'entend; du projet qu'elle avait aussi d'être publiée là-bas. Le capitaine l'écoutait poliment. Les noms qu'elle lui citait, et elle ne s'en refusait aucun, ne signifiaient rien pour lui, résonnaient comme des tambours. Clémentine en fut attendrie. Le vin décidément était savoureux. Il échauffait l'imagination de Clémentine, ses sens aussi : comme le capitaine était beau!

Elle grimpa si haut dans son exaltation qu'elle finit par vaciller sur son siège. Elle s'interrompit. Le capitaine lui demanda si ça allait. Elle fit oui, mais ses paupières s'alourdissaient.

— Je ne sais pas. C'est peut-être l'alcool... (Elle eut un
petit rire d'ivresse.) J'ai un peu sommeil tout à coup, c'est
idiot.

— Ce n'est rien. On va faire quelques pas ensemble et ça
va passer.

Elle se laissa presser contre sa poitrine musclée, abandonna sa tête sur son épaule, c'était bon d'être toute molle et
appuyée sur quelque chose de si dur, un bonheur de poulpe
qui embrasse le corail. Ils marchaient enlacés le long du corridor.

— Je suis heureuse, fit-elle dans un souffle. Je t'attendais.

Le capitaine pencha vers elle ses moustaches parfumées et
déposa un long baiser sur ses lèvres. Elle frissonna et faillit
perdre pied.

— Viens, murmura-t-il, et il l'entraîna vers la chambre.

Clémentine se dégagea : elle se sentait très mal tout à
coup. Elle s'enferma dans les cabinets. Elle avait l'impression
de mesurer quatre mètres, elle voyait ses pieds, ses mains,
comme si elle les regardait par le gros bout d'une lorgnette.
«Il y a combien de temps que je suis ici?» pensa-t-elle. Puis
elle comprit que ça pouvait faire quarante minutes — ou sept
secondes. Elle avait chaud, ses dents claquaient. Elle détacha
sa jupe : celle-ci glissa contre ses cuisses, contre ses mollets,
dans une chute vertigineuse qui dura un temps infini. Elle
n'avait plus que sa chemise, elle était nue de la taille aux
pieds. S'était-elle déshabillée? Mais quand? Elle était assise
sur la porcelaine du bidet : elle n'avait pas baissé le siège. Elle

sentit qu'elle s'en allait, qu'elle était sur le point de s'évanouir. La porte des cabinets était grande ouverte, le capitaine se tenait devant elle — depuis combien de temps ? Il paraissait si loin. Clémentine était nue, assise sur le bidet. Il la prit dans ses bras, comme le marié emporte la mariée. Elle était dans son lit. Elle gémissait doucement, d'une voix enfantine : «Je ne veux pas dormir.» Elle eut un spasme de tout son être quand il se coucha sur elle. Elle essaya de se dégager, de rouler hors du lit, elle avait de grands gestes de noyade. Puis ses membres ne répondirent plus à l'appel. Elle concéda son corps dans un dernier vertige, elle sentit à peine la brûlure soudaine entre ses jambes. La brûlure s'adoucit, devint chaleur, profonde. Elle résista encore à l'assoupissement. Mais ce désir de dormir lui-même participait à son bonheur. Ses lèvres laissèrent échapper un je t'aime, au moment où l'abandonnaient ses dernières forces. Elle tomba dans un sommeil plus sourd que la mort.

Elle fit toutes sortes de mauvais rêves, accompagnés de fièvre. Elle était attachée au fond du sommeil parmi des bruits, des lumières nerveuses, des mouvances qui tendaient confusément vers des formes sans jamais y parvenir. Le froid la réveilla enfin. La fenêtre de sa chambre était béante. Le vent soulevait les rideaux. C'était le petit jour.

Elle sortit du lit, grelottante. Elle chancela jusqu'à la fenêtre, la referma, puis chercha le capitaine dans toutes les pièces en criant son nom. Il était parti. Clémentine s'affala au pied du lit, eut un petit cri de surprise : un reste de semence dégoulinait le long de ses cuisses.

Elle fit les cent pas, se disant qu'elle était venue au monde pour marcher en rond dans une cuisine. Elle était certaine d'avoir tout gâché, d'avoir raté sa dernière chance. Le capitaine ne reviendrait jamais plus.

Un message l'attendait sur la table de la cuisine, coincé entre le pot de moutarde et le sucrier. Elle l'aperçut soudain, après être passée trois fois devant, et elle se pétrifia. Elle devinait bien que, dans l'état où elle se trouvait, le moindre mot un peu blessant la laisserait pis que morte. Toutes ses peurs, tout son espoir s'étaient rétrécis aux dimensions de ce morceau de papier. Elle avança une main tremblante.

C'été un plaisir partagé. Je ne voulai pas te réveillé en partant. Longtant je t'ai regardé dormir. À bientôt mi amor!

Ton Grand
Roger

La joie explosa en elle comme un feu d'artifice. Elle serra le billet contre son cœur et se mit à valser sur le plancher de la cuisine. «*Mi amor!*» Il avait écrit : «*Mi amor!*» Et il avait écrit : «À bientôt!»

Tout en fredonnant allègrement, elle se prépara une épaisse tartine de moutarde, dont le pot lui inspirait de la gratitude, elle était heureuse et avait l'appétit qui vient avec le bonheur. «À bientôt *mi amor!*» dit-elle à la tartine avant d'y mordre. Mais soudain le cœur lui monta aux lèvres et elle courut aux cabinets.

Elle parvint tout de même à ne pas rendre, et s'aspergea d'eau la figure. Elle était penchée au-dessus du lavabo et prenait de profondes inspirations. Cela lui rappelait l'époque où elle était enceinte. Au petit déjeuner, sous l'œil sournois et attentif de sa mère, Clémentine se contenait avec héroïsme, jusqu'à ce que Mme Clément ait elle-même terminé son assiette; puis, prétextant qu'elle avait à faire dans la cave, Clémentine y courait afin de régurgiter les œufs que la fleuriste l'obligeait à manger, n'ignorant pas que Clémentine avait précisément les œufs en horreur.

Sur ce, un doute lui vint. Elle effectua quelques calculs sommaires et conclut qu'elle se trouvait dans ses journées fertiles. À dix-huit ans aussi, il lui avait suffi d'une fois, une seule... Ce fut soudain en elle une certitude inexplicable, viscérale, absolue. Elle posa la main sur son ventre et sourit. L'avenir se déployait devant elle dans une vision mystique. Le capitaine l'épouserait, puisqu'elle était enceinte. Elle abandonnerait l'enseignement. Il gagnerait le pain de la famille, et elle, elle élèverait leur enfant, deux peut-être, à son âge c'était encore possible; elle écrirait des poèmes, et le capitaine finirait par les comprendre et les aimer, Roger avait gardé sa candeur d'enfant, voilà l'essentiel; c'était un petit garçon dans un beau grand corps d'homme. Elle l'imaginait, le soir, en robe de chambre, fumant la pipe au coin du feu. Des larmes de ravissement glissèrent sur les joues de Clémentine.

Elle consulta l'horloge : il était temps de partir pour l'école. La journée s'annonçait éprouvante. C'était l'Immaculée Conception, et comme chaque année, elle devrait amener les élèves à l'église pour assister à la cérémonie préparée par les petites filles de l'école Marie-Reine-des-Cœurs. Clémentine détestait tout cela. Mais après les trois jours de congé qu'elle s'était accordés la semaine dernière, elle ne pouvait raisonnablement s'absenter de nouveau. D'ailleurs, la perspective de revoir Gaston Gandon («Quel nom ridicule!» pensa-t-elle) la laissait désormais indifférente. Que pouvait-il contre elle à présent? Son corps fécondé allait devenir le Temple de la Vie. Elle n'aimait plus le frère Gandon. La porte se refermait sur cinq années de souffrance. Et elle sortait de là heureuse, entière, renouvelée. Elle écrivit au dos du billet laissé par Roger :

Mon ventre est un soleil qui prend ce qu'il te donne.
Tu m'as prise, mon amour,
Et je te donnerai.

Elle se sentait en mesure d'écrire un poème par jour jusqu'à la fin de sa vie. Elle fit sa toilette, choisit ses vêtements avec soin et sortit.

L'air était vif, c'était bon, elle ne pensait déjà plus à Paris. Elle se sentait fille de la terre, fille de l'hiver rigoureux. Et elle allait devenir l'épouse d'un homme honnête et tendre, sans raffinement certes, mais à la mesure de ce pays. «Quand te reverrai-je, mon amour?» Elle répétait du bout des lèvres Son Nom, comme un secret qu'elle ne partageait qu'avec elle-même. Elle caressa la joue d'un petit garçon qui lui dit bonjour en passant près d'elle. Elle avait un matin d'avril au fond du cœur, un matin de grand soleil, qu'ombrageait à peine le souvenir des cauchemars de la nuit qui, quoi qu'elle fît pour les chasser, ne la laissaient jamais tout à fait tranquille.

Elle avait rêvé que Bradette lui faisait l'amour et qu'à ses côtés, les mains entre les cuisses, Rocheleau geignait en se tordant de douleur.

ÉPILOGUE

La neige tombait avec la nuit, par gros flocons, sur l'immense cimetière de la Côte-des-Neiges. Les cercueils de Remouald et de Séraphon étaient enterrés l'un contre l'autre dans le même trou, une seule stèle pour leurs deux noms. Non loin de là, toute petite, une croix blanche, avec ce simple prénom : «Joceline».

**

Le frère Gandon avait passé une partie de l'après-midi à rédiger une lettre où il s'accusait d'avoir voulu abuser de Mlle Clément. Il prenait le blâme pour lui, la disculpait de tout. L'institutrice avait la réputation, fondée ou non, d'avoir des économies. Si jamais, comme il y avait tout lieu de le craindre, le concierge s'avisait de la faire chanter, de la menacer de raconter ce qu'il avait vu la semaine dernière dans le bureau du directeur, celui-ci ferait parvenir sa lettre aux autorités compétentes. Que pouvait-il lui arriver ? On l'enverrait se faire oublier dans une mission lointaine, en Afrique, au Japon, chez les Esquimaux : «Bah, comme si j'étais le premier.» Le frère Gandon avait les larmes aux yeux. Et dire que tout cela était dû à la folie, à la sottise de l'institutrice!...

Le directeur quitta son bureau et prit la direction du presbytère. Il avait promis au curé Cadorette de lui rendre visite. Il espérait apporter du réconfort à son ami, et oublier du même coup un peu de ses propres tourments... Il sortit du presbytère bouleversé. Maintenant que Remouald Tremblay était mort, et que lui-même n'en avait plus pour longtemps, le curé ne s'était plus senti lié par le secret, et il avait appris au directeur la vérité sur l'employé de banque. Le frère Gandon en tremblait encore. Dieu, quelle vie avait dû être la sienne, quelles souffrances tout au long de ces vingt années!...

Le directeur mit son béret, noua le foulard autour de son cou, ce foulard que Remouald Tremblay avait tenu, avait porté peut-être. Il lui semblait deviner une odeur... Gandon se mit en marche, il avait hâte de se retrouver chez lui. Il traversa le parvis de l'église... Puis il s'immobilisa, elle ralentit le pas, et ils s'examinèrent un long instant sans se saluer. Mlle Clément sortait de l'église, elle venait de faire son esclandre devant ses consœurs institutrices. C'était la première fois qu'ils se revoyaient depuis leur dispute.

— Vous avez été souffrante la semaine dernière?

— Trois fois rien, répondit-elle avec une politesse glacée. Une simple grippe. Je vais beaucoup mieux maintenant. Désolée pour vous.

— Ce sera pour la prochaine fois, dit-il, et son sourire montrait ses dents.

Elle retenait les pans de sa mante, avec une nonchalance voulue. Elle avait rabattu sur sa tête le capuchon, très ample, qui lui donnait un air de madone. Gandon fut frappé par sa beauté. Elle lui rappelait ces dames qu'il voyait, adolescent, sortir les samedis soir du théâtre, sépulcrales et racées, et qui le troublaient au point qu'il déguerpissait. Où pouvait-elle se rendre, à quelle soirée, pour être aussi élégante? Il constata soudain qu'elle avait les yeux maquillés. Et elle s'était montrée ainsi à ses élèves! Le directeur ne songea pas à s'en scandaliser. Il eut l'impression qu'elle avait une vie parallèle, une vie de lumière, de bals et de musique; il se sentit misérable dans sa soutane rapiécée. Il songea au capitaine des pompiers. Et il en voulut encore plus à l'institutrice.

— Bon, eh bien, vous m'excuserez, dit-elle, mais je dois rentrer.

Gandon restait là, sans dire un mot. Elle s'éloigna avec un haussement d'épaules. Le frère la suivit.

Elle allait son chemin, le visage droit, parfaitement détachée, comme si elle lui disait : «Vous pouvez me suivre, moi je m'en fiche.» Il marchait derrière elle en maintenant une courte distance. Il avait la bouche tordue par un rictus.

Les rues étaient plus fréquentées que d'habitude à pareille heure. Ils n'y portaient pas attention. Sans cesse des gens sortaient des maisons, s'interpellaient d'un trottoir à l'autre, prenaient la même direction. Clémentine et Gandon suivaient le mouvement. Il demanda :

— Vous avez appris la nouvelle? Je veux dire, à propos de M. Tremblay, l'employé de banque?

— Bien sûr, dit-elle sans se troubler. Je ne vis pas dans la lune.

— Vous vous souvenez évidemment de la lettre anonyme? Celle qu'avait reçue la police et dont vous faisiez si grand cas... Mlle Clément? Vous m'écoutez?

Elle redressa une mèche de ses cheveux.

— Je vous entends.

Gandon eut un rire amer. Clémentine, qui sentait venir le coup, continuait sur son erre impertubablement. Il dit enfin :

— Elle était de la main de Remouald Tremblay.

— Et alors ? fit Clémentine qui n'avait pu réprimer un frisson.

— Cela prouve qu'on se trompe souvent sur les gens, vous ne trouvez pas, Mlle Clément ? Vous croyiez l'avoir surpris en flagrant délit avec ces enfants, alors qu'il n'était que le témoin de ce crime odieux. Le témoin, Mlle Clément, non le coupable.

— Cela prouve aussi que j'avais raison : ce crime a bel et bien eu lieu. Je trouve étrange, d'ailleurs, que vous accordiez foi à ce témoignage, maintenant que vous savez que l'employé de banque est l'auteur de la lettre.

— C'est vrai. Mais le curé Cadorette est formel : M. Tremblay était incapable de mentir. En tout cas, nous sommes fixés à présent. Nous pourrons entreprendre Bradette et Rocheleau.

Ils durent s'immobiliser un instant, car la foule créait un engorgement au coin de la rue. Une idée tout à fait absurde traversa l'esprit de Clémentine. Elle demanda avec inquiétude :

— Et le coupable, alors ? Qui est-ce ?

— On l'ignore toujours, malheureusement.

L'institutrice considérait le directeur sans rien dire.

— Mais qu'avez-vous à me regarder comme ça ? fit Gandon furieux. Vous ne pensez quand même pas que c'est moi !

Clémentine eut un geste agacé, l'air de dire : «Ce que vous

êtes bête!...» Mais elle avait rougi. Ils repartirent du même pas. Gandon tremblait de colère. Ils contournaient les nombreux passants, évitaient les enfants qui les dépassaient en courant ou venaient à contresens armés de leurs bâtons de hockey. Clémentine remarqua qu'on ne voyait de petites filles nulle part.

— Et d'où tenez-vous tout cela? lui demanda-t-elle encore.

— Le curé Cadorette, je vous l'ai dit. Il était le seul à bien connaître Remouald, alors la police a eu recours à ses explications. Mais ce n'est pas la seule chose qu'il m'ait dite à propos de l'employé de banque. Il m'a raconté une autre histoire.

Ils parvinrent à l'intersection des rues Darling et Sainte-Catherine. Un homme traversait la rue et, sans les regarder, se dirigeait vers eux. Il était un peu effrayant avec sa taille haute, son visage grêlé, ses yeux de charbon; beau, pourtant. Sa tignasse crépue faisait une sorte de coussinet à son chapeau haute-forme. Clémentine le reconnut : Raymond Costade, le directeur des pompes funèbres. «Dire qu'il va devenir mon beau-frère», pensa Clémentine avec émotion. Ils se saluèrent en gardant leurs distances. Gandon jeta un coup d'œil sur l'objet que Costade tenait sous son bras. Celui-ci se sentit obligé d'expliquer :

— Une icône de la Vierge, voyez. Elle traînait dans la ruelle. Des enfants s'en servaient pour faire des glissades dans la neige. Je ne sais comment elle avait pu aboutir là. C'est étrange. Il s'agit pour moi d'un souvenir de jeunesse. Un ami d'enfance l'a peinte, il vit maintenant à New York. Il se trouve que le jour de l'incendie, je l'avais confiée à ce pauvre M. Blanchot — que Dieu ait son âme. Je croyais bien qu'elle avait brûlé, elle aussi. C'est drôle comme certains objets finissent par vous revenir...

Ils l'écoutaient avec une certaine gêne, car Raymond Costade était affligé d'un bégaiement prononcé. Il finit par s'éloigner, mal à l'aise, lui aussi. Gandon contempla quelques instants cette silhouette dégingandée. «L'homme qui a embaumé sa propre mère», songea-t-il avec un frisson.

Le mouvement de la foule reprit, les entraînant dans la cour que partageaient le poste de police et la caserne des pompiers. On avait planté des torches aux fenêtres.

Gandon ne savait s'il avait le droit de révéler à Clémentine le secret de l'employé de banque. Il se disait : «Elle l'a tellement mal jugé, il faut que je le réhabilite à ses yeux, qu'elle puisse mesurer la gravité de son erreur.» Mais il savait aussi que ce qu'il allait dire ferait mal à l'institutrice, et que c'était là sans doute sa véritable motivation. Gandon se mit à raconter tout ce qu'il avait appris sur l'enfance de Remouald, sur ce qu'avait été son intelligence, sa monstrueuse passion pour les idées, sur ses rapports avec Wilson enfin. Le culte du blasphème. Les parodies de messes qu'ils célébraient pour railler la Vierge. Et les pratiques charnelles qui forcément s'y mêlaient.

Clémentine écoutait avec une angoisse croissante. Si le curé avait su tout cela, pourquoi n'était-il pas intervenu ?

— Mais c'est qu'il ignorait tout, répondit Gandon. Il a appris tout ça dans la cellule de Wilson, qui s'est confessé à lui avant de se pendre.

— Allons bon, un pendu maintenant, dit Clémentine avec dégoût.

Gandon poursuivit :

338

— Le plus terrible, c'est que Wilson était d'une épouvantable jalousie. Il traquait ce pauvre Remouald, allait même jusqu'à le regarder dormir la nuit à travers la fenêtre de sa chambre. Or, Remouald ne dormait pas seul.

Gandon s'interrompit. Depuis sa conversation avec le curé, cette image ne quittait pas son esprit. C'était une image élémentaire, antérieure à toute mémoire, comme celle de la crucifixion, dont il ne savait plus qui, Pascal peut-être, ou saint Anselme, disait qu'elle continuait d'être présente à chaque instant de l'univers. Elle aussi, à sa manière, marquait un commencement absolu. Et Gandon sentait qu'elle ne le quitterait plus du reste de sa vie. Cette image de Wilson, dans une sorte de nuit d'avant le monde, le visage fou de jalousie, qui regarde à travers une fenêtre dormir deux enfants.

Il prit subitement conscience de l'endroit où il se trouvait. Il saisit Clémentine par le bras.

— Lâchez-moi! gémit-elle.

— Où sommes-nous? Qu'est-ce qu'on fait ici?

Ils avaient abouti au centre de la cour. La foule derrière eux rendait toute retraite impossible. La potence luisait à la lueur des torches. La cohue produisait un tintamarre de clameurs, de gaîté féroce, de hurlements de haine; des effigies s'agitaient en l'air : «Mort à l'incendiaire!» Le frère Gandon essayait de tourner le dos à l'échafaud. Il était obligé de crier. Mlle Clément cherchait à s'éloigner, mais il la retenait : il fallait qu'elle entende jusqu'au bout cette histoire.

— Un soir, enfin... Vous m'écoutez, Mlle Clément?... Un soir, enfin, il y a aujourd'hui vingt ans très exactement, Remouald avait douze ans, c'était le jour de l'Immaculée Conception... Wilson avait préparé une cérémonie spéciale

pour l'occasion... Il disait qu'il avait volé une brebis à l'abat-
toir.

— Quoi ?

Il cria pour dominer les clameurs :

— Cela faisait partie du rite, il offrait à Remouald des
sortes de talismans... pattes de lapin, oreilles de lièvre... il préparait la viande du gibier qu'il avait abattu, ou des animaux
volés, et faisait manger Remouald. Ce n'est qu'à la fin du
repas que Remouald recevait son amulette. Ce soir-là, Wilson
lui dit : «Regarde dans le sac ce que tu viens de manger.» Puis
il se retira... Alors, Remouald a ouvert le sac.

Gandon marqua une pause. Le vacarme ressemblait
maintenant à la rumeur de tous les bruits de la terre à la fois.
Clémentine n'entendait plus les mots, elle les voyait; elle les
vit tomber un à un des lèvres du directeur :

— Elle s'appelait Joceline... Joceline Bilboquain. Elle avait
sept ou huit ans. C'était la sœur de Remouald, et...

Le frère Gandon avait saisi l'institutrice par les épaules.

— Eh bien quoi ? Parlez donc ! cria-t-elle.

— Le sac en jute... il contenait la tête de cette petite fille.

**

On venait d'amener l'incendiaire sur l'échafaud. Il avait
les bras attachés derrière le dos. De sa gorge sortaient des cris
d'épouvante, une plainte rauque et risible qui perçait à peine
à travers le tumulte. La foule fut parcourue d'un frisson qui la
comprima davantage.

— Mais c'est Sa main qui m'a guidé ! s'époumonait le
condamné. C'est Lui-même en personne qui m'a tendu les

allumettes! Je le jure! Je le jure!

Mais personne n'entendait. Gandon et Clémentine furent refoulés contre la muraille. Une torche se détacha et tomba à leurs pieds. Elle faillit enflammer la soutane du directeur. Bousculé de tous côtés, il parvint à l'éteindre sous son talon. Des visages fondaient sur eux tout en grimaces et ricanements. À demi penchée, Clémentine essayait de protéger son ventre. Elle fut poussée par la cohue. Gandon essaya de toutes ses forces de se dégager. Il avait le visage de Clémentine collé contre le sien, des mèches de ses cheveux chatouillaient ses lèvres, il sentait contre sa poitrine la pointe dure de ses seins. La pression de la foule les soudait l'un à l'autre.

— Vous n'aviez pas le droit de me raconter cette histoire!

C'était presque un hurlement. Gandon pensa qu'il allait s'évanouir.

On entendit soudain crier :

— Voilà Roger Costade!

Gandon vit les joues de Clémentine s'empourprer. Il y eut un nouveau mouvement de foule, qui les libéra l'un de l'autre. Clémentine chercha des yeux, partout autour d'elle, anxieusement. Puis sa figure s'épanouit.

La voiture du capitaine Costade, tirée par quatre bêtes, apparaissait près de l'échafaud. À ses côtés se tenait le petit Maurice. Le Grand Roger posait sur son épaule une main protectrice et solennelle. On traîna l'incendiaire jusqu'à la corde.

Le frère Gandon comprit enfin. Clémentine contemplait le capitaine avec une telle expression de bonheur et d'espérance qu'elle en était irradiée, transfigurée, encore plus belle. Le directeur ferma les yeux et s'appuya contre la muraille, défaillant sous la violence de sa haine.

Roger Costade éleva sa main doucement, en guise de signal, un geste auguste et romain. «Ah, mon capitaine, comme tu es beau!...» murmura Clémentine, certaine que ces mots glissés entre ses lèvres parviendraient jusqu'à lui : elle crut voir sa moustache se soulever, comme un sourire discret. La trappe tardait à s'ouvrir. L'incendiaire semblait danser la gigue; le public, déçu, huait.

Maurice leva vers le capitaine des pompiers un regard triste, où il y avait de l'inquiétude, et un appel. Le Grand Roger lui répondit par un clin d'œil paternel. Le petit garçon eut un sourire timide — pâle, certes —, mais c'était tout de même un sourire confiant. Et qu'y avait-il de plus beau sur terre que le sourire d'un enfant? Clémentine Clément se caressa le ventre : c'est là que commençait l'avenir.

Le frère Gandon n'avait pas rouvert les yeux. Il était cloué à la muraille, les bras en croix, hanté par une image lumineuse, intense comme une brûlure. Il n'entendait plus la rumeur féroce. Il songeait à un soir de première neige. Deux enfants, un petit frère et sa petite sœur, ont revêtu leurs pyjamas où sont brodées des notes de musique; ils se battent à coups d'oreillers dans leur lit commun, les pommettes en feu, et perdent l'équilibre sous l'avalanche de leurs rires. (À travers la fenêtre, Wilson voyait cela.)

L'armoire cadenassée ne renfermait qu'un soulier de petite fille.

New York, le 22 décembre

Post-scriptum

À l'époque où j'achevais d'écrire cet ouvrage, un ami m'informa par téléphone qu'un jeune homme de sa connaissance, illustrateur de son état, désirait me rencontrer : il avait lu les pages inaugurales du roman — la lettre de Costade — et avait bien voulu s'y intéresser. On convint d'un rendez-vous, auquel je me présentai pas très en forme, assez intrigué par contre. J'appris plus en détail les raisons de son intérêt. Ils avaient, sa collaboratrice et lui, le projet de fonder une revue réunissant des auteurs des deux continents autour d'une équipe de dessinateurs; la revue devait être axée sur la «littérature noire», et, à tort ou à raison, la lettre de Costade lui semblait relever du genre. Créer une revue littéraire, de bonne tenue s'entend, dans les conditions actuelles, au Québec, quand on sait ce que cela représente... Bref, j'éprouvai immédiatement de la sympathie pour lui, et j'aime à croire — car comment en jurer maintenant ? — que cela fut réciproque. En tout cas, à la sortie du restaurant, nous fûmes une heure ensemble à deviser tout en marchant, entre autres à propos du *Petit Prince*, je me rappelle (il me racontait qu'un lobby quelconque, l'écume aux lèvres j'imagine, entendait le faire mettre à l'index). Or, quand je le quittai devant la station de

343

métro Mont-Royal, une voix sûre en moi — je veux dire : une voix qui ne m'a jamais trompé — me souffla que ce jeune homme convaincu, cultivé, amusant et sensible, de toute évidence allait devenir un ami.

Le sort, comme on dit, en décida autrement. Je m'avance peut-être, mais je pense qu'au moment de notre unique rencontre il connaissait déjà la nature de sa maladie. Ce qui ne fait qu'accroître ma sympathie, et mon regret, quand j'y songe. Et j'y songe souvent. À mon retour du Japon, à l'automne 1993, j'apprenais qu'il était décédé.

Il avait trente-cinq ans je crois, l'âge que j'ai en écrivant ces lignes. Il s'appelait Richard Parent. Ceux qui ont vu ses œuvres savent qu'elles sont d'un artiste de premier ordre, méconnu encore. J'aimerais simplement que ce livre, si imparfait soit-il, demeure associé à sa mémoire.

G.S.